書下ろし

縁《えにし》の川

風の市兵衛 弐《に》㉔

辻堂 魁

目次

『縁の川』の舞台
北
東
南
西
淀川
東照権現宮
天満
天満橋
京橋
八軒家の浜
東町奉行所
大坂城
朴念の店
大坂略図
淀川
枚方村
大坂湾
泉州佐野町
江戸略図
口入れ屋「幸領屋」(三河町)
市兵衛の店(永富町)
江戸城
日本橋
京橋

蜆川
堂島
渡辺橋
松井の店
大江橋
堂島川
難波橋
天神橋
中之島
玉江橋
淀屋橋
葭屋橋
土佐堀川
北浜
梅檀木橋
西横堀川
西本願寺
平野橋
両替屋「堀井」
(安土町)
思案橋
御堂筋
東本願寺
本町橋
東横堀川
遊女屋「水原」
(九軒町)
北久太郎町通り
農人橋
瓢簞町
助右衛門橋
久宝寺橋
博労町
順慶町
西大門
東大門
新町橋
中橋
四ツ橋
長堀
御池橋
水分橋
島之内
堀江川
南堀江町
太左衛門橋
こおろぎ長屋
(下博労町)
金屋橋
戎橋
日本橋
宗右衛門町
道頓堀
大黒橋
千日前
茶屋「勝村」
(難波新地)
茶屋「今福」
(西高津新地)
千日墓所
木津川

地図作成／三潮社

序　章　難波新地《なんばしんち》の心中

千日前《せんにちまえ》の火《ひ》や（火葬場）の煙が、夜明け間近の空にのぼっていた。

薄い灰色の煙は途ぎれることなく漂《ただよ》いのぼり、冷《ひ》やかな青紫に白み始めた天空をかすかに曇《くも》らせ、やがて色あせて消えていた。

四天王寺《してんのうじ》の五重塔が、千日墓所の先、難波村《なんばむら》の田んぼを隔《へだ》てた長町《ながまち》の彼方《かなた》に荘厳な佇《たたず》まいを見せ、東の遠い果てに、生駒《いこま》山が青紫の白みを背にまだ暗い山肌をつらねていた。

数羽の鳥影が、慌《あわ》ただしい鳴き声を乱しながら難波村の空を飛んでいる。

お菊《きく》は、色茶屋《勝村《かつむら》》二階の出格子窓《でごうしまど》の板戸を一尺《しゃく》（約三〇センチ）ほど引き開け、その景色をうっとりと眺《なが》めた。

ああ、なんて綺麗《きれい》なんやろ。ええ朝になった。

と、凍《い》てつく部屋に白い息を吐いた。

五重塔からはるか南の彼方、郷里の泉《せん》州佐野《さの》町の方角へ向いて坐《すわ》りなおし、掌《てのひら》を合わせた。薄紅色の長襦袢《ながじゅばん》を着た痩《や》せ衰《おとろ》えた身体《からだ》が、朝の凍てつく寒気の所為《せい》か、かすかに震えていた。

　南無阿弥陀仏《なむあみだぶつ》……

　色あせた唇《くちびる》を刻《きざ》んで、繰りかえした。

「お父ちゃんお母ちゃん、もうすぐそっちへいくで。あては、お父ちゃんとお母ちゃんのために、なんにもでけへんかった。ほんまに疲れて、生きるのがしんどなってしもた。親不孝なあてを、堪忍《かんにん》してな」

　それからお菊は、赤黒く汚《よご》れた手拭《てぬぐい》にくるんだ柳葉包丁《やなぎばぼうちょう》をにぎった。

　手拭の汚れは、順慶町《じゅんけいまち》の柳助《りゅうすけ》の喉《のど》をかき切った包丁をぬぐった血だった。

　一刻《いっとき》（約二時間）前、柳助は首を押さえた両掌《りょうて》の指の間からあふれ出る血をこぼして、一旦は上体を跳《は》ね起こした。だが、すぐに横転し、泡をたてるような喘《あえ》ぎを繰りかえして、身体が折れそうなほど弓反《ゆみぞ》りになって激しく身悶《みもだ》えた。

　お菊は咄嗟《とっさ》に柳助へ布団《ふとん》を覆《おお》いかぶせ、じたばたさせないように、悲鳴がもれないように、布団の上に乗って押さえつけた。

　布団の下で煩悶《はんもん》する柳助の力に、跳ね飛ばされそうになった。

それでも、懸命に喰《く》らいついて柳助が息絶えるまで離れなかった。

やがて、震えが小刻みな痙攣《けいれん》に変わった。痙攣が止まるまで、どれぐらいのときがかかったのかわからない。

布団をのけ、暗がりを透《す》かし、恐る恐る柳助の死に顔を見届けた。

苦しんだ顔や噴《ふ》き出た血は暗がりで見えないけれど、大きく見開いた二つの目の真っ白な穴が、天井へぼんやりと向けられているのは確かめた。

ついさっきまで聞こえていた鼾《いびき》や、お菊の痩せた身体を欲望のままに貪《むさぼ》っていた荒々しさや、粘りつく体臭や臭い吐息は消え、こんな男でも仏になったのだと、お菊はそのとき気づいた。

それからおよそ一刻がたって、空が白み始めた。

お菊は、出格子の板戸の隙間《すきま》から、白んでいく空にのぼる千日前の火やの煙を見やっていた。傍《かたわ》らの布団に覆われた柳助は、今は安らかに横たわっている。

お菊は、包丁の柄《え》を両掌でにぎり締め、首筋にあてがった。

ひた、と青白い肌に包丁の触れた音が聞こえたような気がした。

繊細《せんさい》で冷やかな刃先が、その肌にほんのわずかな疵《きず》をつけた。小豆《あずき》ほどの小さな血のふくらみが、疵から浮きあがった。血のふくらみが堪《こら》えきれずに形をくずし、ひと筋に肌を伝った途端《とたん》、刃はすべった。

包丁をにぎり締めた掌が、震えた。血飛沫《ちしぶき》が噴いているのがわかった。

だが、長くは続かなかった。

すべては束《つか》の間の出来事だった。

痛みも苦しみも恐ろしさも恨《うら》みも怒りも、悲しみも無念も悔恨《かいこん》も憐憫《れんびん》も、長くは続かなかった。むしろ、その束の間、お菊は清々《すがすが》しい安堵《あんど》に包まれた。

畳《たたみ》に俯《うつぶ》せ、横たわった。

ふと、板戸の隙間に難波村の空がぼんやり見えた。あの空の向こうに、郷里の泉州佐野町がある。

ああ、綺麗な……

お菊は何もかもが薄れ消えていく中で思った。


半刻《はんとき》（約一時間）後のまだ早朝の六ツ（午前六時頃）すぎ、検視役《けんしやく》の大坂《おおさか》西町奉行所同心が、奉行所の紺看板《こんかんばん》に梵天帯《ぼんてんおび》の中間《ちゆうげん》と御用聞《ごようきき》らを率《ひき》いて難波新地《なんばしんち》の勝村に出役《しゆつやく》した。

同心は、心中のあった二階の部屋に入ると、畳や布団、角行灯《かくあんどん》、壁、襖《ふすま》や出格子窓の障子戸、天井にまで血飛沫が飛んだ凄惨《せいさん》なあり様に顔色ひとつ変えず、十手《じって》を抜き、手慣れた様子で女の亡骸《なきがら》から検視にかかった。

同心が畳に広がった血をよけて女のわきにかがんだとき、折りしも天道が東の空にのぼって、出格子窓の板戸の隙間から射しこんだ光が、俯せてうっすらと目を開けた女の死に顔を、燃えるような赤い色に染めた。

女の顔は、あまり苦しげに見えなかった。眉をひそめてはいたものの、むしろ、器量のよい顔だちに思われた。

同心は板戸の隙間へふり向いて、目を細めた。

「死に化粧かいな」

それから、御用聞を指図し、亡骸の疵口を調べた。

勝村の飼い犬が、さっきからうるさく吠《ほ》えていた。

覚悟を決めた大きな切り口が、細い首筋に真っ赤な口を開けていた。あふれ出た黒ずんだ血が、周りの畳に広がり、乾きかけてねっとりとしていた。

女の手には、血のついた柳葉包丁がにぎられたままだった。

手ぎわよく身体中を調べ、続いて男の骸《むくろ》に移った。

男の骸は、女の傍らで頭から布団をかぶせられていて、布団をめくった途端、籠《こも》っていた異臭が湧きあがった。

同心は、うっ、と息をつめた。

骸は布団に染みこんだ血の海の中で、白目を剝《む》いていた。喉仏のあたりをひと引きにされ、両掌で疵を押さえた恰好《かっこう》のまま、石のように固まっていた。

「男の身体は、えらいこわばっとる。二人ほぼ同時に、お陀仏《だぶつ》になったというわけやないんか。男が先に逝《い》って、女は躊躇《ためら》っとったんやな。部屋に争った跡もないし、これはわけありの無理心中やな」

色茶屋の茶《ちゃ》汲《く》み女が、泊り客の寝ている隙に包丁で喉を切って殺害し、そのあとから自分の首へ包丁を走らせ果てたと、同心は見たてた。ただ、二体の骸のこわばり具合の差を考えれば、男を殺害した女が自ら命を絶つまで、相当長いときがあったのは間違いなかった。

その間に女は何をしとった。なかなか死ねんかっただけか。それとも……

同心はそれが少し気にかかった。

「ええやろ。戸を開けや。臭《く》そうてしゃあない」

同心は、御用聞に出格子窓の板戸を全部開けさせ、勝村の亭主に、茶汲み女と客の身元を訊《たず》ねた。

異臭が堪《たま》らなそうに半纏《はんてん》の袖《そで》で鼻を覆っていた亭主は、袖を離して言った。

茶汲み女はお菊。西高津《こうづ》新地の茶屋《今福《いまふく》》から、三年近く前、店替えをして移ってきた。歳《とし》は二十六で、明けて二十七になるはずだす、と亭主は言った。生国は泉州佐野と聞いたのみで、詳しい身元を亭主は確かめていなかった。

「なんでも、若いころは新町《しんまち》で勤めていたとか、聞きましたな。けど、こういう女の素性を一々気にしてたら、きりがおまへん。あっちへふらふら、こっちへふらふらと、風の吹くまま気の向くままでっさかい。せっかく支度金《したくきん》を仰山《ぎょうさん》出してやったのに、水の泡や。おまけに部屋を滅茶苦茶《めちゃくちゃ》にされて、大損ですわ。こんな大それたことを仕出かしくさって、うちになんの恨みがあるんや」

亭主は殊《こと》さらに憤《いきどお》って見せた。

つまりお菊は、仰山の支度金で色茶屋勝村に身売りになったのである。

新町の遊女が、流れ流れて難波新地の色茶屋かいな、と同心は思った。

一方、男の身元はすぐに知れた。名前は柳助と言った。三十二歳の中年男で、南船場《せんば》順慶町の伝吉郎《でんきちろう》の倅《せがれ》だった。

「順慶町の伝吉郎？　ほう。南船場の顔役の、あの伝吉郎の倅か」

はい、と亭主は心得顔に頷《うなず》いた。

順慶町の伝吉郎の名は、東西町奉行所の与力同心はみな知っている。順慶町通りの夜店の店割を差配する親分だった。

柳助が勝村にきたのは二度目だった。まだ馴染《なじ》みというのではないが、一度目の敵《かたき》だったお菊が気に入ったらしく、昨夕、勝村にきたときも、「お菊がええ」と亭主に言った。金払いのいい上客だった。

「見つけたんは、誰や」

「お茂《しげ》だす。お茂」

お茂は、部屋の外で呼ばれるのを待っていた。半纏の袖から緋《ひ》の長襦袢の袖を引っ張り出して涙をぬぐいながら、同心の前へきた。だいぶ泣いたと思われ、顔が赤くむくんでいた。同心に問われるまま、

「お菊ちゃんて、廊下で声かけたんやけど、返事がないし、あんまり静かやったから、ちょっと気になって……」

と、肩をすくめ途ぎれ途ぎれに語った。

お茂とお菊は歳が近いこともあって、勝村の抱える七人の女の中で、二人は親しかった。何くれと話を交わす間柄だった。

「お菊ちゃんは、胸の具合が悪いみたいで、お客さんのお務めも、えらそうやっ

たのに、辛抱《しんぼう》して、務めてはったんです」

「胸の具合が悪い？　胸の具合の悪い女に客をとらせてたんかいな」

同心が亭主に質《ただ》すと、亭主は首をひねって言った。

「いえいえ。わては気づきまへんでしたで。確かに、たまに咳《せき》をしておりましたさかい、風邪《かぜ》でもひいたんかいなと思うて、大事にしいやと、声をかけたことはおましたけどな」

ほんまかいな、と同心は苦笑した。しかし、それ以上は質さなかった。場末の新地の色茶屋の亭主が、抱えた茶汲み女がたとえ病気であろうとなかろうと、おまんまを食うてるうちはお務めをさせるのはあたり前である。

それを承知で地獄に落ちてきたんと違うんかい、と亭主は思っている。

半刻ほどで現場の検視と訊《き》きこみや遺留品の調べが済み、同心は亡骸の始末を勝村の亭主に許し、まだ朝の日が降る九郎《くろう》右衛《え》門《もん》町の往来を、御用聞と中間を率いて引きあげていった。

お茂は、亭主や女将《おかみ》や抱えの女らにまじってそれを見送ると、亭主と女将が町《ちょう》役人と亡骸の始末の人足の手配を打ち合わせている間に、朝方、自分の客を送り出した部屋へ、片づけと着替えに戻った。

お菊の部屋をのぞいたのは、その客を送り出したあとだった。

お茂の部屋は、二階の安普請《やすぶしん》の板張がつらそうに軋《きし》む、狭《せま》い廊下の突きあたりにあった。お菊の部屋の前を通らなければならないのが、ちょっと恐かった。けれど、お菊のためにできることがあるかもしれないので、着替えぐらいは済ましておこうと思った。

恐いのを我慢《がまん》して通りすぎ、突きあたりの部屋に戻った。

窓の板戸を閉じた部屋は暗く、敷きっ放しの布団に、板戸の外枠の閉じ目から明るみが射していた。明るみは布団にひと筋の線を落とし、客と乱れた跡をなぞっていた。生臭い温もりが、部屋に籠っていた。

ああ、いやだいやだ。

と呟《つぶや》き、ため息をついた。

板戸を開けて、と思いつつ一歩を踏み出したとき、素足で何かを踏んだ。

見おろすと、折り封の手紙を踏んでいた。

「なんや、手紙か？」

拾いあげて上書きを見た瞬間、お茂の胸が高鳴った。突然、背筋に冷たい震えが走った。おしげさん、と上書きに認《したた》めた達筆の文字が読めた。手紙を落としそうなほど手が震えた。お菊の手紙だとわかったからだ。

お茂は、震える手で折り封を開いた。もうひとつの折り封の手紙と、巻紙を折っただけの書状が出てきた。それを手にした途端、一緒にくるんであった銀貨がこぼれ、畳に小さく跳ねた。

お茂の爪紅《つまべに》を塗った爪先に、二朱《しゅ》銀が落ちている。二朱銀を見つめ、すぐにもうひとつの折り封の上書きへ目を移した。

小春《こはる》様参る
そう書かれてあった。

お茂は字が読めなかった。だが、お菊は字が読め、とても綺麗に書いた。一昨年、お菊が店替えになり勝村へきてからお菊と親しくなり、お務めの合い間に、お菊が師匠になって少しずつ手習をした。

「あては、頭悪いし……」

同じ間違いを何度も繰りかえすので、お茂がしょ気《げ》て言うと、

「大丈夫や。ちゃんと読めるようになるし、書けるようになるよ」

と、お菊は可愛《かわい》らしい笑みを見せてお茂を励ました。

だんだん平仮名《ひらがな》が読めるようになり、近ごろは、やさしい漢字ならわかるよう

になった。

小春の漢字は読めた。こはるだ。

お菊から聞いていた。お菊の生まれは泉州の佐野町で、十二歳のときに両親が亡くなり、家は没落して西船場《せんば》の新町に身売りになった、九歳下の三歳の妹・小春がいて、小春は今、江戸にいる。

もしかしてこれは、とお茂は思った。

巻紙を折っただけの手紙を開いた。間違いなくその手紙はお茂宛てだった。殆《ほとん》どが平仮名で、

お茂さん、ゆるしてください。

という書き出しから始まっていた。

また涙があふれてきて、お茂の頰《ほお》を伝った。お茂は泣きながら、お菊の手紙を読んだ。飼い犬が、またうるさく吠え出した。

それから、ひと月余がすぎた。

文政《ぶんせい》八年（一八二五）の一月半ばすぎ、人形町《にんぎょう》通りを東側の長谷川町《はせがわ》へ曲がった小路に、居職《いじょく》の店をかまえる扇子《せんす》職人・左十郎《さじゅうろう》の娘の小春は、夜明け前の

日本橋《にほんばし》を、室町《むろ》一丁目から日本橋通り南へ渡っていた。

日本橋から下流の江戸橋《えどばし》までの北岸に小屋が並ぶ魚河岸《うおがし》も、市場は始まっておらず、数軒の店《たな》に小さな明かりが散らばっているばかりの刻限だった。

魚河岸の店の並ぶ背後には、漆喰塗《しっくいぬり》の土手蔵の影が、堀沿いに小網町《こあみ》のほうへ黒い壁のようにつらなっていた。

春は名のみの重たい寒気が、十八歳の小春のまだ初々《ういうい》しく細い身体にからみついていた。だが、小春は暗闇《くらやみ》にも寒気にもめげることなく、ゆるぎなく歩んでいた。いかなければならないという思いが、若い胸にたぎっていた。

島田《しまだ》を姉《あね》さんかぶりの手拭で覆い、勾配のゆるやかな菅笠《すげがさ》をかぶった。

地味な紺地に、薄紅と薄黄の椿《つばき》の折枝文《おりえだもん》を散らした綿小袖を裾短《すそみじか》に着け、背にくくった小さな荷物ひとつ。博多《はかた》の丸帯をりりしく締《し》め、手に杖《つえ》を携《たずさ》え、白の手甲脚絆《てっこうきゃはん》に白足袋《たび》、草鞋《わらじ》は後ろがけの紐《ひも》を結《ゆわ》えた姿が可憐《かれん》だった。

菅笠の下に隠れた容顔《かんばせ》は化粧もしていないのに、若い肌は艶《つや》やかに火照《ほて》り、決意をこめて結んだ唇は赤く燃えていた。

朝だちの旅人の姿もまだまれな橋詰の、欄干《らんかん》の擬宝珠《ぎぼし》のわきに人影が佇《たたず》んでいた。かぶった三度笠《さんどがさ》や肩にからげた合羽《かっぱ》に尻端折《しりはしょ》りの影が、颯爽《さっそう》としていた。

良一郎《りよういちろう》だと、影を見ただけでわかった。胸が鳴った。いよいよだわ、と小春は気が急《せ》いた。

良一郎の影が、反《そ》り橋の頂上から急ぎ足でくだっていく小春に気づき、向きなおった。影が、片手でからげた合羽を押さえ、片方の手で三度笠を軽く持ちあげる仕種《しぐさ》をした。

暗くても、良一郎の顔がだんだん見えてきた。

色白で顎《あご》が心なし細く鼻高の顔は、少し頼りなげだけれど、愛嬌《あいきよう》のある笑顔が見分けられた。お坊ちゃん育ちの、悪仲間とつるんでいる不良でも、根は純情で、まれに本石町《ほんこくちよう》の《伊東《いとう》》のお店で顔を合わせると、良一郎はいつもあの笑顔を小春に向けてくる。

「小春、ここだ」

良一郎が先に呼びかけて、童子《どうじ》のように手をふった。そんなにしなくてももうわかっているのに子供ね、と小春はおかしかった。だがすぐに、そんな良一郎を巻きこんでしまったことに胸が痛んだ。

「良一郎さん」

小春は良一郎に走り寄り、呼びかけた。嬉《うれ》しさと不安で気が昂《たか》ぶり、吐息《といき》が乱れた。

「ありがとう。きてくれたのね。本途《ほんと》にありがとう」

「あたりめえだ。そう言ったろう。幼馴染《おさななじ》みのおめえを、ひとりで大坂にいかせるわけにはいかねえよ。通行手形も、ちゃんと用意できた。金はお袋の手文庫から、充分拝借した。小春、何も心配はいらねえからな。おれに任《まか》せろ。おめえ、それで寒くねえかい」

「大丈夫。暑いくらい」

「ふん、そうかい。まだ若いからな」

良一郎は大人ぶって言ったが、小春と同い年の十八歳だった。

「さあ、いこう」

と、背の高い痩軀《そうく》を気風《きっぷ》よく反転させた。小春に背を見せ、日本橋南詰の右手に高札場《こうさつ》、左手に毎朝青物市場がたつ通りを大股《おおまた》にいき始めた。

意気がっていても、良一郎も噴きあがる湯気《ゆげ》のように気を昂ぶらせている。

青物市場はまだ開かれず、四本柱と板屋根だけの掛《かけ》小屋が寒々と並んでいて、日本橋通りの表店も、目覚めてはいない。朝の早い行商風の、荷をうずたかく背中にかついだ旅人の影が、前方にひとつ二つ、後ろの日本橋を渡ってくる二つ三つ、と見えていた。

小春は良一郎に遅れまいと早足を運びながら、声をかけた。

「良一郎さん、おっ母《か》さんにはどう言ってきたの」

良一郎は少し前かがみになった姿勢で、三度笠をふり向けた。

「何も言ってねえ。お袋に知られちゃあ大騒ぎになるだけさ。書置きを残してきた。しばらく上方《かみがた》へ上って世間の見聞を広めてまいり候《そうろう》。路銀少々拝借《はいしゃく》申しあげ候。何とぞ心配御座なく候ってな。旅支度を妹のお常《つね》にばれちまってさ。おっ母さんとお父《と》っつあんに言うんじゃねえぞ、大坂の土産《みやげ》を買ってきてやるからって言ったら、あれが欲しいこれも欲しいと、いろいろ注文をつけやがった。あれはがきのくせに、あっしよりずっとはしっこい生まれつきだ。大人しい亭主を迎えて、伊東はお常が継ぎゃあいいんだ」

そう言って、愉快そうに笑った。

「良一郎さんは伊東を継がないの」

「継がねえ。あっしは商人に向いてねえし。お袋はあっしが伊東を継ぐもんだと思ってるけど、あっしみたいな腰の据わらねえ男が老舗《しにせ》の伊東を継いだら、文八《ぶんぱち》郎《ろう》さんに申しわけねえ。そうだな。もう少し文六《ぶんろく》親分の下で修業《しゅぎょう》を積んで、ゆくゆくは岡っ引稼業もいいかもな。文六親分の貫禄は無理だけどさ」

「岡っ引？　岡っ引より伊東を継いで、商人になったほうがずっといいのに」

小春は良一郎の背中に小声をかけた。

二人は、日本橋南通りから南伝馬《てんま》町に差しかかっていた。大通りをこのままっすぐいけば、京橋《きようばし》川に架《か》かる京橋を渡って銀座《ぎんざ》町である。

「小春は行く末を、どう考えているんだい」

良一郎が早足を運びながら言った。

すると、小春の歩みが遅くなり、二人の間が広がった。それに気づいた良一郎は、小春に合わせて歩みをゆるめた。三度笠を小春へ向け、小春との間が縮まるのを見守った。

「わたしは、大坂へいったら、しなければならないことが沢山《たくさん》あって、もう江戸には帰ってこられないかもしれない。その先のことなんて、今は考えられない」

「何を言ってるんだ。江戸は、小春の郷里じゃねえか。左十郎さんと又造《またぞう》兄さんが、小春の帰りを心配して待ってるんだ。帰るに決まってるじゃねえか。小春の手伝いで大坂までついていったあっしが、小春を大坂にひとり残して江戸に帰れるわけねえだろう。左十郎さんや又造兄さんに、小春はもう江戸には戻ってきませんて、どの面《つら》さげて言いにいけるんだい」

「お父っつあんにもおっ母さんにも、又造兄さんにも、今日までじつの娘のように、血のつながった妹のように育ててもらった恩を、ありがたく思わなかった日はないわ。どうやってこの恩をかえしたらいいのかわからなくて、胸が苦しくなるくらいよ。でもね、三つのときに別れた姉さんが、わたしを呼んでいるの。それがわたしにはわかるの。小春、小春、姉さんを忘れないでね、と泣きながら呼んでいる声が聞こえるの。きっと、わたしには大坂でしなければならないことがあるの。今は何をしたらいいのか、わからないけれど。だから……」

「だからなんだい。小春が大坂に残るなら、あっしも大坂に残るしかねえじゃねえか。恩になった両親だって生まれ育った江戸だって、捨てるしかねえ。それが男の務めってもんだろう」

小春はこくりと、つらそうに頷いた。

良一郎は前へ向きなおり、また歩みを早めた。小春はその歩みに遅れないように懸命《けんめい》に努めながら言った。

「良一郎さん、わたしが江戸に帰っても、良一郎さんの女房にはなれないのよ」

良一郎はこたえず、小春へ見向きもせず、ただ歩み続けた。

「たぶん、お父っつあんとおっ母さんは、又造兄さんとわたしが夫婦になることを望んでいると思うわ。以前、おっ母さんに言われたことがあって。はっきりとじゃないけれど。お父っつあんには恩があるから、そうしろと言われたら、そうするつもりよ。又造兄さんはいい人だし。良一郎さん、ごめんね」

良一郎の三度笠がゆれ、ちぇ、と面倒そうに言った。

「勘違いするねえ。下心があって手伝うんじゃねえ。小春は幼馴染みだ。幼馴染みが困っているのを、見て見ぬふりするわけにいかねえだろう。それじゃあ男がすたるぜ。だから小春と一緒に大坂へいき、手伝ってやるって決めたんだ。あっしの勝手だ。小春が又造兄さんの女房になろうがなるまいが、小春の好きにすりゃあいいじゃねえか。あっしの知ったことじゃねえ」

まだ目覚めぬ南伝馬町は静寂《せいじゃく》に包まれ、暗い大通りの先に、京橋の影がぼんやりと浮かんでいた。橋の袂《たもと》には、枝垂《しだ》れ柳の影が寒そうにうな垂れている。

小春にこたえる言葉はなかった。良一郎もそれ以上は言わなかった。

若い男と女は沈黙し、それぞれの胸の鼓動《こどう》と、それぞれがひとつにからみ合うかのような互いの呼気を聞いているだけだった。

若い男と女に、先の見通しなどあるはずもなく、ただ不安だらけで、心細かった。これから歩まなければならない道は、暗く長く、途方《とほう》もなく険《けわ》しく果てしなく感じられた。

けれども、向こう見ずで愚かで未熟な、瑞々《みずみず》しく純情な昂ぶりだけが、大通りの先のあの京橋を渡ってはるかに遠い彼方の大坂へと、若い二人を導いていた。

第一章　欠《か》け落《お》ち

一

往来に向いて油障子に《宰領屋《さいりようや》》《三河《みかわ》町三丁目》と、筆文字を記した両引きの表戸が、吹きつける風に震えていた。

神田《かんだ》橋御門の東方、三河町の三丁目に店をかまえる請け人宿・宰領屋は、主に駿河台《するがだい》下や番《ばん》町の旗本《はたもと》、大名屋敷などをお得意にして、渡りの若党《わかとう》、一季半季の中間小者《ちゆうげんこもの》、草履《ぞうり》とり門番、下男下女奉公の周旋《しゆうせん》をする口入屋《くちいれや》である。

北町奉行所定町廻《じようまちまわ》り方同心・渋井鬼三次《しぶいきさじ》が、ひょろりとしたのっぽの助弥《すけや》を従え、宰領屋の表戸をくぐったのは昼下がりだった。

昨日は春の初めにしては、うららかなすごしやすい一日だったのに、一夜明けた今朝(けさ)から、また冷たい北風が吹き出し、往来に黄色い砂が巻きあがって、道ゆく人を悩ませていた。

春の気配が兆《きざ》したり冬に戻ったりと、気まぐれな天気が続いている。

宰領屋の店は、小広い前土間の先に落縁《おちえん》と八畳《じょう》ほどの店の間《ま》があって、お仕着せの三人の手代が、小机を挟《はさ》んだ客に、奉公先の決まり事を小声の早口で読み聞かせたり、仕事の内容の遣《や》りとりなどを交わしていた。

数人の順番待ちの客の男女が店の間に坐《すわ》り、前土間にも客がいて、壁に貼り廻《めぐ》らした奉公口のちらし書きを、熱心に読んでいた。

渋井と助弥が、砂塵《さじん》を巻いた風とともに宰領屋の前土間へ入ると、店の使用人や客の目が一度に向けられ、おいでなさいまし、おいでなさいまし、との声が口々にかかった。

渋井は、小銀杏《こいちょう》に結った髷《まげ》の乱れを指先でなでつけながら、八文字の下がり眉《まゆ》にちぐはぐなひと重《え》の目と、色白のこけた頰《ほお》にいやに赤い唇が目だつ、盛り場の顔利きや親分衆から《鬼しぶ》と綽名《あだな》をつけられた不景気面《づら》を、不機嫌そうな笑顔に無理やり作り変えた。そして、

「おう」

と、店の中の誰にともなくひと声かえした。

三人の手代が机を並べる後ろの帳場格子《ごうし》に白髪髷の番頭がいて、唇をへの字に結んだ気むずかしそうな顔つきで帳面に筆を走らせていた。その年配の番頭が、渋井と助弥が前土間に入ると、足早に店の間の上り框《かまち》まで進み出て端座《たんざ》し、皺《しわ》の目だつ手をそろえて慇懃《いんぎん》な辞儀《じぎ》をした。

渋井は、助弥が後ろから定服《じょうふく》の黒羽織《くろばおり》の埃《ほこり》を払っているのもかまわず、中背の痩せたいかり肩をゆさぶり、前土間に雪駄《せった》を擦《す》った。

「渋井さま、この風の中をわざわざのお役目、ご苦労さまでございます。御用を承《うけたまわ》ります」

「矢藤太《やとうた》はいるかい」

と、渋井はぞんざいに番頭へかえした。

「はい。まだ裏におるはずでございます。ただ今呼んでまいります。まずは、どうぞおあがりくださいませ。六助《ろくすけ》、六助……」

番頭が土間の折れ曲がりの通路のほうへ呼びかけると、去年の秋から奉公を始めたばかりの十二歳の小僧の六助が、折れ曲がりの通路の奥から俊敏《しゅんびん》に走り出てきて、声変わりのしない甲高《かんだか》い声をたてた。

「へえい、番頭さん。ご用ですか」

「裏に旦那さまがまだおられるはずだから、渋井さまがお見えになられましたと、お知らせしてきなさい」

「へい。渋井さまがお見えになられました、でございますね」

六助が念を押し、渋井を見あげた。

「おれが渋井だ。小僧、見覚えがあるだろう」

渋井が無愛想《ぶあいそう》に睨《にら》んだ。

六助は渋井の不景気面に睨まれて首をすくめ、すぐに「へえい」と甲高い声をかえし、折れ曲がりの土間を裏の住まいのほうへ逃げるように消えた。

「さあどうぞ、渋井さま。助弥さんもどうぞ」

「いや。こみ入った用じゃねえ。市兵衛《いちべえ》を捜しているんだ。永富《ながとみ》町の店にいねえから、ここにくりゃあわかると思ってな。ところで、市兵衛は宰領屋の周旋で、どっかの屋敷の務めが始まっているのかい」

「市兵衛さんでございますか。市兵衛さんの次の奉公先は、今のところまだ決まってはおりませんね。四半刻《しはんとき》（約三〇分）ほど前こちらにお見えになり、主人にあれこれ奉公口の相談をなさっておられましたが、ついさっき、通りの先の《新《しん》富《とみ》》へいかれましたよ。主人もあとからいくようでございますから、新富で相談の続きをなさるのではございませんか」

「蕎麦《そば》屋の新富なら知ってる。そうかい。市兵衛の勤め先は決まっていねえんだな。なら好都合だ。そっちをのぞいてみるとするか。じゃ、矢藤太はもういいから、よろしく言っといてくれ」

いきかけたところへ、店の間の奥にある接客をかねた仕事部屋の、間仕切の腰障子が、渋井をいかせぬかのように引き開けられた。宰領屋の主人・矢藤太が、大きく見開いた目を不敵にゆるませ、楓《かえで》色に唐草文《からくさもん》を白く抜いた長羽織の裾《すそ》をじゃれつくようにゆらし、店の間に出てきた。

矢藤太は店の間のあがり端《はな》に立ったまま、口軽に辞儀を言った。

「渋井の旦那、ちょいと用を足しておりましたもんで、お待たせいたしました。本日は、いかなる御用でおでかけでございやすか？」

「おっと、矢藤太、いたのかい」

渋井は、吉原《よしわら》の男芸者のような妙に派手な矢藤太の羽織に苦笑した。

「いますよ。あっしはここの住人なんですから。いるとわかって、呼んだんじゃあねえんですかい」

矢藤太は、かすかな嫌《いや》みをまぜた。

小僧の六助が、また折れ曲がりの土間の奥から急いで出てきて、ほかにご用はございませんかと訊《たず》ねるかのように渋井を見あげた。

「そりゃあいるよな。矢藤太はここの亭主なんだ。いたいだけいりゃあいいさ。なあ小僧」

渋井は六助をからかうように言った。

「へい。こちらはご主人のお店でございますから、いたいだけいるのは、ご主人の勝手だと思います」

六助が几帳面《きちょうめん》にこたえたから、渋井の後ろで助弥が噴き出した。

矢藤太は、京都島原《きょうとしまばら》の身売りした女を廓《くるわ》に仲介する女衒《ぜげん》だった若いころを思わせる、ちょっと無頼なにやにや笑いを見せた。

「で、旦那、わざわざお出かけはどのような御用なんで。じつは、市兵衛さんがつい今しがたまでいましてね。新しい奉公口の相談をしていたところなんです。昼飯代りに蕎麦でも食いながら相談の続きをということになって、先にいって待ってるんです。長くかかるなら、断りを入れなきゃなりませんので」

「いや、そいつはいい。おれが蕎麦屋へいく。新富だろう」

「旦那さま、渋井さまは市兵衛さんにご用のようでございますよ」

　番頭が口添えをした。

「なんだ。あっしじゃなくて、市兵衛さんに御用のお訊ねですかい。まさか、御番所の仕事があるから、市兵衛さんにどうかとか、市兵衛さんを渋井の旦那の手先に使いてえというのじゃあ、ありませんよね」

「そんなんじゃねえよ。市兵衛に少しばかり話があるだけだ。矢藤太にはかかり合いのねえ話さ」

「話があるだけ？　じゃあ、やっぱり御用のお訊ねなんですね」

「いや。御用のお訊ねじゃねえ。ちょいとわけありの話があるのさ」

「なるほど。わけありの話があるだけで、御用でもないのにわざわざこの風の中を宰領屋にまで市兵衛さんを捜しに見えるんですから、これは相当のわけありと読めました。いささかむずかしい仕事の臭いが嗅《か》げます」

　矢藤太の傍《かたわ》らの小僧と渋井の後ろの助弥が、首をそろって頷《うなず》かせた。

「市兵衛次第だが、ひょっとしたら、頼み事をするかもしれねえ」

「よろしゅうございますとも。宰領屋の矢藤太が、旦那のわけありの頼み事をお請《う》けして、市兵衛さんに仲介いたしやす。ほかに請けた奉公口もいくつかございますので、そのひとつとして……」

「堅苦しいことを言うなよ。長いつき合いだろう。確かに御用じゃねえ。御用じゃねえが、おれにもおれなりの立場があってさ。もし、頼むとしたら市兵衛しか思いつかねえんだ。矢藤太、察してくれねえか」

「そう仰《おつしや》いましても、旦那、つき合いはつき合い。稼業は稼業ですよ。旦那のわけありの話をうかがったうえで、市兵衛さんと相談し、どうするか決めようじゃありませんか。何とぞご懸念《けねん》なく。請け人宿はあっしの生業《なりわい》なんですぜ。お客さまのお望みを、おろそかには決していたしませんて。では、そういうことできまりと……」

矢藤太が両掌《りようて》を調子よく打ち鳴らして落縁におり、土間の草履をつけた。

「新富にいるからね。何か用があったら知らせておくれ」

白髪髷の番頭に言いつけた。

「承知いたしました」

番頭と使用人らの声を背中に受けて表戸を引いた途端《とたん》、砂塵が吹きこんだ。

「おっと、やな風だね」

矢藤太は、楓色に唐草文の羽織の袖《そで》で吹きつける砂塵を防ぎながら、先に往来へ出た。渋井は不景気面をいっそう渋く歪《ゆが》めて、仕方ねえか、という風情《ふぜい》で矢藤太のあとに従った。

冷たい風の吹く往来をゆく矢藤太、渋井、助弥の三人を、小僧の六助が表戸に立って、目を細めて見送った。

「いってらっしゃいませ」

六助は甲高い声を風の中へ投げ、油障子《あぶらしょうじ》の表戸を慌《あわ》てて閉じた。

二

渋井鬼三次は、《鬼しぶ》と綽名された渋面《しぶづら》を板天井へ泳がせ、しばし言葉をきった。言葉をきるとため息が出たので、ため息と一緒に力ない小声で屈託を吐き出した。

「まったく、十八にもなりやがって、世話のかかる若造だぜ。少しは親の身にもなってみやがれ」

たてた障子戸に、窓格子の影と昼下がりの日が映っていた。障子戸は風に震えて、絶え間なくかたかたと鳴っていた。

そこは、縁台を数台並べた土間の奥にある蕎麦屋《新富》の座敷である。客は座敷の空《あ》いたところへ銘々《めいめい》に坐って、前垂れの女が盆に乗せて運んでくる蒸《む》したての盛蕎麦《もりそば》やかけ蕎麦を食い、中には天ぷらや蒲鉾《かまぼこ》を肴《さかな》に酒を呑《の》む客もいる。

昼の刻限をだいぶすぎて、座敷にほかの客の姿はなかった。

強い風の所為《せい》で往来の人通りは少なく、障子戸が寒そうに震え、吹きすさぶ風がうなっていた。

「とにかく、お藤《ふじ》は泣くわ喚《わめ》くわで、おれの所為みたいに責めやがって、手に負えねえんだ。良一郎が悪さをしたら、全部おれの所為にしやがる。父親のおれがいい加減だから、その血を引いたんだってよ。けど、良一郎の両親は、今は母親のお藤と《伊東》の文八郎さんが父親だ。氏《うじ》より育ちって言うじゃねえか。そっちの育て方が間違ったんだろう。なあ、助弥」

「はい。ありゃあ、育て方を間違えましたね」

四人が車座になった渋井の右隣《とな》りの助弥が、心得顔で言った。

「でもね、去年から紺屋《こんや》町の文六親分の下で修業を始めて、ここんとこずいぶん大人びてきたなって気がしてたんですけどね。顔なんか、男っぽくしゅっと締《し》まっちゃって、眉も太くなってね。まあ、大人びてきたから盛《さか》りがついて、はた迷惑な欠《か》け落《お》ちに走っちゃったんですかね」

渋井の左隣りに胡坐《あぐら》をかいた矢藤太が、気楽な口調で言った。

「なんだい、盛りがついたとは。犬猫じゃあるめえし。おれの倅《せがれ》だぞ。もうちょっと気を使った言い方ができねえのかい」

「あ、いや。それだけ大人になったってことを、わかりやすく言ったんですよ。ねえ、市兵衛さん。市兵衛さんはどう思うんだい。黙ってないで、なんとか言ったらどうだい。渋井の旦那が困っていらっしゃるんだぜ」

矢藤太が、渋井と向き合っている唐木《からき》市兵衛を促した。

ふむ、と市兵衛は頷いただけで、すぐにはかえさなかった。気の滅入《めい》っている渋井をなだめるような、しかしどこか物思わしげに見える奥二重の眼差《まなざ》しを、渋井に向けていた。やがて、

「渋井さん、わたしには良一郎さんが小春と色恋ゆえの欠け落ちをしたとは、思えないのです。欠け落ちをするほどの理由が、ないような気がするのですが」

と、何かしら合点がいかぬふうに言った。

「市兵衛さん、それは無理だよ。十八歳の、長谷川町界隈《かいわい》じゃあ器量よしと評判の小春と、良一郎坊ちゃんも同い年の十八歳。もう立派な若衆《わかしゅ》だぜ。若衆と若い

娘が、手に手をとって忽然《こつぜん》と姿を消しちまった。これが、盛りがついた、じゃなく惚《ほ》れ合った男と女の欠け落ちじゃなくて、一体なんだって言うんだい」

矢藤太は、欠け落ちが色恋の沙汰《さた》と決めつけている。

「二人が惚れ合っているなら、夫婦にさせてやればよいではありませんか。良一郎さんは老舗の扇子問屋・伊東の跡継ぎだし、小春も腕のたつ扇子職人の娘なのですから、似合いの夫婦になると思われます。二人がそれぞれの両親に夫婦になりたいと打ち明け、強く反対されていたとかなら、わからないではありませんが、二人は両親にも打ち明けず、周りも二人が懇《ねんご》ろであったと気づいていなかったのでしょう。二人の欠け落ちは、そうするしかなかった別の事情があったのではありませんか」

「それなんだがな……」

渋井は腕を組んで、うめくように言った。

「小春は上方《かみがた》の商人《あきんど》の家の生まれで、三歳のころ、両親に不幸があって家が没落し、一家はばらばらになった。九歳上のお菊という姉がいて、お菊は大坂の遊郭に奉公に出され、小春も姉と一緒に遊郭に引きとられたんだ。そのころたまたま大坂にいた左十郎がお菊と小春の事情を知り、お菊と一緒に遊郭に引きとられ、いずれは遊女になる定めの三歳の童女を不憫《ふびん》と思い、自分の子にと申し入れて江戸に連れて帰った。小春は左十郎夫婦の娘として育ったが、年ごろになって、夫婦は小春が倅の又造の女房になって、扇子職人の家業を継いでくれることを強く望むようになり、まだご近所に披露はしていなかったものの、小春もそうなるしかないと思っていたらしいのさ。だから、良一郎と小春が惚れ合って欠け落ちまでした理由は、欠け落ちをしなきゃあ夫婦になれねえと、思いつめた末なんだろう。それしか考えられねえ」

「そうそう、理由はそれに決まってます。近ごろの若い者は考えが足りませんから。自分の足下を確かめ、しっかりと地歩《ちほ》を占めなきゃあ先がないぞと、考える力が身についてない。これが、二人手に手をとって来世《らいせ》を誓い、心中をとげたなんて事態になったら、周りもただじゃ済まなくて大迷惑だ。まったく、地頭の良し悪しの違いですかね」

矢藤太が平然と言ったので、渋井がまた渋面で睨みつけた。矢藤太は、渋井の渋面に睨まれて気づき、

「あ、じゃなくて、若い者には仕方がないことだし、あと先を考えずに遮二無二《しゃにむに》突き進むのが若い者らしいという意味ですよ」

と、にやにや笑いで誤魔化《ごまか》した。

渋井は腕組みした片方の掌《てのひら》に顎《あご》を乗せ、憂鬱《ゆううつ》そうに考えこんでいる。

しかし、市兵衛は言った。

「そうでしょうか。腑《ふ》に落ちませんね」

「何が腑に落ちないんですか、市兵衛さん」

助弥が市兵衛を質《ただ》した。

「そのような理由で欠け落ちをしたなら、良一郎さんも小春も、書置きにそれに触れていないのが解《げ》せないのだ。渋井さん、許されない恋ゆえに親に背《そむ》くのですから、上方へいき小春と夫婦になるとか、良一郎さんと添いとげますとか、せめてそれぐらいの事情は書き残すと思うのです。しかし、二人がそれに触れていないのは、理由がそれではないためではありませんか」

「じゃあ、市兵衛さんは理由をなんだと思いますか」

助弥がなおも訊いた。

「そこまではわからない。だが、良一郎さんは、しばらく上方へ上って世間の見聞を広めてくるので、心配しないようにと両親に書き残し、お藤さんの手文庫から路銀を拝借していった。旅支度を妹のお常に見つかって、大坂の土産を買ってきてやるとも言っていた。小春との欠け落ちなら、なぜ、そんな戯《たわむ》れのような言いのがれをしたのだろう。確かに無鉄砲だが、わたしには良一郎さんらしいと感じられるのだ。書置きは良一郎さんの本心に思える」

　助弥が真顔になって、ふむふむ、と頷いた。

「渋井さん、小春の書置きは、亡くなった姉のお菊の菩提《ぼだい》を弔《とむら》うために大坂へいかねばならず、身勝手なふる舞いを許してほしいと、詫《わ》びているのでしたね。すべてが明らかではないとしても、これも小春の本心と思われませんか」

「市兵衛さん。あっしもそう思います。良一郎坊ちゃんと小春は、欠け落ちをしなきゃあならねえ子細があるんじゃねえかと、思えてならねえんです。大丈夫ですよって旦那に言いたいんですけど、いい加減なことは言えませんし」

「良一郎さんが文六親分の店に越して、下っ引を務めるようになってから、何度か良一郎さんの助けを借りる機会がありました。それで感じるのです。良一郎さんは、渋井さんに似《に》ていますよ。お藤さんの仰るとおり、良一郎さんの不良ぶりは渋井さんの血筋だと思います」

　あ？　と渋井が間の抜けた顔を市兵衛に向けた。渋井の渋面が急に間抜け面になったので、助弥と矢藤太がおかしいのを堪《こら》えて唇を結んだ。

「向こう見ずでも無鉄砲でも、これは放ってはおけないと思ったら、周りが馬鹿な真似《まね》はやめろ、自分が損をするだけだぞ、恥をかくだけだぞと、どんなに止めても、良一郎さんは放っておけない人なのです。どうです。良一郎さんのそういうところが、渋井さんに似ていませんか。良一郎さんは、もう子供ではありませんよ。母親のお藤さんや、恩のある育ての親の文八郎さんを悲しませ、渋井さんを困らせるようなふる舞いをするとは思えません」

鬼しぶの渋井の目が赤くなり、しょぼしょぼさせた。腕組みを解《ほど》いてうな垂《だ》れるように首をかしげ、父親の困った風情を見せた。

「そうなんだ。色恋沙汰《ざた》の欠け落ちにしちゃあなんか妙だと、思えてならねえ。だから、よけい気になるっていうか、放っておけなくてな。お藤がやいのやいのとうるせえし、おれ自身、このままじゃあ気が済まねえ。おれは、大坂へいかなきゃならねえ。大坂へいくべきだと思ってる。倅の子育てを女房任せにしてほったらかしにし、挙句《あげく》に、女房は倅を連れて出ていっちまった。良一郎をあんな男にしちまったのは、確かに、ほったらかしにした父親のおれの所為《せい》だ。倅の不届きなふる舞いは、父親が始末をつけるのが筋だ。不浄《ふじょう》役人でも二本差しだ。それぐらいの心得はおれにだってあるさ」

渋井は、ひと息を気だるげに吐いた。

「渋井さん……」

市兵衛は言いかけた。だが、渋井は市兵衛に言わせなかった。どうしても先に言わずにいられないという口調で続けた。

「今の父親は文八郎さんだ。とは言っても、文八郎さんに本来はおれが負わなきゃならなかった責任を押しつけるのは酷《こく》だ。おれが大坂へいって、なんとしても良一郎と小春を、江戸に連れ戻さなきゃあならねえ。二人が江戸へ戻ってくりゃあ、望みを聞いてそれに添うよう手助けするのはやぶさかじゃねえ。お藤や文八郎さんにも承知させる。とにかく今のままはよくねえ。わけを聞こうじゃねえかと、思っているのさ。けどな、おれだと良一郎と小春を見つけ出したとしても、話を聞くはずが、たちまち頭に血がのぼって、この大馬鹿野郎となりそうで、かえって拗《こじ》らせちまうんじゃねえかと、心配なんだ。自分の倅を相手にするのは苦手だ。自信がねえ。良一郎の野郎、おれのことをわざとらしく、渋井さん、とよそよそしく呼びやがる。おれが無理やりなことをしたら、それこそ二人は手に手をとって来世を契《ちぎ》り、心中しかねねえ。矢藤太、そう思うだろう……」

矢藤太は気まずそうに唇を尖《とが》らせたばかりで、黙っていた。

渋井はちぐはぐなひと重の目を、いっそうちぐはぐにして見開き、市兵衛を見つめた。そして、ようやく言った。

「市兵衛、大坂へいってくれねえか。良一郎と小春を見つけ出し、二人を江戸へ連れ戻してほしいんだ」

助弥と矢藤太が、渋井にならって市兵衛へ向いた。

窓の障子戸が、かたかた、と音をたて、町内の飼い犬が、風に歯向かって虚《むな》しく吠《ほ》えていた。

そこへ、前垂れを着けた新富の女が、茶を入れ替えにきた。

「姐《ねえ》さん、済まないね。ちょいと御用が長引いていてね」

矢藤太が気を利かして言った。

「どうぞ。ごゆっくり」

女が急須《きゅうす》の茶をつぎながら愛想よく頰笑《ほほえ》んだ。

すると、渋井は町方の顔に戻り、「ああ?」と声をもらした。そして、自分たち四人のほかに客の姿は見えず、往来に吹きすさぶ風のうなりばかりが聞こえている店の中を、不思議そうに見廻した。

三

小春は、上方の泉州佐野町の商家に生まれた娘だった。

九歳上の姉のお菊と小春の二人姉妹で、お菊が十二歳、小春が三歳のとき、両親を同時に失う災難に遭《あ》って商家は借財を抱えて没落し、お菊と小春は大坂の新町の廓に引きとられた。

扇子職人の左十郎には、熊野三所権現《くまのさんしょごんげん》への信心があった。三十代半ばのころ、旧知の職人仲間らと念願の熊野詣での旅に出て、熊野詣でを果たした戻り、上方《かみがた》の名所廻《めぐ》りのため、大坂の宿に数日をすごした。

その一日、仲間とともに大坂の新町で遊んだ折り、ある廓で、つい頬笑みかけたくなるほど愛くるしい三歳の小春を見かけたのだった。

左十郎は、小春が不幸な災難に遭って没落した商家の娘で、歳《とし》の離れた姉とともにほんのひと月前、新町の廓に引きとられてきた経緯を人伝《ひとづて》に聞き、胸を打たれ、強い憐《あわ》れみを小春に覚えた。

左十郎は、小春の生家の不幸な災難を詳しく知る間もなかったが、そんな子細《しさい》はどうでもよかった。これは、この子を自分の娘にして育てよ、という熊野権現の思し召《おぼ》しめではないか、という思いに捉えられたのだった。

人を介して、小春を引きとりたいと申し入れた。

旅の仲間に無理を言って借り集めた金を廓に払い、証文を交わし、小春を江戸の長谷川町の店へ連れて帰った。女房に子細を伝え、人のよい夫婦は熊野権現の思し召しと信じて疑わず、倅の又造の妹として慈《いつく》しみ育てた。

歳月がすぎ、小春は次第に町内でも評判の器量よしに育っていった。夫婦にとって、器量よしの小春は自慢の娘になっていた。

そのころ、倅の又造は扇子職人の家業を継ぐ修業を始めていた。

夫婦は、器量よしの小春と又造が、いずれ夫婦になって家業を守ってくれることを、願うようになった。小春が十三、四のめっきり娘らしくなったころ、それとなくほのめかした。すると、小春もそれを承知しているかのような素ぶりを見せ、夫婦を安堵《あんど》させた。

この春、小春は十八歳のまぶしいほどの娘になっている。

左十郎は、倅の又造にあと二年ほど修業を積ませてから家業を譲り、小春と祝言をあげさせて、と真剣に考えていた。

ところが、去年の極月《ごくげつ》十二月に入ってほどなく、大坂から一通の飛脚便《ひきゃくびん》が小春に届いた。十四年前、大坂の新町で別れた姉のお菊が亡くなった知らせだった。知らせを受けて、身悶《みもだ》えて咽《むせ》び泣く小春に、

「姉さんに何があって亡くなったんだい」

と左十郎は質したが、小春は首をふって子細を語らず、手紙も見せなかった。

「姉さんを弔いに、大坂へいかせてください。姉さんが可哀想《かわいそう》です。このまま放っておけないのです」

泣きながら、ただそう訴えるばかりだった。

左十郎には、姉のお菊は大坂新町の遊女になっていたのだろうと、察しがついていた。身寄りのない遊女が病気などで亡くなれば、無縁仏《むえんぼとけ》として葬《ほうむ》られる。おそらくお菊もそうなのだろう。だから、小春は遊女になった姉の身を恥じて事情を話さず、手紙も見せないのだろう。

左十郎はそのように推量し、それ以上は問い質さなかった。

だが、小春が大坂へいくことは許さなかった。

「たったひとりの姉さんを亡くして、小春が悲しむのは当然だし、気の毒な姉さんをちゃんと弔ってやりてえというのも、もっともな願いだ。けど、小春をひと

りで大坂にいかせるわけにはいかねえ。若い身空《みそら》で、ひとり旅なんぞ、とんでもねえ。姉さんが亡くなって、大坂から知らせの飛脚が届くまでに、もう何日もたっている。今、小春がじたばたしても間に合わねえし、何も変わりはしねえ。年が明け、注文を請《う》けている仕事が一段落して、もう少し温かくなる二月の下旬か三月ごろ、小春と又造が二人で大坂へ旅をすりゃあいいじゃねえか。二人で姉さんの菩提を弔い、できれば、小春の郷里の泉州の佐野町まで足を延ばし、二人の行く末の報告がてら、ご両親の墓参りをするのもいいだろう。お父っつあんやおっ母さんは、小春がこんな娘に育った姿を見てきっと草葉の陰で喜んでくれるぜ。小春、姉さんを弔う気持ちは江戸にいても変わりはしねえ。ふた月かせいぜいみ月、我慢するんだ」

小春は俯《うつぶ》せた顔を両掌で覆い、すすり泣きながら左十郎の言葉に小さく頷いた。

左十郎は、小春が了見してくれたと思っていた。

ところが、年が明けて半月余がたった一月の半ばすぎ、小春は、

《姉さんの菩提を弔うために、大坂へいかねばなりません。これまで育てていただいたご恩は生涯忘れません。身勝手なふる舞いをお許しください》

のだった。

左十郎は驚いた。

「すぐに小春を追いかけろ。本石町の伊東へいって、恰《あたか》も今生《こんじょう》の別れのような書置きを残し、忽然《こつぜん》と姿を消したのだった。

小春が姿を消したことに朝になって気づき、左十郎は驚いた。

女の足だ。まださほど遠くへいっていまい。又造、すぐに小春を追いかけろ。

箱根《はこね》の関所に着くまでには追いつける、と又造がいきかけたところへ、本石町の扇子問屋・伊東の倅・良一郎が、どうやら小春と欠け落ちしたらしいという知らせが飛びこんできた。

「なんだって。良一郎さんと小春が。そんな……」

左十郎は、腰を抜かしそうなほど驚いた。女房はうろたえ、ただおろおろするばかりだった。

すぐに本石町の伊東へ走ると、伊東でも商いどころではない慌てぶりだった。母親のお藤の金切声《かなきりごえ》が裏の住まいのほうで甲走《かんばし》り、手代らが忙《せわ》しなげに、店を出ていったり入ってきたりして、大騒ぎになっていた。

主人の文八郎と会い、良一郎と小春の欠け落ちの子細が知れた。

良一郎は伊東の跡継ぎにもかかわらず、扇子問屋の商いの修業に身が入らず、腰の据わらない不肖の倅だった。見かねた継父の文八郎は、商いの修業よりまずは世間をもっと見てこい、商いの修業はそれからでもよいと、南御番所の町方の御用聞を務め、神田界隈では顔利きと知られている紺屋町の文六親分に、良一郎を預けて修業をさせている事情を左十郎は聞いていた。

その良一郎は、文六の店のある紺屋町の名主の同じ年ごろの倅と、若い者同士で親しくなっていた。去年の暮れ、その名主の倅に、幼馴染《おさななじ》みの小春の気の毒な事情を打ち明け、小春の力になりたいが、どうにかならないかと相談した。

小春が大坂へいくためには、往来手形を名主か旦那寺《だんなでら》よりもらわなければならなかった。しかし、小春は両親に大坂いきを反対されて、長谷川町の名主から往来手形をもらうことは無理だった。

名主の倅は、若いのに気の廻る若衆で、お互い坊ちゃん育ちの良一郎と気が合い、良一郎のためにひと肌脱ぐことにした。

良一郎を文六親分の店の借家人ということにすれば、良一郎の往来手形はなんとかできる。だから、小春をまだ夫婦の披露目はしていないものの良一郎の許嫁《いいなずけ》ということにして、小春の姉の弔いに良一郎も一緒に大坂へいくために、同行者小春、と書き添えた往来手形にできるのではと、思案を廻らした。

「そのためには、二人は本途《ほんと》の理《わり》ない仲ということになるんだよ。良一郎、それでもいいんだね」

名主の倅が確かめた。

「いいんだ。幼馴染みの小春が困っているんだ。それぐらいのことはかまわねえさ。大坂の用が済んで江戸に戻ってから、互いの両親に詫びを入れ、先のことはそれから考える」

良一郎はこたえ、名主の倅は良一郎の決心を意気に感じ、

「わかった。良一郎が腹を決めてるなら、なんとかしてやる」

と、引き受けた。

だいぶ手間どったが、名主の倅が良一郎と同行者小春の往来手形を手に入れたのは、一月の半ば、ほんの二日前だった。そして今日の夜明け前、二人は大坂へと旅だっていったのだった。

夜が明けて、良一郎と小春と欠け落ちした知らせを聞いた文六は、文八郎から良一郎を預かっていた手前、見すごしにできなかった。良一郎と同じ、住みこみの下っ引に使っていた富平《とみへい》を質し、斯《か》く斯《か》く云々《しかじか》と事情を聞き出した。

そして、紺屋町の名主に事実を確かめると、すぐに伊東の文八郎に知らせ、二人の欠け落ちの子細が明らかになった。

左十郎は、ああ、そうか、と良一郎と小春が親しい間柄であったことに、改め

て気づかされた。

　お藤が町方の渋井と夫婦別れをして、倅の良一郎を連れて本石町の扇子問屋の里に戻り、そののち、子連れで同じ本石町の扇子問屋・伊東の文八郎に再縁したとき、良一郎は八歳だった。

　扇子職人の左十郎は、拵《こしら》えた扇子を伊東に卸《おろ》しており、小春が童女のころは伊東へともなってゆくことがしばしばあった。小春が十二、三歳になると、仕事の使いで、ひとりで伊東へいかせることもあった。

　その間に、同い年の良一郎と小春が幼馴染みになるのは、普通のことだ。幼馴染みが、年ごろになって互いに惹《ひ》かれ合ったとしても、不思議ではない。

　迂闊《うかつ》だったと、左十郎は思った。

　良一郎が伊東の跡継ぎなのに、不良の道楽息子と聞いており、小春とどうのこうのなどと考えてもいなかった。小春の頑固な決意もさりながら、良一郎との仲もからんでいるので、事情がこじれて厄介《やっかい》に思った。

「とにかく、放っておけません。人を大坂にいかせましょう」

　文八郎と左十郎は相談したが、適当な人物はいないし、しかも、二人が大坂のどこにいるかも知れないのだ。

渋井がお藤から子細を聞かされたのは、今朝の五ツ半（午前九時頃）である。お藤は、北御番所に出仕したばかりの渋井を御番所の門前に呼び出し、良一郎が斯く斯く云々で、渋井さん、なんとかしてくださいと、まるで実の父親の渋井の所為《せい》であるかのように責め、泣き喚《わめ》いて、渋井を困らせた。

砂塵の巻く冷たい風の中を、渋井と市兵衛が並び、助弥が従って、日本橋北と筋違御門《すじかいごもん》や昌平橋《しょうへいばし》のある八ツ小路を南北に結ぶ大通りを歩んでいた。渋井は黒塗りの笠《かさ》をかぶり、黒羽織に白衣を着流した定服《じょうふく》を、吹きつける風になびかせていた。二刀と一緒に差した十手の朱房《しゅぶさ》も、風にゆれていた。

並びかけた市兵衛は、渋井より二寸《すん》（約六センチ）ほど背が高い。総髪に結《ゆ》った頭に菅笠《すげがさ》をつけ、紺地がやや色褪《いろあ》せ気味の古い羽織をまとい、細縞《ほそじま》の小倉《こくら》の半袴《はんばかま》に拵《こしら》えている。

その日、市兵衛が羽織を着けているのは、砂塵を巻く風よけや寒さしのぎもあるが、宰領屋にいって新しい奉公口が見つかり、奉公先へ挨拶《あいさつ》に出かける場合の体裁を、肩衣《かたぎぬ》の礼装までは改まらぬものの考慮したからだ。

貧乏暮らしなりに、古い羽織にも袴にも火熨斗《ひのし》を丁寧《ていねい》にあててある。

矢藤太は、蕎麦屋の新富から宰領屋へ戻り、三人は大通りへ出て、南の日本橋のほうへ向かっていた。

砂塵を巻く強い風の所為で、遅い昼下がりの天道が黄色く見えた。普段は賑《にぎ》やかな大通りの人通りも、今日はまばらである。

三人は、大通りを鍛冶《かじ》町の一丁目まできたところで歩みを止めた。

「渋井さん、わたしは文六親分にもう少し詳しい話を聞いてきます。文六親分の店に良一郎さんと一緒に住みこんでいる仲間もいますから、ささいな出来事から良一郎さんの了見の手がかりが、聞き出せるかもしれません。今夜中に往来手形をもらい、明日の夜明け前にたちます」

「済まねえな。二人の行き先もわからねえのに、大丈夫かい」

「お菊がいたと思われる新町の廓を訪ねれば、二人を捜す手がかりは見つかると思います。二人は必ずそこへいくはずですから。大坂の堂島《どうじま》には、若いころ世話になった米問屋の商人もおります。きっと、手を貸してくれます。良一郎さんと小春を見つけ出し、必ず連れ戻します。任《まか》せてください」

「だとしても、お菊の弔いは口実で、やっぱり二人でどっかへ姿をくらます腹だったとしたら……」

　市兵衛は風の中で頰笑んだ。

「先ほども言いました。良一郎さんは子供ではないのです。お藤さんや、恩のある育ての親の文八郎さんを悲しませ、渋井さんを困らせるふる舞いをすることはありません。二人には、欠け落ちをしてまでも大坂にいかなければならなかったわけがあるのです。そのわけの始末がつけば、二人は必ず江戸へ帰ってきます。二人を信じましょう」

「そうか。そうだな。じゃあ、市兵衛、頼むぜ。大坂の町奉行所に知り合いでもいればいいんだが、生憎《あいにく》、大坂のほうはさっぱりわからねえ。おれは江戸しか知らねえ。大坂なんて、どうせ鬼か蛇《じゃ》みてえなやつらばっかりなんだろう。良一郎と小春は、さぞかし苦労するんだろうな」

　渋井が八の字眉《まゆ》を吊《つ》りあげ、猿が怒ったように黒塗り笠の下の顔を赤らめた。

「それから、市兵衛、これも持っていってくれ」

　渋井が怒ったような顔つきのまま、懐《ふところ》からかなり重い巾着《きんちゃく》を抜き出し、市兵衛の手をとって、無理やりにぎらせた。

「渋井さん、謝礼はさきほどいただきました。あれで充分ですよ」

「違うんだ。さっきのは伊東の文八郎さんの、育ての親の分だ。これは、中途半端なでき損ないの、実の父親のおれの分だ。文八郎さんほどの金額は無理だが、大坂は銀遣いらしいから、銀貨に替えといた。大坂の鬼か蛇みてえなやつらを相手にしても、袖の下だけは大坂も江戸と変わらねえはずだ。旅先じゃあ思った以上に金がかかる。こいつも役だててくれ」

渋井は市兵衛が巾着をつかむまで、市兵衛の手を離さなかった。こうでもしなければ気が済まねえんだと、そんな様子だった。

「そうですか。無駄にせぬよう、これも使わせていただきます」

市兵衛は巾着と一緒に、渋井の手をにぎりかえした。

「うん、そうしてくれ。袖の下は殊《こと》に役人には効き目充分だからよ」

渋井が吹きつける風の中で、目をしょぼしょぼさせた。

では……

市兵衛は鍛冶町一丁目の大通りから、東の紺屋町への往来に曲がった。砂塵を巻く黄色い風が、遠ざかっていく市兵衛の紺羽織をひるがえした。

渋井と助弥は、大通りの曲がり角に立って、市兵衛の姿を見守った。

「ちょっと、胸のつかえがとれた気がするぜ」

渋井は市兵衛から目を離さず、平静さをとり戻して言った。

「旦那、市兵衛さんに任せりゃ、大丈夫ですよ。良一郎さんと小春は、無事に戻ってきますよ」

「そうだな。市兵衛ならな」

そのとき、往来の先に小さくなっていく市兵衛がふりかえって、曲がり角の渋井と助弥へ手をかざし、菅笠の下に涼《すず》しげな笑みを浮かべた。

広い額の下に鼻筋が通り、やわらかく笑った唇から白い歯をのぞかせていた。顎《あご》がいく分張っているが、色白の所為か、痩軀が吹きつける風になびいているかのように、なんとなく頼りなさそうに見える。

けれどもそれは、頼りなさそうに見えながら、ほのめく穏やかさやのどかさ、ゆるぎない安らかさを、渋井にも助弥にも感じさせた。

「ああ、風の市兵衛だな」

渋井がぽつりと呟《つぶや》いた。

「そうっすね。風の市兵衛っすね」

助弥が、かえすともなく言いかえした。

やがて、市兵衛は歩み去っていき、風が往来に砂塵を巻きあげ、不敵に哄笑《こうしよう》するようなうなりを、黄色く濁《にご》った空へとどろかせた。

四

浅草御門《あさくさごもん》の外は、千住《せんじゅ》街道の大通りである。

浅草御蔵にいたる手前の茅《かや》町から、大通りを西へ折れると福井《ふくい》町で、福井町一丁目の銀杏八幡《いちょうはちまん》わきの小路に、軒に赤提灯《あかちょうちん》を吊るし、縄暖簾《なわのれん》をさげた一膳飯屋の油障子に薄明かりが灯《とも》っていた。

昼間の風が収まりかけているものの、冬を思わせる寒さに震えるその宵《よい》、間口の狭《せま》い土間に四台の長腰掛が並び、奥側のコの字に三台が並んだうちの二台に、南町奉行所の御用聞を務める文六と市兵衛がかけ、文六の女房・お糸《いと》と捨松《すてまつ》が並んで腰かけた。

「あとから二人くるんでね。ここを借りるよ」

注文を聞いた亭主に、文六がコの字の空いた一台を指で示し、低い声で言った。

「へえ、どうぞ」

文六の貫禄に押されたように、竈《かまど》の前の亭主はこたえた。

もう一台には、近所の武家屋敷の中間らしき風体《ふうてい》が、ひとりで漬《づ》けの真黒《まぐろ》と豆腐《とうふ》の田楽《でんがく》を肴《さかな》に杯《さかずき》を傾けている。

文六は年が明けて六十四歳。月代《さかやき》を綺麗《きれい》に剃《そ》り、髷は雪のような白髪で、肉づきのいい大柄な体軀《たいく》には、衰えの見えぬ力を感じさせた。

お糸は、文六の二十二歳も年下の女房で、並の男よりも上背があって、豊満な体軀を、黒股引《くろももひき》に黒小袖を裾端折りの男装に拵え、文六の手下の捨松とともに、御用聞の亭主の下っ引を務めている。

化粧っ気はないが、艶《つや》やかに塗った口紅《くちべに》と、黒の束《たば》ね髪に挿《さ》した一本の朱の笄《こうがい》が、それとない色香を添えていた。

文六が伊東の文八郎に頼まれて預かっていた良一郎と、良一郎の仲間の富平は、お糸と捨松のさらに下っ引の、文六一家の若い衆だった。

亭主に頼んだ熱燗《あつかん》と煮つけや漬物などの膳が運ばれてきてほどなく、引違いの油障子が開いて、富平と濃い鼠色《ねずみいろ》の看板を着けた若い男が戸をくぐった。

「富平。こっちだ」

文六が富平に軽く手をあげて見せた。

鼠色の看板の男は、文六へ頭を小さく下げて会釈《えしやく》を寄こし、それから市兵衛からお糸と捨松をさり気なく見廻した。

「さあ牛吉《うしきち》さん、いってくれ」

富平が、奥へいくよう看板の背中を押した。看板の背中には、《堀《ほり》》の字が白く抜いてある。二人は中間風体の前を通り、文六と市兵衛に向き合う恰好《かっこう》で腰かけると、

「牛吉でやす。地蔵文六の親分さんの名は、前々から聞いておりやした。お見知りおきを願《ねげ》えやす」

と、両肩をすくめて決まり悪そうに辞儀をした。

「こんな爺《じい》さんかと、驚いたかい」

「とんでもねえ。人からはお年だと聞いておりやしたんで、もっとよろよろしたご隠居さんみてえな親分さんだと勝手に思いこんでおりやした。初めてお目にかかり、まったく違うんで驚いておりやす」

文六は、牛吉に向けた笑みを絶やさない。

「こちらは、唐木市兵衛さんさ。わけありでね。今日は一緒にきていただいたんだ。それから、お糸姐さんに捨松の兄きだ。で、おれと良一郎が文六一家の若衆というわけさ。若衆と言っても、おれはもう二十歳《はたち》だけどね」

富平が言うと、牛吉はひとりひとりに頭を垂れていく。それから、

「富平も二十歳かい。おれは二十九だ。来年は三十路《みそじ》さ。早《はえ》えな」

と、鼻息をもらして笑った。

「牛吉さん、まずは一杯やってくれ。肴は何がいい。この店は牛吉さんのほうが詳しそうだから、食いたい物があったら言ってくれ」

「畏《おそ》れ入りやす。けどあっしは、塩があれば呑める口なもんで肴は別に」

「じゃあ、燗酒に肴は同じものでいいね。ご亭主……」

文六は竈の前の亭主に、「二人にも同じものを」と頼むと、厳《いか》めしい革羽織の袖からとり出したひとにぎりの紙包みを、長い腕を延ばして牛吉の膝《ひざ》においた。

「それから、これはほんの気持ちだ。とっといてくれ」

「おっと親分、お気遣い、畏れ入りやす。遠慮なく、頂戴《ちょうだい》いたしやす」

牛吉は紙包みを押しいただくようにし、隣りの富平に、済まねえな、というふうな目配せを送って、懐にねじこんだ。

二人の膳が運ばれてきて、富平が酌をし、牛吉が杯をひとすすりした。

「美味《うめ》え。こんな寒い夜は、燗に限りやすね」

牛吉はすすりながら言って杯を乾《ほ》し、富平がまた酌をした。

「牛吉さん、おれはお上の御用を務めているが、今夜の用は盗みやら殺しやらのお上の御用とはかかわりはねえ。だから、気を楽にして呑みながら話してくれるかい。富平から大よそのことは聞いているだろうが、おれが知り合いのお店のご主人から頼まれて使っていた若いのが、忽然《こつぜん》と姿を消しちまった。実状はどうやら幼馴染みの女との欠け落ちらしいが、これがちょいと複雑で、欠け落ちとも限らねえんだ。そいつの身元は整っていて、往来手形も名主さんよりちゃんとしたのを手に入れ、女の名前も同行者として書き入れてある。旅の目あても、許嫁の女の縁者が大坂で亡くなったので、弔いのため、そいつが女につき添うということになっている。だから、二人の身に旅先で何かあったとき、双方の親元や親類縁者にまで累《るい》をおよぼしかねねえ欠け落ちとは、ちがうってわけだ。許嫁の二人が旅に出て、双方の親元がうっかりしていて、いつ旅に出たのか知らなかったというだけでね。そいつも聞いてるね？」

「へい。良一郎さんと小春さんですね」

牛吉は、杯を持ったまま言った。

「そうだ。良一郎と小春だ」

と、文六はさらに声を低くして繰りかえした。

「十八の若造とは言え、もう子供じゃねえ。好きになった女と何をしようととやかく言う気はねえ。だが、双方の親元は、実状は欠け落ちも同然だから、そのうちに戻ってくるだろうと、放っておくわけにはいかねえ。事と次第によっちゃあ二人を帳外《ちょうがい》にしなきゃあならねえ。そんな事態になる前に二人を連れ戻したいと、親元は頭を痛めていらっしゃる。おれも知り合いのご主人から、良一郎の面倒を見てほしいと頼まれていた手前、見すごしにできなくてね。事情を調べていたら、富平が、もしかしたらあれかも、と気にかかることを思い出した。去年の暮れ、良一郎が両替屋の《堀井《ほりい》》のことを探っていたので、わけを訊ねると、知り合いから内密に頼まれた事情があって誰にも言わないでくれと釘《くぎ》を刺されたうえで、堀井のご主人の素性《すじょう》がわかるような伝《つて》はないかと相談された。で、富平は以前から顔見知りの牛吉さんを思い出した。牛吉さんと富平は、本所《ほんじょ》の同じ町の生まれで、富平ががきのころ、博奕《ばくち》の手ほどきを牛吉さんから受けたそうだね」

「いえ。あっしはただ、子供のほんの戯《たわむ》れで……」

牛吉は、畏《かしこ》れ入るように肩をすぼめた。

「博奕を咎《とが》めにきたんじゃねえ。気にしなさんな。富平、ついでやりな」

文六が言い、富平が牛吉の杯に酌をした。

「堀井は大店《おおだな》じゃあねえが、そこの瓦町《かわら》の本両替だ。大坂に本店があって、何年か前、江戸の両替屋と手を結んで元手を増やし、瓦町のお店を新しく建て替え、屋号も堀井になった。要するに、大坂の堀井が江戸の本両替四十軒の組仲間に上手《うま》い具合に入りこんで、堀井の江戸店を持ったわけだ。まあ、そんなことは珍しくねえ。逆に、江戸の商家が大坂の商家を買いとる場合もあるんだからね。商人が余所《よそ》の店を買いとって商いを大きくしていく商法ぐらいは、おれにもわかる。牛吉さんは去年、その堀井に奉公を始めたそうだね」

「へい。一季奉公で、三月の出替りに奉公先が替ると思いやすが」

「富平は弟分の良一郎に訊かれて、牛吉さんが堀井に奉公しているんだから、ご主人がどういう人物か、何か知っているかもしれないと思い、親切心で云々と牛吉さんを教えた。富平に聞いたって言えば、教えてくれるぜってな」

「牛吉さんは噂《うわさ》話が本途《ほんと》に好きで、酒を呑むと噂話に花を咲かせて、よくそんなことまで知ってるなって、驚かされるほどなんです。ほら話も多いけど、中には事実談もあるんです。奉公先のご主人の噂ぐらい、当然、あれこれ耳にしてるでしょう。ですよね、牛吉さん」

牛吉はばつの悪そうなにやにや笑いを浮かべ、杯を重ねた。

「去年の暮れあたり、良一郎が牛吉さんを訪ねたと思うんだが、良一郎はどんなことを知りたがっていたのかね」

「年末に良一郎さんが、突然、富平に聞いて訪ねてきたと言うんで、なんだろうこいつって、思いましたけどね。あのときも、ここで一杯やりながらでした。どんなことと言われましても、ただの下男のあっしなんかが、お店の詳しい事情なんぞ知るわけありやせん。噂話や手代らが話をしているのを、たまたま聞きかじったりしているばかりですから。あっしの知ってることなんて、だいたい七、八分はほらで、本物はせいぜい二、三分でさあ。けどね、ほら話を言い触らしたり与太《よた》を飛ばしたりするのが、何よりの酒の肴になるんですよ。富平もそう思って聞いてるんだろう」

「いいから、牛吉さん。良一郎に何を話したか、教えてくれるかい」

「ですから、良一郎さんが本気なんで、かえって戸惑いやした。話したのは、堀井のご主人の名が安元《やすもと》と言い、歳は三十歳。三年前、江戸へ下ってきて、働き盛りの仕事ひと筋で、大坂からともなってきたおかみさんに子供がひとり。上方育ちの商人らしく、商いにそつがなく、まあ人によっては強引な商いの悪口も聞けやすが、見た目も気性も商人らしい商人というのが大方の評判で、毎晩欠かさず、どっかの問屋仲間の寄合だ、森田町《もりた》や天王町《てんのう》の札差《ふださし》の会合だ、浅草御蔵のお役人の供応だと出かけ、戻りは決まってふらふらに酔っ払い、夜更けになるそうだとか、あっしら下働きの奉公人は、ご主人の顔を拝《おが》むことも声を聞くことも、滅多《めった》にねえとか、そんな誰でもが知ってそうな話を聞かせやした」

「ふむ。ほかには？」

「ほかには、でやすか。そうだな。大坂の本店のご主人、つまり江戸店のご主人のおやじさんは堀井千左衛門《せんざえもん》と言って、大坂の船場《せんば》という町家の堀井を、わずか十数年で今の大店に育てた凄腕《すごうで》の、大坂では両替屋の鬼とまで呼ばれている両替屋だと、その話もしやした」

「両替屋の鬼ね。それほど商いには厳しい両替屋ってことかい」

「たぶん、そうなんだと思いやす。手代らが話していたのを、ちょっとずつ聞きかじっただけですけど。まさか、鬼のように冷酷とか無慈悲とかじゃねえと思いますけどね。そうそう、これは中働きの女らから聞いたんでやすが、堀井千左衛門さんの生国は泉州の佐野町という宿場町で、若いころは佐野町のどっかの商家の手代をしていたのが、一念発起して、商いの本場・大坂に出て両替屋に勤め始めたそうでやす。その話を良一郎さんにしたとき、連れの娘っ子が、ちらっと顔をあげやしてね。玉のようにつるつるした肌の色白の器量よしなもんだから、いい歳してこっちが面《めん》喰《く》らうほどでやした。あの娘っ子が、たぶん欠け落ち相手の小春さんなんでしょうね。あれだけの器量よしじゃあ、良一郎さんが親も家も捨て、手に手をとってというのも、無理ねえと思いやす」

　牛吉は言いつつ、富平の酌を待たずに自分でちろりを傾けた。

「富平は、小春さんを知ってるんだろう」

と、杯を持ちあげ富平を見て、あ？　と小首をかしげた。それから、文六、市兵衛、お糸、捨松と順に見廻し、杯を持ったまま戸惑った。

「なんだい。富平、変なことを言っちまったかい」

「う、牛吉さん、良一郎に連れがいたのかい。暮れのそのとき」

「いたよ。去年の暮れ、良一郎さんと、名前は言わなかったけど、たぶん小春さんの二人で、おれの話を聞きにきたのさ。小春さんはずっと下を向いて、何も言わなかった。訊くのは良一郎さんだけだった」

「牛吉さん、なんでそれを隠してたんだい」

「隠してねえよ。ずっとそのつもりで話してたんだけど、言わなかったかい」

「言わなかったじゃねえか。なんでそれを先に言わねえんだよ」

「なんでって、おめえが訊かねえし、おれは言ったつもりだったんだけどな。それに、あのとき、良一郎さんからこのことは内密にと、心づけまでいただいちまってよ。いや、おれは富平の知り合いだし、良一郎さんはうんと年下だから、いいんだよ、気にすんなよと断ったんだ。けどよ、どうしても受けとってくだせえと言われてさ。良一郎さんも連れの小春さんも、おれと違って、育ちのよさそうな裕福な家の倅と娘みたいだったしよ。こう見えても、おれは口が堅《かて》えんだ。さっき、あの二人がどうやら欠け落ちしたらしいと聞いたんで、これは親分さんに黙っているわけにはいかねえなと思いやして……」

牛吉は向き合った文六のほうへ身体《からだ》を前のめりにして、中間風体の客や店の亭主をはばかり、ささやき声になった。客と亭主は、昼間は風が冷たかったね、昨日は春めいていたのに冬に逆戻りだと、遣りとりを交わしている。

「そうか。良一郎と小春は、一緒にきてたのか。そうか」

「富平、言わなかったのは拙《まず》かったかい」

「そうじゃねえんだ、牛吉さん。ちょっと意外だっただけさ。親分、良一郎と小春は、堀井の主人の素性を訊ねて、何を探ってたんですかね」

富平が文六に言った。

「二人が大坂へいった理由と、堀井の主人とかかり合いがあるのか。市兵衛さんはどう思いますか」

　文六は市兵衛へ向いた。市兵衛はしばしの間を考えこみ、やおら言った。

「堀井は、江戸店を手に入れ、商いを広げようとしているんですね。大坂と江戸の手形の遣りとりに、江戸店があると好都合だ」

「でしょうね。大坂の商いを、江戸でもってわけですかね」

市兵衛は牛吉に、ちろりを差した。

「牛吉さん。つぎましょう」

「こいつは、お侍さんについでもらうなんて、畏れ入りやす」

「ところで、牛吉さんが一年近く堀井で奉公していて、堀井の商いのやり方について、お店の奉公人の間で噂になっていることや、牛吉さん自身が何か感じていることはありませんか」

「そりゃ無理ですよ。両替屋のむずかしい商いに、あっしにわかることとなんて、これっぽっちもありませんよ。勘定つっても、あっしは寄せ算（足し算）と引き算しかできねえんです。百以上の数は、数えたこともありやせんし」

「両替や手形の仕組がわからなくとも、お店とお客の間で、もめ事やごたごたがあったのを見たとか、見ていなくても話に聞いたとか、そういうことでもいいのですが……」

「もめ事やごたごた？　ははん、そういう話ですか」

牛吉は首をかしげ、その恰好のまま杯を乾した。すると、

「牛吉さん、わたしもつぐよ」

と、今度はお糸が傍らから牛吉の杯にちろりを差した。

「おや。姐《あね》さんまで。畏れ入りやす」

「で、どうなんだい」

「そうっすね。そう言やあ、一度、こんなことがありやした。どっかのお店の若い手代ふうの男が、お店に怒鳴《どな》りこんできやしてね。ほかのお客がいるのもかまわず、亭主を出せ、出てくるまで叫び続けるぞって、偉い剣幕で喚き散らして、ほかのお客さまに迷惑ですからやめてくださいと、小僧や手代が止めてもやめねえんです。堀井は客がどうなっても儲《もう》けさえすればいいのか、堀井は騙《かた》りを働くのかって、大騒ぎになりやした」

「騙りを働くかい。穏《おだ》やかじゃねえな」

文六が口を挟んだ。

「へい、まったく以《も》って……」

「客はどうなったんだい」

　お糸が聞いた。

「堀井には、番頭さんと手代や小僧らのほかに、苦情を言いたてる客や迷惑な客や、融通した元手の返済期限がすぎた客をもっぱら相手にする掛《かかり》の男らを、常に五、六人ばかり雇っておりやす。そいつらは店の仕事はしねえし、あっしらみてえな下仕事もしねえんです。みないい身体をしておりやしてね。そいつらが出てきて、四の五の言わさず引き摺《ず》り出していきやした。客がどうなったかわかりやせんが、まさか、仏さんにされちまったってえことはねえでしょう。それと、浅草の妙に柄《がら》の悪そうなのも、ちょくちょく出入りしやすね。あんまり客らしくねえ男らで、聞いたところによると、客間にあがりこんで、番頭さんらとひそひそとよくやっているようです。あっしが他人の柄を言えやせんが」

　牛吉は、自分の言ったことがおかしそうに笑った。

　文六は太い腕を組んでうなった。市兵衛と顔を見合わせ、

「気になる両替屋ですね」

と言った。

「文六親分、堀井の千左衛門の生国が泉州の佐野町だとしたら、小春と亡くなった姉のお菊と同じです。昼間、北町の渋井さんから聞いたんです。小春とお菊の姉妹は、泉州佐野町の商人の娘だそうです。どういう子細かは渋井さんも知らぬようですが、両親が災難に遭って亡くなり、家は借財を抱えて没落して、姉妹は大坂の新町という遊里へ身売りになったのです。十五年前のそのとき、姉のお菊は十二歳で、小春は三歳でした」

市兵衛は、長谷川町の左十郎が小春を引きとった経緯を文六に話した。

「ほう、そうでしたか。なら、良一郎が、両替屋の堀井にかかり合いがあるとは思えねえから、あるとすれば間違いなく小春ですよ。同じ郷里か。どんな因縁があるんだろう。市兵衛さん、これはただの欠け落ちではありませんね。何か事情がありそうだ。ちょいと、堀井の江戸店を探ってみますか」

「わたしは、大坂の本店を探ってみます」

市兵衛が言うと、文六は物思わしげな眼差《まなざ》しを宙へ投げ、太い首をほぐすように、大きな波がうねるように廻した。

お糸と捨松と富平が、指図を待って文六を見守っていた。

牛吉がみなの様子を訝《いぶか》しげに見廻し、ひとり、杯をすすっていた。

五

四半刻後の夜の五ツ（午後八時頃）前、市兵衛と文六らは、千住街道の大通りを浅草御門へとっていた。大通りの先に、神田川に架かる浅草橋の影と浅草御門の明かりが、寂しく寒々しく見えていた。

どの表店も、板戸を閉じて明かりは消えていた。暗がりに閉じこめられ冷えこんだ大通りに、市兵衛らのほかに人影はなかった。夜空には、欠け始めた月がすでに高くのぼって、町家の遠くで犬の長吠えが聞こえていた。

茅町一丁目の辻までくると、文六が歩みを止め、提灯《ちょうちん》の明かりを前方へかざして市兵衛に言った。

「市兵衛さん、あっしらは佐久間《さくま》町の宍戸《ししど》の旦那の店へ寄ってから戻りますので、今夜はここでご無礼いたします」

文六が御用聞を務める南町奉行所臨時廻《りんじまわ》り方《かた》の宍戸梅吉《うめきち》は、八丁堀《はっちょうぼり》の組屋敷に妻子のある身ながら、佐久間町四丁目裏地の店に、妾《めかけ》のお佐和《さわ》を抱えていた。

どれほど遅くなっても八丁堀の組屋敷に戻らなければならないが、宍戸はほぼ毎夜五ツ半（午後九時頃）ごろまで、四丁目裏地のお佐和の店にいる。

お陰《かげ》で宍戸への御用聞の報告は、お佐和の店へいくのがほとんどで、八丁堀の組屋敷へいく機会はめっきり少なくなった。たまに組屋敷へ顔を出すと、お内儀《ないぎ》から宍戸への不満を聞かされるばかりである。

「そうですか。わたしは、名主さんを無理やり起こして往来手形を今夜中に出してもらい、明朝、暗いうちに江戸を発《た》ちます。しばらく、文六親分やみなさんとはお別れです。みなさん、ご機嫌よろしゅうに」

市兵衛は真顔を見せ、文六らへ辞儀をした。

「道中、お気をつけて。あっしらも明日の御用の務めは早いので、お見送りはできねえと思います」

「お気遣いなく。文六親分、伊東のお藤さんと文八郎さんご夫婦も、長谷川町の左十郎さんご夫婦も、さぞかし気をもんでいらっしゃるでしょう。良一郎さんと小春の様子がわかり次第、大坂より飛脚便を送ります。それまでは、くれぐれも先走らず慎重なふる舞いを心がけ、飛脚便が届くのを待ってくれるように伝えてください。それから、渋井さんは、素ぶりに見せないでしょうが、今度のことではだいぶ応《こた》えているようです。親分からも、渋井さんに声をかけていただけませんか。きっと、気が楽になると思うのです」

「そりゃあ、さぞかしご心配でしょうねえ。別れてはいても、父親と倅に違いはありませんから。承知しました。あっしにできることは、やっておきます。それでね、市兵衛さん……」

　文六は、心もち素ぶりを改めた。

「人捜しには、人手がひとりでも多くあった方がいい。富平を供に連れていってください。まだまだ未熟ですが、存外気の利いたところもありましてね。良一郎の気心の知れた兄き分です。良一郎のやりそうなことや好みなどもよくわかっていますから、慣れない大坂でも、役にたちます」

「おう、そうなのですか。ご配慮、礼を申します。ですが、良一郎さんも富平さんもいなくなっては、御用聞の務めに差し障りはありませんか」

「なあに。富平も良一郎も、見習の修業の身です。二人のいない間は、臨時の助っ人の手を借りてしのぎます。こっちの心配は無用です。富平を使ってやってください。往来手形も、ちゃんと支度させております。市兵衛さんの大坂いきの話が出たときから、富平にお供させせようと決めておりました」

「そうでしたか。助かります。では、そうさせていただきます。富平さん、一緒に大坂へいってくれますか」

「へい。喜んでお供しやす。市兵衛さん、どうぞ富平と呼んでくだせえ。わあ、初めての上方の旅か。思っただけでわくわくしやす」

「富平、良一郎と小春を連れ戻しにいくんだよ。物見遊山《ものみゆさん》じゃないんだからね。油断しちゃあ駄目だよ」

お糸が、富平の浮かれ調子をたしなめた。

「へい、姐さん。心得やした」

「いいか富平、大坂は生き馬の目をくじる抜け目のねえ商人の町だ。まごまごして江戸の田舎者《いなかもの》がと、馬鹿にされるんじゃねえぞ。市兵衛さんの足手まといにならねえように、気を利かせて働くんだぞ」

捨松が続いて言った。

「わかってますって、兄き。江戸の岡っ引の向こう意気を、大坂の商人らにちゃんと見せてやりますって。ねえ、市兵衛さん。なんでも遠慮なく申しつけてくだせえ。お指図どおり、とことんやって見せやす。良一郎と小春を捜し出して、首縄で、江戸へ連れて帰りやしょう」

富平は、小躍りしそうなほど気を昂《たか》ぶらせて言った。

「富平さん、その意気です。では明日……」

と、明日朝七ツ（午前四時頃）前、日本橋の南詰で富平と待ち合わせる手はずを決め、市兵衛は文六らと別れた。

ひとり、暗い大通りから浅草橋に差しかかった。

神田川の暗い水面へ、川沿いに二階家をつらねる船宿の灯が寂しく落ち、月明かりも映して、春の夜更けの寒気が、草履の下にやわらいで感じられた。

川下の柳橋《やなぎばし》をくぐって、猪牙《ちよき》がさかのぼってきた。船頭の漕《こ》ぐ櫓《ろ》の音が、暗《くら》闇《やみ》の息遣いのように聞こえた。どこかの船宿で鳴らす三味線《しやみせん》が、暗い川筋に婀娜《あだ》な音色を流している。

橋を渡り、浅草御門の脇門をくぐった。

西側の柳原《やなぎわら》通りに沿って、郡代屋敷の土塀《どべい》が廻り、邸内の物見の櫓《やぐら》が、凍《こご》えそうな月明かりの中に浮かんでいる。東の両国橋《りようごくばし》のほうは、広小路の掛小屋が途ぎれることなくつらなり、この刻限は昼間の広小路の賑《にぎ》わいは失《う》せ、酒亭や茶屋の小さな薄明かりを、侘《わび》しげに、眠りにつくのがまだ名残り惜しそうに、散らしているばかりである。

市兵衛の前方は、馬《ば》喰《くろ》町四丁目の大通りである。大通りは暗がりの彼方に消えていて、帰り道はまだまだ遠い。

市兵衛は、道を急ぎながら菅笠をあげ、夜空に高くかかる月を見あげた。

第二章　大坂慕情

一

伏見《ふしみ》から過書船《かしよぶね》に乗り、淀川《よどがわ》を下った。

過書船は京都《きようと》伏見と大坂を結ぶ、淀川舟運の乗合船である。乗合の定員は二十八人で、船頭と三人の水手《かこ》が櫓《ろ》を漕《こ》ぎ、棹《さお》を差す。船尾の艫《とも》に竈《かまど》の設備があり、客に茶湯も給す。およそ九間《けん》半（約一七・一メートル）ほどの船体の、客席の座所に沿って棒を二本わたし、そこに覆《おお》いかけた苫筵《とまむしろ》が屋根代りになっていた。

もう二月が近かった。江戸と比べて、上方《かみがた》は春が早い。澄んだ空の下に、新緑に覆われた彼方《かなた》の山々が明るく輝いていた。

淀川の広い川原は深い葦《よし》に覆われ、水鳥が騒がしく鳴き、川原を飛翔し、過書船の上に舞った。

こんな景色だったかと、遠くすぎた日々が市兵衛の脳裡《のうり》に甦《よみがえ》った。

江戸を出て、上方へ上ったのは十三歳の冬だった。

奈良《なら》興福寺《こうふくじ》大乗院《だいじょういん》の門を敲《たた》き、法相唯識《ほっそうゆいしき》を学び、剣の修行を積んだ。いずれは、大和《やまと》興福寺法相宗の学侶《がくりょ》となる道を進んでいた。

だが、市兵衛は法相宗の学侶にはならなかった。十八歳のとき、興福寺を去り、大坂堂島の米問屋の主人を頼って生駒山地を越えた。

米問屋の主人が、その先年、興福寺に参詣《さんけい》した折り、大乗院の門主が、江戸から下ってきたこのような若衆《わかしゅ》がおる、「入門して年月がたつのにまだ道に迷うておるのや」と、市兵衛を引き合わせたのだった。

米問屋の主人は、未だ童子《どうじ》の面影を残した若き市兵衛の清《きよ》げな姿をひと目見て胸打たれ、打ち解けて言葉を交わした。

何ゆえ江戸から、と主人が問うてそれに市兵衛がこたえた、それだけの短い言葉だったが、主人は別れぎわに言った。

「もしも、大坂にくる機会がございましたら、堂島のうちの店を訪ねてくれなはれ。うちの店に心ゆくまで逗留《とうりゅう》し、商人《あきんど》がどういう者か、商いがいかなるもんか、それを知るのも修行になるかもしれまへん」

市兵衛は堂島の米問屋に三年をすごし、算盤《そろばん》と商いを学び、堂島米市場の米相場の凄《すさ》まじい活況を目のあたりにした。

米問屋の主人の友が営《いとな》む北船場呉服《ごふく》町の仲買問屋の世話になり、そこでも一年余をすごした。大坂を出て灘《なだ》へ向かったとき、市兵衛は二十二歳だった。

あれから、およそ二十年の歳月が流れている。

市兵衛はこの春、四十一歳になった。

淀川の枚方《ひらかた》村あたりに差しかかったころ、はるか南の空に大坂城が小さく見えた。大坂城を認めて、富平が声をはずませた。

「いよいよ大坂ですね、市兵衛さん。やっぱり、大坂は遠いっすね。やれやれ、やっとここまできたぜって、感じですよ。良一郎と小春は、吃驚《びっくり》するだろうな。どんな顔をするかな。やい、良一郎、小春、いい加減にしやがれって、説教してやらなくちゃあ」

富平のわくわくしている様子が伝わってくる。だが、良一郎と小春がどこにいるのか、何もわかってはいない。唯一《ゆいいつ》、亡くなったと知らせの届いた小春の姉・お菊が、新町にいたと思われることだけが手がかりだった。

「市兵衛さん、今夜の宿は大坂の旅籠《はたご》ですね」

「大坂へ着いたら堂島の、若いころ世話になった米問屋を訪ねるつもりだ。今夜はそこに泊めてもらうことになると思う。七年前、諸国を廻《めぐ》って江戸に戻ったとき、一度便《たよ》りを交わして、それ以来だが、まだ隠居はしていないと思う。倅《せがれ》に代を譲って隠居をしていたら、きっと便りをくれたと思う。便りのないことが、変わらぬ証拠だ」

「はいはい。市兵衛さんの算盤と商いの師匠がいらっしゃるお店ですね」

「そうだ。世話になっていたころ、小さな童子の倅がいた。倅も今は、若い商人になっているのだろうな」

市兵衛は、淀川の川原に遊ばせていた眼差《まなざ》しを、その先の景色へのどかに投げた。淀川の西は摂津《せっつ》の国である。

伏見と大坂を結ぶ淀川舟運の大坂の船着場は、大よそ、北から南へと下ってい く流れが、農村地から大坂の町家や武家屋敷が両岸につらなり始め、桜宮《さくらのみや》や天満組《てんまぐみ》の町家にさしかかるあたりから、大きく西へ流れを変えて、御公儀橋《ごこうぎばし》の天満橋をくぐり、古大和川《やまとがわ》や鯰江川《なまずえがわ》、平野川《ひらのがわ》や猫間川《ねこまがわ》を集めて大川《おおかわ》と呼ばれる河川の、上町《うえまち》側の八軒家《はちけんや》の浜にある。

旅客相手に八軒の旅籠があって、それがこの浜の呼び名になった。

八軒家の船着場に過書船が接岸すると、乗客がぞろぞろと下船し、降ろされた船荷を人足が往来《おうらい》の荷馬へ運びあげていく。

旅籠の女らが、往来で客寄せの呼び声をあげていた。

浜の東側に大坂城の天守閣が、薄雲のかかった空にそびえていた。

「でけえ城だな。こんな間近から見あげたら、天守閣は一段と偉そうに見えやすね、市兵衛さん」

富平は船着場の石段をのぼりつつ、天守閣を見あげてしきりに感心した。八軒家の賑《にぎ》やかな往来にあがると、大川へふりかえり、

「それに、大坂の大川は江戸の大川より川幅があるんじゃねえんですか。あんまり広いんで、川向こうが霞《かす》んでよく見えねえ」

と、おでこに手をかざし、遠くを望む大袈裟《おおげさ》な仕種《しぐさ》をして見せた。市兵衛は頬《ほほ》笑《え》んで、

「霞むほどではないがな。対岸の浜は天満の青物市場だ。あの橋が天満橋で、こっちの橋が天神橋《てんじんばし》。天神橋の下流に見えるのが難波橋《なにわばし》で……」

と、上流の天満橋から下流の天神橋と難波橋を指差した。

「へえ。市兵衛さんは十八歳だったんですか。すげえな」

富平は、市兵衛が言うたびにしきりに感心している。

難波橋がだんだん近づいて、難波橋の袂にある高札場《こうさつば》の前から、土佐堀川に沿って続く往来をなおもいった。

土佐堀川に架かる栴檀木橋《せんだんのきばし》の次が淀屋橋《よどやばし》で、淀屋橋を中之島へ渡った。

中之島は、西国諸大名を中心にした、諸藩の蔵屋敷が四十余もつらなり、諸藩の蔵屋敷はどれも、二十石積の上荷船《うわにぶね》や十石積の茶船《ちゃぶね》による搬送の都合がよいように、主に土佐堀川沿いに屋敷の土塀を城壁のように廻らしていた。

中之島の町家を抜け、ほどもなく、中之島の北側を流れる堂島川に出た。

二人は、堂島川に架かる大江橋《おおえばし》を渡った。

大江橋の袂を左に曲がり、堂島川沿いの往来を、米会所のある堂島米市場のほうへとった。大江橋を渡っているときから聞こえていた怒号や喚声が、祭の賑いのように、だんだん荒々しさを増していた。

米市がたつ堂島の浜は、数えきれないほどの男らが寄り集まりもみ合い、怒鳴《どな》り合い、罵《ののし》り合う売買の声が交錯し、米切手をかざす者に銀切手をかざしてつかみかかる者らが、まるで押したり引いたり、あっちへゆれこっちへゆれを繰りかえし、まさに上を下への喧騒《けんそう》と騒乱の中で、売買を交わしていた。

ひとつの売買が成立すると、次の売買へと人の波が押し寄せ、群がり、また新たな怒号と喚声が沸きあがった。着物の身頃《みごろ》をたぐって、寸暇《すんか》を惜《お》しむかのように往来を走り去っていき、一方ではまた駆けつけてくる者もいる。

さらに、それらの男をとり巻く夥《おびただ》しい男らが浜にはあふれ、油断していたりぐずぐずしていたら、米市場の騒乱に巻きこまれてしまいかねなかった。

ただし、米市場の浜には女の姿はひとつもなかった。米市場はまさに、男らばかりの混沌《こんとん》とした騒擾《そうじょう》に覆われていた。

「な、何やってんですか、こりゃあ」

富平は目を丸くして、市場の往来端に人波をよけながら呆《あき》れて言った。

「ここが米市場のたつ堂島だ。米会所がある」

「これが米市場？　喧嘩《けんか》じゃねえんですか。これでも商売なんですか。商売にしちゃあ、わあわあ喚《わめ》きたてて騒いでるばっかりで、言ってることがさっぱりわからねえ。よくこれで、売ったただの買ったただのができやすね」

「わあわあ喚いたり怒鳴り合っているだけのようだが、このやり方に慣れた者には意味が充分通じている。一刻でも早く売り買いを繰りかえして、儲《もう》けを手にするため、みな必死なのだ」

売買の人の波が、怒号や喚声とともに、別の波へと渦《うず》になって殺到していく。

「おおっと、またあっちへ人が群がっていきやすぜ。わあ、すげえな。こっちまで熱くなってきやすね」

富平は人だかりにまじっているかのように、面白がった。だがすぐに、

「けど、変ですぜ」

と、市兵衛に言った。

「売り買いする肝心の米が、どこにも見あたりやせんぜ。米市場なんでしょう。売ったり買ったりした米は、どこにあるんですか」

「米はみな、諸藩の蔵屋敷に納められている。米仲買が諸藩の蔵屋敷で銀切手と米切手を交換して、手に入れた米切手をこの米市場でほかの仲買相手に、少しでも高く売って儲けを得るため、あのように群がって、米切手と銀切手を遣《や》りとりしているのだ。正米取引《しょうまいとりひき》と言ってな。米は諸藩の蔵に納められたままなのだ。元禄《げんろく》の半ばに堂島の米市場が開かれ、正米取引が広まったそうだ。それから、帳簿上の数だけを合わせる、帳合米取引《ちょうあいまい》も認められている。それによって、堂島の米会所のとり扱う米の量は諸国一になった。江戸の伊勢《いせ》町より、堂島の扱う米

の量は、はるかに多いのだ」

「ええ？　将軍さまのお膝元の江戸が諸国一じゃねえんですか」

「堂島の米市場には及ばない。この市場で米切手を買いつけた仲買は、別の仲買に売りつける場合もあれば、米問屋に持ちこんで米切手を売る場合もある。米問屋は、仲買から買いつけた米切手と諸藩の蔵元の米を交換し、その米が町家の搗米屋《つきごめや》をへて人々のもとに届く仕組なのだ」

「ふうん。なんだか、こみ入った仕組でやすね。そんな仕組にしなくとも、諸藩の米屋敷から米を買えば、そのほうが手っ取り早くていいじゃありませんか。手間もはぶけるし。なんで仲買が間に入るんでやすか」

「米問屋が一軒一軒蔵屋敷に出向いて米の買いつけをしていたら、売るほうはなるべく高く売りたいし、買うほうはなるべく買値を押さえたいため、双方の思惑がなかなか一致せず、それこそ手間がかかって商売にならない。買いつけられる米の量も限られてしまう。商いで大きな儲けを得るためには、沢山の米を買いつけなければならない。だからそのためには、米問屋が自ら買いつけるより、仲買をもっぱらにする業者が代りにやれば、かえって買いつけがしやすくなるし、多くの米を買いつけることもできるからさ。大坂中の諸藩の米屋敷から米切手を買いつけた仲買業者が、この堂島に集まって米市場を開き商いをすれば、大坂中の蔵屋敷を一軒一軒廻らずとも、廻ったのと同じ買いつけができるだろう。そのほうが、仲買に儲けが流れても、仲買を通してより多く儲けたほうが、米問屋にとって儲けが増えることがわかっているからね」

「てえことは、才覚のあるやつなら、米の仲買になって、諸藩の蔵屋敷や大店の米問屋を相手に、おのれの才覚ひとつで商いができるわけですね」

「筋道を言えば、そういうことになる。ただし、堂島の米市場で米の売り買いができる仲買は、御公儀の許した米仲買株を得た者だけなのだ。株のない者は、米の仲買は許されていない」

「ああ、なるほど。おめえら、そうは問屋が卸《おろ》さねえぞってわけですね」

まあそうだ、と市兵衛は笑った。

そんな遣りとりを続けつつ、二人はすでに米市場を離れて、川縁の往来を渡辺《わたなべ》橋《ばし》のほうへとっていた。

渡辺橋から西側の、堂島川や北の蜆川《しじみがわ》沿いにも諸藩の十数戸の蔵屋敷が土塀を廻らしていて、米問屋・松井卓之助《まついたくのすけ》の、諸藩の蔵屋敷にも劣らない大店は、玉《たま》江《え》橋が見える中津藩蔵屋敷の並びの堂島川端にあった。

連子格子の窓がある二階の瓦《かわら》屋根に届きそうな竪看板《たてかんばん》が、一階の軒庇《のきびさし》を支える柱ごとにたててあり、御米御用、諸国米取扱《松井》と読めた。

市兵衛は、濃い飴《あめ》色にくすんだ竪看板を見やり、胸打たれた。二十年余前、十八の歳で奈良の興福寺を去り、松井卓之助を訪ねたときも、あの看板はたててあった。二十年余前は、もっと明るい飴色だった。

「市兵衛さん、あれでやすね」

富平が声をはずませた。

「やっと着いたな」

市兵衛は松井の店を凝《じ》っと見つめた。

二

米問屋《松井》は、往来に面して間口の戸をすべて開け放っていた。往来から、前土間と広い畳敷きの店の間が一目瞭然に見わたせた。

店の間は奥行があって、奥には帳場格子についた番頭ふうが、お仕着せの手代らを指図し、店の間から奥へ入ったり逆に出てきたりと、頻繁《ひんぱん》に出入りする手代らがおり、また店の間のあがり框《かまち》に腰かけた客と、帳簿を開いて商談をする手代らの姿が見えていた。

その店の間を、内庭のような広い前土間が矩形《くけい》に囲って奥へ通じており、米俵を山積みにした荷車が、土間の通路に車輪を賑やかに鳴らして、店裏の土蔵へ荷を運び入れているところだった。

店の前には、七、八頭の荷馬がつながれていて、荷馬にも積みあげた米俵を、たくましい人足らが二俵も三俵も肩にかついで、同じように蔵へ運んでいた。

店の裏には三棟の総二階の土蔵が甍《いらか》を並べていて、堂島の米市場で買いつけた米が搬入され、商談のまとまった米は、大坂市中の米屋や搗米屋へ、あるいは他国の米問屋へと搬出されていくのである。

松井には、梅田橋《うめだばし》のほうの蜆川端にも別店があって、そこは八棟の土蔵の白壁がつらなり、買いつけた米を収納する倉庫に使われている。

市兵衛と富平は、間口を開け放った往来で互いの引廻し合羽の埃《ほこり》を払い、軒をくぐった。黒鞘《くろざや》の両刀を帯びた背の高い侍風体と、背の低い小太りのいかにも町民風体の、引廻し合羽に菅笠の旅姿が前土間に踏み入ると、
おいでやす、おいでやす……

と、店の間で働く十数人の手代らの声が、あちこちからかかった。

だが、少々風変りに見える二人連れに、手代らの中には、おや、と首をかしげる者もいた。二人連れは、商談にきた客に見えなかった。

店の間の奥の帳場格子から、番頭が市兵衛と富平に面長の顔を向け、どこのもんや、と訝《いぶか》るように首をのばしていた。

「おいでやす。ご用をお聞かせ願います」

小柄な丁稚《でっち》が早足に近づいてきて、甲高《かんだか》い声で言った。

「唐木市兵衛と申します。こちらは連れの富平です。ご主人の松井卓之助さまにお取次ぎを願います」

市兵衛は菅笠をとって、丁稚に辞儀《じぎ》をした。

富平がそれに倣《なら》うのを交互に見た丁稚は、束《つか》の間をおいてかえした。

「松井の主人は宗太郎《そうたろう》さまだす。卓之助さまはご隠居さまだす。わてが奉公する前からそうだした。ご隠居さまか旦那さまか、どっちだすか」

「そうでしたか。わたしは、二十年ほど前、卓之助さまと懇意《こんい》にさせていただいた者です。当代の宗太郎さまも、子供のころから存じております。江戸からまいりました。ご隠居の卓之助さまにお取次ぎ願います」

「へえ。二十年ほど前、ご隠居さまの卓之助さまとご懇意になさっていた唐木市兵衛さまと富平さまが、江戸より……」

丁稚は反復し、「少々お待ち願います」と小柄な身体を機敏に反転させた。

前土間から通路へとり、その途中から店の間へあがって帳場格子の番頭の傍《かたわ》らに畏《かしこ》まり、妙な二人連れの客の報告をした。

番頭は市兵衛と富平から目を離さず、丁稚の報告を聞くと、丁稚に何かの指示を与えた。丁稚は番頭に辞儀をかえし、通路へ足早に戻り、奥へ消えていった。

客の出入りが途ぎれず、番頭と手代らは仕事の続きに戻った。

看板を着けた下男を従えた羽織姿の旦那ふうや、お仕着せの長着ひとつの手代ふうの客、中間《ちゆうげん》を従えた二本差しの武家もいた。おいでやす、の手代らの声がかかり、客に茶を出したり、手代の手伝いをしていた丁稚らが客の応対に急いで出て、名前と用件をうかがい、商談の客とわかると、

「高助《たかすけ》はん、平野《ひらの》の橘屋《たちばなや》さんがお見えだす」

などと、店中に呼び声を張りあげるのだった。

また、商談を終えた客が帰るときも、「お客さまのお帰りい」と、手代が丁稚らに声をかけ、丁稚らは店の外へ走り出て客を見送り、「ありがとうございまし

た」と、そろって礼をした。

　手代も丁稚も、手配や手順に無駄《むだ》やたるみが見えなかった。

「なんだか、こちらの奉公人は早手廻しみてえに動き廻っていやすぜ。大坂のお店者《たなもの》は、みなこうなんですか」

　富平が、江戸のお店とは違う活気が面白そうに言った。

「大体、どこもこんなものだよ。先へ先へと気を廻さないと、気の廻らんやっちゃなあと、番頭さんや先輩の兄さんから小言をもらうことになる」

「ええ、大坂の奉公人は、みんなそんな目に遭《あ》っているんでやすか」

「江戸の商人も同じだろう。富平らの御用聞も、そうじゃないか」

「あ、そうか。そう言やあ、そうっすね。おめえら本途《ほんと》に気が廻らねえなって、捨松兄きにあっしも良一郎も、よく小言を言われやす。お糸姐《ねえ》さんや文六親分のあとをくっついているだけじゃあ、野良犬だってできるんだぜ、気を廻して動かなきゃだめだって。けど、お糸姐さんと文六親分は、捨松兄きみてえに口やかましくねえんです。しょうがねえなって、感じでやす」

　富平は真顔で言った。そのとき、

「市兵衛さん」

と、離れたところで声がかかった。

見ると、広い店の間の奥から、松井卓之助が足早な摺《す》り足で、前土間の市兵衛と富平のほうへくるのが認められた。

帳場格子の番頭や手代らが、卓之助の様子を意外そうに見あげ、手代らと店の間で商談を交わしている客は卓之助に会釈《えしゃく》を投げるが、卓之助はどの客にも丁寧に腰を折って辞儀をかえすものの、すぐに市兵衛へ見かえり走り寄ってきた。

市兵衛は卓之助へ頭《こうべ》を垂れた。

「市兵衛さん、ようきなはったな」

卓之助は感極まった声をあげ、前土間へ履物もなく飛び降りたから、店の間の手代や客が驚いてざわめいた。

市兵衛の応対に出て、卓之助に取次いだ小柄な丁稚が、卓之助の草履を持って前土間へ慌《あわ》てて追いかけてきた。

「ほんまにようきなはった。懐かしい。涙が出るがな」

卓之助は市兵衛の両の二の腕をしっかりとつかみ、ようきたようきた、とゆすりながらしきりに頷《うなず》いて、目を赤く潤《うる》ませた。

「江戸の暮らしはどないや。若いころと変わらん締《し》まったええ身体しとるが、もうちょっと肥えたほうがええのとちゃうか。江戸ではちゃんと、ご飯をいただいてるのか。相変わらず貧乏してそうやな。ええのやええのや。市兵衛さんはそういう人や。出世も富も望まん。ただ潔《いさぎよ》う生きようとする、侍らしい侍や。それが市兵衛さんに似合《にお》うた生き方や。それでええ」

十八歳の市兵衛が卓之助を頼って松井にきたとき、卓之助は言ったのだった。

「市兵衛さん、算盤を習い、商いの修業をしなはれ。算盤は商人の刀だす。刀も算盤も、人が使う道具や。けど、もしかしたら、自分の身を護《まも》り助けるために、いいや、世のため人のためには、お侍の刀より商人の算盤のほうが、役にたつかもしれまへんで。市兵衛さんが興福寺で修行した剣術が役にたつか、この松井で習う商いが役にたつか、あんじょう勉強していきなはれ」

卓之助は市兵衛の厳しい師匠でありながら、人への心遣いの細《こま》やかなよき師匠であった。

「卓之助さん、ご無沙汰《ぶさた》しておりました」

市兵衛は、卓之助の草履を持って追いかけてきた傍らの丁稚が、おや？　と首をかしげるほどずいぶん親しげに言った。

「五、六年前やった。江戸に戻ったと、手紙をくれたな」

「はい。江戸に戻って七年。大坂を離れて、およそ二十年です。この春、四十一歳に相なりました」

「そうか。興福寺で初めて見たあのりりしい若衆が、四十一になったか。市兵衛さん、やっぱりちょっと老けたな。けど老けた分、顔つきに若いときより深みが出てきとる。若いときより、ずっと男前やがな」

卓之助は市兵衛より小柄で痩《や》せていて、髷《まげ》に白髪が目だった。顔中に深い皺《しわ》を年輪のように刻《きざ》んで笑った目が、潤んでいた。だが、市兵衛の両の二の腕をしっかりとつかんで放さなかった。その強さが、卓之助の身体の中の、未《いま》だ衰《おとろ》えてはいない力を感じさせた。

「ご隠居さま、草履だす。草履を履かな足袋《たび》が汚れますで」

傍らの丁稚が、卓之助の羽織の袖を引いてようやく言った。

「あ？　おう、草履か。そうかそうか……」

卓之助はかえしながら、なおも、嫁は、子供は、仕事は、江戸の暮らしは、と市兵衛に訊《たず》ねるのを止めず、丁稚は卓之助の足下にかがんで、片足ずつ抱えあげ草履を履かせにかかった。

夕刻が近づいて、西の空が茜色《あかね》に染まるころ、市兵衛と富平は、離れになった瀟洒《しょうしゃ》な店の、二階の二間続きの部屋で旅装を解いていた。

西側の両引きの障子戸を開くと、中津藩蔵屋敷の土蔵や堂島の町家の屋根屋根がつらなり、はるか彼方の果てには摂津や丹波《たんば》の山嶺《さんれい》が、真紅《しんく》に燃える空の下に青く濁《にご》った波のように望まれた。

真紅を映した雲が空に浮かび、鳥影が黒胡麻《ごま》を散らすように、空と雲の下に舞っていた。店の表のほうでは、一日の商いが終って、少し前は離れまで薄々と聞こえていた人の声や荷運びのざわめきが収まっていた。

この離れは、米問屋の松井へ遠方より訪ねてきた商用の客や縁者らが、気兼ねなく宿泊できるように敷地を区劃《くかく》して建てた、大きくはないが、贅《ぜい》をこらした寮《りょう》ふうの二階家だった。格《ごう》天井に間仕切の襖《ふすま》と障子欄間《らんま》、壁ぎわの違い棚の花活《い》けに、一輪の木瓜《ぼけ》の花が白と朱の色を見せていた。

「富平さん、市兵衛さんはわたしの江戸の弟、江戸の倅や。市兵衛さんの仲間はわたしの仲間と同じことや。うちへきて遠慮はいりまへん。すぐに風呂《ふろ》を沸かしますので、まずは長旅の垢《あか》を落としてくつろいだあとは、美味《おい》しい摂津の酒と大坂の料理を楽しみながら、長い夜をゆっくりとすごしなはれや」

卓之助に勧められ、市兵衛と富平は風呂を使ってさっぱりした。

着替えの帷子《かたびら》と袖なし羽織が用意されていて、着替えて部屋へ戻ったところへ、卓之助が徳利《とっくり》と杯を持って顔を出した。

「支度《したく》が調《ととの》うまで、もうちょっとかかりますので、長旅でお腹も減ってるやろから、それまで軽く一杯つなぎに」

と、卓之助に続いて下女が鯛《たい》の尾頭《おかしら》つきの刺身の大皿を運んできた。

富平は耀《かがや》くような鯛の刺身に、目を丸くした。

「今日は、明石《あかし》まで漁に出かけていた知り合いの漁師が、鯛が仰山《ぎょうさん》獲《と》れたと持ってきましてな。これが、わたしらでも見ただけでわかる活きのええ鯛や。今日は鯛づくしで店のもんにふる舞うてやろと思うて、全部買うたった。そしたら、まさにその日に、市兵衛さんと富平さんが訪ねてきてくれた。二十年ぶりの、今日という日にや。なんと嬉《うれ》しいことやないか。さすが、めでたい鯛のご利益《りやく》に間違いない。ささ……」

と、市兵衛と富平に酒と肴《さかな》を勧めた。

卓之助の跡を継いだ主人の宗太郎は、生憎《あいにく》、伊勢は津《つ》のお得意先に商談があって旅に出ており、宗太郎の妻は身重で里帰りをしている。卓之助のおかみさんは妹娘《いもとむすめ》の高槻《たかつき》の嫁ぎ先に所用があって、これも留守にしていた。

　その日は、たまたま卓之助がひとりだった。

「そろそろ隠居の身になって、肩の荷をおろしてのんびりと、と気楽に思ってたところが、いざ、宗太郎に松井の店を譲って商いの場から離れると、倅は大丈夫か、商いはこれでええのかと、かえって気をもむことが増え、われながら厄介《やっかい》な性分やと思う。宗太郎も、隠居をした親父が口うるさいのも商人の性《さが》、これも修業と思うて我慢しておるようやけどな」

「わたしがご厄介になり始めたとき、宗太郎さんはまだ十歳にならない童子でした。松井の家業を継がれておられるだろうとは、思っておりましたが」

「三年前やった。嫁を迎えて、それと同時にな。市兵衛さんとこうやって顔を合わすと、市兵衛兄さん、と宗太郎の幼い呼び声が聞こえてくるようや。わたしも若かった。若いころは、ただひたすら商いを大きくすることしか頭になかった。けど、若き日は夢とすぎた。果敢《はか》ないもんや。二十年前と比べて大坂もだいぶ様子が変わってしもたしな」

　あはは……

と、卓之助は赤い夕焼けの射《さ》す部屋に磊落《らいらく》な笑い声をまいた。

「ところで、市兵衛さん。二十年ぶりの大坂をゆっくり見物でもして、と言いたいところやが、市兵衛さんほどの人が、江戸の御用聞を務める富平さんとともにわざわざ江戸から旅をしてきたのは、ただの大坂見物とは思われへん。なんぞわけがあるのと違うか。よかったら話してくれへんか。こんな年寄でも、力になれることがあるかもしれへんで」

卓之助はさり気なく話を変え、老練な眼差しを市兵衛から富平へ廻した。富平は意表を衝《つ》かれて肩をすくめ、刺身を頬張った口をもぐもぐさせた。

富平はよほど腹が減ったと見え、上方の薄口の醬油《しょうゆ》に合う獲れたての活きのいい鯛の刺身が、どんどん進んでいた。

「富平さん、これは本膳が始まるまでのつなぎでっさかいな。ここでお腹がくちくなってしもたら、あとがつかえまっせ。ほどほどにしときなはれや」

卓之助は、富平の杯に徳利を傾けておかしそうに言い、再び、市兵衛に徳利を廻し、さり気ない素ぶりをくずさず言い添えた。

「お上の御用やったら、しょうがないけどな」

「いいえ。お上の御用で大坂にきたのではありません」

市兵衛はつがれた杯をおいて徳利をとり、卓之助に差しかえした。

「大坂へきたのは、ある者から用を頼まれたのです。その者は江戸の町奉行所の役人で、わが友でもあります」

「友である町奉行所のお役人に頼まれた用であっても、御用ではないのやな」

「しかし、表沙汰にできない胡乱《うろん》な裏仕事でもありません」

「裏仕事ではないが、なるべくなら、隠密《おんみつ》に事を運びたい用ということか」

「はい。じつは、こちらにうかがいましたのも、ご挨拶のみならず、卓之助さまのお力をお借りするためでもあります」

「そうか。わかった。任《まか》しとき、と話を聞かんうちに言うわけにはいかんので、ほかならぬ市兵衛さんの頼みや。できるだけ助力はさせてもらう。まずは、どういう用か、聞かせてくれるか」

市兵衛は頷き、卓之助が乾《ほ》した杯にまた酌をした。

「その者には、良一郎という倅がおりました。良一郎が八歳のとき、おかみさんとの不仲が高じて、離縁することになったのですが、だいぶもめた末に、おかみさんは八歳の良一郎を連れて里へ戻ったのです」

「ほう。珍しいな。一代抱えではあっても、町奉行所の役人なら二本差しのお侍やろ。お侍が、跡継ぎの倅をおかみさんの里へかいな」

「仕方がなかったと、その町方は言っております。いずれ、遠縁の子と養子縁組を結んで、町方務めの番代りをすればよいと考えているようです」

と、市兵衛は続けた。

「じつの子がおるのにかいな」

「おかみさんは、町方の恋女房でした。ですが、おかみさんの里は、本石町で老舗《しにせ》の扇子問屋を営《いとな》む裕福な商家で、何不自由なく気ままに育ったおかみさんは、互いに見初《みそ》め合って所帯を持ったけれども、小禄の町方の質素な暮らしや、身分は低くとも侍の家のしきたりなどに馴染《なじ》めず、と言うか、堪《こら》えられずこうなったと、町方は言っておりました」

「八歳になる倅のために、辛抱《しんぼう》ができんかったんかいな」

「じつは、そう言いながら、おかみさんが良一郎を連れて里へ戻った本途《ほんと》のわけは、当人もわかっておるようです。その者は町方としては有能なのですが、女房と倅の暮らしをまったく顧《かえり》みず、ほったらかしにして、おかみさんは、務めのことしか念頭にない勝手気ままな亭主に愛想をつかした、というのが本音のようです。おかみさんは、良一郎を町方には絶対させたくない、良一郎は商人にさせると言って、八丁堀の組屋敷を出たそうです」

「もっともかもしれん。市兵衛さんもわかっているやろが、わたしも似たようなもんやった。子供らのことも暮らしのことも、女房に任せきりにして、仕事ひと筋と言えば体裁はええけど、要するに、身勝手なだけやった。女房が我慢してくれたお陰で、いたらぬ亭主でもなんとか持ったがな」

「そののち、おかみさんは良一郎を連れて、里と同業の扇子問屋に再縁し、良一郎はいずれ、その扇子問屋を継ぐ身になったのです」

「おかみさんの望みどおり、倅は町方やのうて商人になる目処《めど》がたったわけや」

「ところが、良一郎は十二、三のころから、おかみさんの望む商人になる修業に身を入れず、不良仲間とつるんで盛り場を遊び歩くようになって、十五歳のころには、親に小遣いをねだる身でありながら賭場に出入りし、一端《いっぱし》の博奕《ばくち》打ちを気どり始めておりました」

「おやおや、ぐれてしもたんかいな。そら、心配なこっちゃ」

「おかみさんも再縁した継父も、心配したのは言うまでもありませんが、じつの父親の町方は、倅がぐれたのは、倅の幼かったころに父親らしい務めを果たさなかった挙句《あげく》、夫婦別れまでした自分の所為《せい》だと負い目を感じ、自分をひどく責めておりました」

そののち、良一郎が神田界隈《かんだかいわい》の顔役で町奉行所の御用聞を務める大親分の文六の下に預けられた経緯《いきさつ》を語って聞かせると、

「なるほど。それでは富平さんは、文六親分の配下、倅の良一郎さんの御用聞仲間ということやな」

と、卓之助は富平に徳利を差して言った。

「へい。あっしは良一郎みてえなお坊ちゃん育ちじゃありやせん。がきのころからちょいとわきへそれちまって、貧乏な親元にはいられず、文六親分の下っ引のそのまた下っ引で、良一郎と一緒に住みこみ修業中の身でやす。良一郎とは、両国でも遊んだ仲でやす」

富平は杯を両手で持ったまま、照れ臭そうに言った。

「ははん。さては、良一郎さんをそそのかして、博奕の手ほどきをしたのは、富平さんやな」

「滅相《めっそう》もありやせん。そそのかしたなんて、人聞きが悪いじゃありやせんか。と言っても、ここには市兵衛さんしかいませんけど。そりゃあ、駒札《こまふだ》の張り方や丁半の違いぐらいは教えやした。ところが、あっしも良一郎もこっちのほうはからきしだめで、良一郎が親元からくすねた小遣いを平気ですっちまうんで、見ちゃ

いられなくて、もうやめとけよって、とめたぐらいでやす」

「そら、仲間がそんなふうやったら、心配になるわな」

卓之助はまた磊落に笑った。

富平はすくめた両肩の間に首を埋めて、杯をすすった。

「で、市兵衛さん、そのお友だちの町方に頼まれてわざわざ大坂にきた用というのは、倅の良一郎さんのことと、なんぞかかり合いがありまんのか」

「倅の良一郎が、町家のある娘と、どうやら欠け落ちをしたようなのです。良一郎は十八歳。相手の娘も十八歳です。懇《ねんご》ろになった二人が、江戸では添い遂げられぬために他国で、という欠け落ちでは、どうやらなさそうなのです。二人が懇ろであったかどうか、親も仲間の富平も知らなかったのです」

富平が、へい、というふうに首を上下させた。

「二人は親に、夫婦になりたい、所帯を持ちたいという申し入れもしておりません。なぜか、親にも周りの誰にも告げず、若い二人だけで忽然《こつぜん》と江戸から姿を消しました。年ごろの男と女ですから、両方の家の者はそういう欠け落ちではないかと推量していますが、確かではありません。行き先だけが、大坂に間違いなかろうと思われるのです」

「それで、二人を連れ戻してほしいと、市兵衛さんが頼まれたわけや」

はい、と市兵衛は点頭した。

「確かに、本物の欠け落ちやったら厄介やが……」

言いかけた卓之助が、ふと、日はすでに没して西の空の果てに微少《びしょう》な赤いひと筋を残すのみとなり、部屋が薄暗がりに包まれていることに気づいた。

「ああ、話に夢中になって、いつの間にか暗なってしもた。支度はまだかいな」

卓之助が立ったちょうどそのとき、階段を踏む足音が聞こえ、廊下の障子戸に手燭《てしょく》の明かりが差した。

「旦那はん、明かりもつけんと、大丈夫でっか」

障子の明かりがゆれ、女の声が障子ごしにかかった。

「お八重《やえ》、明かりをつけてんか。話に夢中になって、明かりをつけるのを忘れとった。料理はどうなってんのや」

「ただ今支度が調いましたんで、すぐお持ちします。ごめんやす」

下女が引違いの障子戸を引き、手燭の明かりが部屋に射した。

「日が暮れて、ちょっと寒うなった」

卓之助は、空の果てに微少な赤い筋が見える窓の障子戸を、閉めにいった。障子戸を閉めかけると、宵《よい》の空に梵鐘《ぼんしよう》が物寂しく鳴り渡り始めた。

「なんや。まだ六ツ（午後六時頃）か」

宵の空を眺め、卓之助は言った。

「はい。まだ六ツでっせ。夜はまだこれからですわ」

と、二灯の行灯《あんどん》に火を入れたお八重が、明るい笑顔をふりまいた。

三

宵の静寂が流れていた。

小さな鉄火鉢《ひばち》が部屋に持ちこまれ、赤く熾《おこ》った炭火が、春の宵の寒さを追い払った。二灯の行灯に灯《とも》された明かりは、銘々《めいめい》膳の料理や燗《かん》酒の薄い湯気を、ほのかに白く映していた。

夕刻の冷やの徳利酒に大皿に盛った尾頭つき刺身のつなぎの一杯とは違い、豪華な本膳には、向付《むこうづけ》の膳が用意された。

あさりと大根の干葉《ひば》の汁。細造りの赤貝に焼いてもみほぐした鯛の身を、おろしと煎酒《いりざけ》で和《あ》えた膾《なます》。鯛の切身を酒蒸しにし、やわらかく戻した結び昆布と一緒に椀《わん》に盛った二汁。鴨肉《かも》、くわい、革茸《こうたけ》、麩《ふ》の煮物。鯛の焼物。そぎ切りにして油焼きした鴨肉を酒と醬油で味つけし、芹《せり》を添えた熬物《いりもの》。

向付には、新しい鯛の刺身、梅干しの吸物、青菜と豆腐の白和《しらあえ》、香の物、などの皿や鉢、椀が並び、鯛づくしの皿や鉢は染付、椀や杯と温かく燗をした提子《ひさげ》の酒器などは、外が黒漆で内が朱色の、どれも見事な器《うつわ》ばかりだった。

「富平さん、これからが本膳でっせ。ゆっくり楽しんどくなはれ」

卓之助が勧め、富平は皿や鉢や椀へ目移りさせつつ、

「わあ、すげえや。市兵衛さん、何から手をつけりゃあいいんですか」

と、市兵衛へ困ったように首をかしげて見せた。

「富平、卓之助さんの心づくしだ。遠慮なくいただこう。好きな物から手をつければいい。そうだな。まずは汁を味わうことから、始めたらどうだい」

「そうか。汁がいいっすね。普段の飯のときも、始めに味噌《みそ》汁をずずっとやりやすからね。ああ、いい香《かおり》だ」

富平は汁の椀の蓋《ふた》をとって、淡い湯気の香にうっとりとした。

そうして、豪勢な膳を囲んでの三人の酒宴は始まったが、良一郎と小春の欠け落ちにいたったその話は、なおも続いていた。

「欠け落ち者が他国で罪を犯したら、国元の親兄弟は元より、親類縁者にも累《るい》が及びかねんので、そら放っとけんわな。欠け落ち者を捜し出して無理やり連れ戻すか、人別を帳外にするしかない。町方の渋井さんは、離縁になってるから、かかり合いがないとは言うても、じつの親としての負い目を感じるのもわからんではないしな」

「良一郎と小春は往来手形をどうにか手に入れ、江戸を発《た》ちました。間違いなく二人は、大坂のどこかにいるはずです。小春が三歳のときに別れたじつの姉のお菊の菩提《ぼだい》を弔《とむら》い、そののち二人が無事江戸へ戻ってくれば、欠け落ちは表沙汰《おもてざた》にならずに済みます。両親は、去年、姉のお菊の訃音《ふいん》が届いたとき、年が明けて仕事が一段落した春に大坂にいけるようにすると約束をしていたのですから、小春はそれが待てなかったのです。一刻でも早く姉を弔いたかった妹の気持ちは、察せられます。ですが、小春がひとりではなく、幼馴染みの良一郎と二人で、互いの両親にも、また仲間らにも知られず旅だったとなると、亡くなった姉の弔いだけが、大坂へくる目あてだったとは思えないのです。それだけなら、親しい富平に、斯《か》く斯《か》く云々《しかじか》の事情で小春につき添って大坂へいくことにした、ということぐらいは伝えたと思うのです」

富平は煮物の鴨を頬張り、唇の油を舐《な》めながら繰りかえし頷いた。

「ということは、姉のお菊の弔いというのは口実で、双方の両親が、若い男と女の好いた惚《ほ》れたの末の欠け落ちと心配するのも、もっともな理由になるな」

「好いた惚れたの末の欠け落ちなら、なおさら、富平は良一郎と小春が懇ろな間柄であったことに気づいていたか、あるいは聞いていたと思うのです」

「へい。あっしと良一郎は、隠し事なんて何もねえ、気のおけねえ仲間でやす。文六親分の下っ引の務めのことも、博奕のことや賭場所で遊んだことなんかも、包み隠さず話しやす。あ、良一郎はあっしより二つ下で、まだうぶなとこがあって、酒を呑んだり博奕は一緒にやりやしたが、賭場所へは誘ってもいきませんでした。けど、どこそこの娘は可愛《かわい》いだとか、誰それのかみさんは色っぽいとか、そんな話はよくしやした。なのに、小春に惚れてるとか、女房にしたいとか、それは聞いた覚えがありやせん」

富平は咀嚼《そしゃく》した鴨を呑《の》みこみ、杯を勢いよくあおった。

「富平さんは、小春という娘を知ってまんのか」

「へい。良一郎と一緒に二度ほど、往来で小春といき合ったことがあって、幼馴染みと聞きやした」

「小春は、器量のええ娘かいな」

「そりゃあ、目を合わせただけで照れ臭くなるくらいの、小春が現れただけで周りがぱっと明るくなるような器量よしです。良一郎の話じゃ、小春の器量よしは長谷川町では評判だということでやした。ただ、おめえもまんざらじゃねえんだろうってからかったら、小春には二つ年上の兄さんがいて、小春はその兄さんと夫婦になることが決まっているんだと、言っておりやした」

「養子娘の小春と職人の家業を継ぐ兄さんは、親が決めた仲というわけか。そういう事情なら、ようある話や。なんぼ好いた仲でも添い遂げられん二人は、姉の弔いを口実に手に手をとって大坂へ、というのは筋がとおってまんな。気がおけん仲間の富平さんにさえ隠したんは、二人の理《わり》ない仲が密通になるので、お上の御用聞を務める手前、打ち明けられんかったとかな」

　しかし、市兵衛は言った。

「良一郎は、十五、六歳ごろまでは、親の意見も聞かずに、盛り場で遊び廻り、博奕打ちを気どって賭場にも出入りしておりました。ですが、去年、文六親分の下っ引を務めるようになってから会ったときは、ずいぶん変わった様子に見受けました。両親の離縁や、受け入れがたい周りへの反発や屈託が影をひそめ、純情で素朴な、気だての優しい元々の性根が見えたのです。意外ではありません。町方の渋井さんも、性根はそういう男なのです。やはり、似ているのでしょう。小春と欠け落ち同然に江戸を出て、良一郎は、両親や文六親分や仲間の富平や、じつの父親の渋井さんにも申しわけないことをしたと、わかっていると思います。小春と添い遂げるとか、弔いのためとかだけなら、欠け落ち同然のこのような手だてはとらないはずです。小春と江戸を出たのは、みなに迷惑をかけてでも、そうしなければならないわけが、良一郎と小春にはあったためだと、わたしには思えてなりません」

「確かにそうや。気だての優しい子は、自分のわがままを通したら、親が嘆くやろ、友が悲しむやろ、誰それが困るやろ、とあれこれ気にかけて、なかなかふんぎりがつかんもんや。それが人情や。よっしゃ。大体、事情は呑みこめた。ともかく、良一郎さんと小春の行方をつきとめなあかんな。商いにも表と裏があって、いろいろな伝《つて》はある。きっと、人捜しの役にたつやろ。で、市兵衛さん、二人の行方を捜す手がかりはあるのかいな」

富平は煮物のくわいを口に頰張り、ふむむ、と鼻息をもらした。

「小春の姉のお菊は、おそらく新町で奉公していて、新町で亡くなったと思われます。まずは、新町のお菊の奉公先を訪ねるつもりです。良一郎と小春も、新町のお菊が奉公していた廓《くるわ》を訪ねていると思われます」

「そうやな。小春とお菊は新町に引きとられていて、小春だけが今の江戸の両親が引きとり養女にした。お菊と小春は、そのとき離れ離れになってしもたんやな」

「お菊は十二歳。小春は三歳でした」

「それから十五年や。去年亡くなったお菊は新町の遊女になって、二十六歳の生涯やったというわけか。病か、なんぞ災難に遭《お》うたか。いずれにしてもつらい話やな」

卓之助は酒を含み、部屋の一角へ物憂《ものう》げな目を泳がせた。富平が鯛の焼物の身を頬張って口をもぐもぐさせ、骨を唇の間からつまみ出した。

ときおり、階下の料理人と下女の声や碗《わん》や皿などの触れる音が、夜のささやき声のように聞こえた。それでも、静かな宵が続いている。

ふと、卓之助は首をかしげ、杯を膳においた。

「市兵衛さん、去年、小春に届いた姉のお菊の訃音は、誰の知らせで、どういう内容やったんや」

「それが、わからないのです。誰から届けられ、どんな知らせなのか、小春の両親も、それは読んでおりません」

「なんでや。養女になったというても、小春のじつの姉の訃音やろ。両親は気にならへんかったんか」

「町方の渋井さんから聞いた話では、小春は、姉のお菊が亡くなった知らせを受け、弔いにいきたいと泣いて言うのみで、お菊の訃音を両親に見せなかったそうです。両親は、小春の姉は遊女になり、そこで病に罹《かか》ったか、なんらかの災難に遭ったかで不幸にも亡くなったため、小春はその事情を恥じて言いたくないのだろうと推し測り、強《し》いては訊ねなかったようです。小春の気持ちが落ち着いてから、聞けばいいと」

「なるほど。それもわからんではない。けど、その訃音には、姉が亡くなった知らせのほかにも何かが書いてあったんとちゃうか。それが、良一郎さんと小春の欠け落ちのわけと、かかり合いがあるのかもな」

「かかり合いがあるのかないのか、定かではないのですが、それについて、卓之助さんにお訊ねしたいことがあるのです」

「欠け落ちのわけと、かかり合いがあるかないかわからんけどか。ちょっと待ってや。酒も冷えたし、少のうなった」

と、卓之助は階下の下女を呼ぶ鈴を鳴らした。

へえい、と階下より下女の声がかえり、板階段が足早に鳴った。

「燗を熱めにしたのを頼む。それから、揚物《あげもの》を頼むで。それと、炊きたてのご飯もお櫃《ひつ》ごと持ってきておくれ」

卓之助は、用をうかがいにきた下女に言いつけた。

階下からいい匂いがのぼってきている。

「すぐお持ちします」

下女がおりていくと、卓之助は富平に言った。

「富平さん、ご飯もあったほうがええやろ。さすが若いだけあって、ええ食べっぷりや。市兵衛さんが《松井》へきたときも、よう食べたな。ひょろりと背の高い痩せた若衆やったが、食べっぷりだけは大男並みやった」

「市兵衛さん、酒もいいけど、こんなに美味《うめ》え料理だと、白いご飯も食いたくなりやすね」

富平は杯を舐めつつ、市兵衛に火照《ほて》った顔を向けた。すると、

「富平さん、松井は米問屋やから死ぬほど食べたらええ。死ぬほど食べてもええ

けど、食べすぎは身体に毒でっせ。気をつけなはれや」

と、卓之助が市兵衛と富平を笑わせた。

ほどなく、下女が熱燗の酒を運んできて、続いて、前垂れに向こう鉢巻の料理人が持った折敷《おしき》には、うどん粉をまぶし胡麻《ごま》油で揚げた、するめ、貝柱、海老《えび》、そして鯛の切身の揚物の皿が並び、香ばしい匂いを部屋にあふれさせた。

「揚物は塩をまぶしていただくのが美味い。炊きたてのご飯にも合うで」

卓之助は揚物の皿を見て、頬をゆるめた。

そのご飯の碗とお櫃は、もうひとりの女が運んできて、富平の碗に炊きたての湯気ののぼる飯を、たっぷりと盛った。

「市兵衛さん、呑みながら続きを聞こか」

卓之助が膳ごしに提子を差し出し、市兵衛の杯に熱い酒をついだ。

市兵衛は、燗酒を含んで喉を鳴らすと、杯を手にしたまま、去年の暮れ、良一郎が浅草瓦町に店をかまえる本両替屋の《堀井》を探っていた事情を話した。

四

「良一郎と小春が大坂へいくと、短い書き置きを残して江戸を発ったあと、それを富平から聞きましたので、江戸を発つ前、《堀井》の江戸店に奉公している牛吉と言う男に会い、良一郎が何を知りたがっていたのかを訊ねました」

市兵衛が言い、富平はご飯をかきこむ手を止め、

「そしたら、ねえ、市兵衛さん……」

と、市兵衛に念押しして言い添えた。

「良一郎が知り合いに頼まれて、堀井のご主人のことを探ってると言うんで、裕福なお店のお坊ちゃんの良一郎なら、きっとお金持ちの知り合いに商いの用で頼まれたんだろうと勝手に思いやした。で、堀井に奉公している牛吉なら知ってるぜって、教えてやったんです。あっしは両替屋に縁などありやせん。どうせ何もわからねえんだし、堀井のお店を探る詳しい事情は訊ねませんでした」

「堀井は大坂に本店があり、数年前、江戸の浅草瓦町の両替屋と手を結んで元手を増やし、お店を新しく建て替え、屋号も堀井に変えたのです。大坂の堀井が江

戸の両替屋と手を結んだことで、江戸本両替四十軒の組仲間に加わり、大坂の両替屋の堀井に江戸店《だな》ができたのです。それは、江戸の商人なら誰でも知っている事情です」

「中船場《なかせんば》の安土《あづち》町の堀井か。大坂では有名な本両替や。御用両替を務める十人両替のほかに、二十二組百八十軒の本両替と、南両替と言われる脇両替が五百軒ほどもあるこの大坂で、七、八年ほど前までは本両替の中店《ちゆうみせ》やったのが、両替やら為替《かわせ》取引は言うまでもないが、殊《こと》に大名貸や商人貸の貸付業で急に商いを伸ばして、今では大店と言うてもええ両替屋やな。そうやった。三年前に江戸店ができて、倅が江戸に下って江戸店の主《あるじ》になり、大坂の本店にも劣らん大店に育てて見せると懸命に励んどるという話を聞いた。まあ、あの堀井の商いやったら、今にそうなるやろけどな……」

卓之助は、少し歯ぎれの悪い言い方をした。

「で、良一郎さんが去年の暮れに、堀井の倅のことを探っていたわけやな」

「そのようです。倅ひとりのことか、あるいは、父親や堀井一族の事情なのかもしれませんが」

「堀井一族か？　よう知らんな。中船場の堀井の主人は千左衛門と言うて、大坂の商人の間では名の知られた男や。もっとも、堂島の米の仲買商やらわたしら米問屋には、両替屋の堀井はかかり合いがないので、千左衛門とは面識もない。どっかの蔵屋敷で、顔ぐらいは合わせたことがあるかもしれんが。江戸店の主人の倅は安元や。確かまだ、三十歳ぐらいやと聞いた。それにしても、良一郎さんが堀井の主人らのことを探っていたらしいという事情と、小春との欠け落ちに、かかり合いがあるんかいな」

「間違いなく、あると思われます。良一郎が去年の暮れに堀井の牛吉を訪ねたとき、小春も一緒だったのです」

「ふむ、小春も？　一緒やったわけか」

卓之助が意外そうに首をひねり、海老の揚物を賑やかに咀嚼《そしやく》した。富平も揚物を菜にご飯が進んでいる。

市兵衛は卓之助に提子《ひさげ》を差し、酒をつぎつつ言った。

「良一郎の用であれば、小春がついていくはずがないのです。小春が一緒だったのは、良一郎が知り合いに頼まれたと言った知り合いが、小春だったからです。良一郎は江戸生まれの江戸育ちで、扇子《せんす》問屋の跡とりとは言え、今のところ、家業の商いにはいっさいかかわっていません。商人の仕事をしているなら、両替商にかかり合いがあるかもしれませんが、良一郎はそうではありません。良一郎は小春の手助けをして、堀井の主人の素性《すじょう》を探っていたと思われます」

「小春が堀井の主人の素性を探っていたと……十八の職人の娘に、両替屋にかかり合いがあるとは、思えん。ということは、小春に届いた姉の知らせに堀井にかかり合いのある事情が書かれてあって、小春は良一郎さんの助けを借りて、それを探ろうとしていたのかいな」

「そう思います。堀井の大坂本店の千左衛門は、生国が泉州の佐野町と聞きました。堀井は……」

そのとき、卓之助が「ちょっと待ってや」と、言いかけた市兵衛を止めた。

「小春が今の養父に引きとられて江戸へきたのが三歳のときで、九つ歳《とし》の離れた姉のお菊と小春は、新町の廓に引きとられていたんやな」

「そうです」

「お菊と小春の姉妹が引きとられる前の郷里は、泉州の佐野町やったと、言うてへんかったか」

「そうなのです。お菊と小春も泉州の佐野町と聞いていましたので、意外に思いました。姉妹は災難に遭って両親を亡くし、身寄りを失って、たぶん、大坂に新町の茶屋か廓に身売りになったのです。小春の養父は、姉妹の両親にどのような事情があったのかを詳しくは確かめず、幼い小春をただ哀れに思い、引きとったようなのです」

「十二歳の姉と三歳の妹が、泉州の佐野町から大坂の新町に売られてきた。確かに哀れな境遇や。小春が探っとったのが、堀井の主人親子か、そのどっちかであったとしても、生国が同じというのは因縁を感じるな。たまたま同じ生国やったというだけか。姉のお菊は、生きてたら小春より九つ年上の二十七や。遊女としてはまだまだ稼げる。それが、去年の暮れ、亡くなった知らせが届いた。なんで亡くなったんや。やっぱり病か。一体誰が、その知らせを江戸の小春に送ったんやろ」

「それもわかりません。小春は、姉のお菊が亡くなったとしか言わなかったそうです。病か災難か、あるいはほかのことか、わからぬまま……」

「小春は、誰にも何も話さずに、江戸を発ったわけか。違うな。良一郎さんには相談したはずや。すると、良一郎さんも小春の事情を知って、欠け落ち同然に江戸を発つしかなかった、と考えたんやな」

　卓之助は杯を乾し、市兵衛はまたつぎながら言った。

「お訊ねしたいのは、大坂の堀井の主人がどのような商人なのか、ということなのです。堀井が、大名貸や商人貸の貸付業で急に商いを伸ばしたと言われましたが、そのような貸付業はどの両替商もやっていることです。堀井の特別な商いとは言えません。七、八年ほど前までは本両替の中店だった堀井が、商いの競争の激しい大坂で、大店と言われるほどに商いを広げられた事情を知りたいのです。と言いますのも、堀井の江戸店で客との間でもめ事があった話が聞け、それが気にかかるのです」

「堀井の江戸店でか。どんなもめ事なんや」

市兵衛は、牛吉から聞いた、堀井の江戸店に騙《かた》りを働くのかと客が怒鳴りこんできた一件を聞かせ、気にかかっている不審を口にした。

「もしかしたら、堀井の商いが、菊が亡くなった事情に、かかり合いがあるのかもしれません」

「騙りを働くとは、穏《おだ》やかやないな」

卓之助は、あのときの文六と同じ口ぶりでかえした。そして、小首を物思わしげにかしげ、杯を舐めつつ言った。

「さっき、中船場の堀井が大坂では有名な本両替で、主人の千左衛門は大坂の商人の間では名の知られたと言うたが、じつのところ、千左衛門をまともな商いを営む商人と思う者は、少ないやろな。まともな商いと言うても、商いは儲けを得るために営むのやから、非の打ちどころがないわけやない。ご法度《はっと》に触れん限りのぎりぎりのところで、という商いもある。かく言う米問屋・松井にもそれはある。市兵衛さんかて、松井に三年いたのやから、わかっとるやろ」

市兵衛は小さく頷いた。

「けど、なんぼお上のご法度にはぎりぎりに触れておらんと言うても、これはやめとこやないかと、まともな商人やったら手を出さん商いもある。ところが、堀井の千左衛門は、儲けのためやったらどんな商いでもやりかねん男や。大坂は、七墓《ななはか》、言うてな、七墓巡りの盛んな墓地がある。梅田《うめだ》、浜《はま》ノ寺《てら》、吉原《よしわら》、蒲生《がもう》、小《お》橋《ばせ》、鳶田《とびた》、千日《せんにち》の七墓や。千仏供養にあたるとされて、墓参りの人が仰山《ぎょうさん》集まるから、そういう墓地や寺の隣《とな》りには盛り場ができて繁昌《はんじょう》するのは珍しない」

「道頓堀《どうとんぼり》の今の繁昌は、千日前の火やがあったからなのですね」

「そのとおり。盛り場が繁昌したら、当然、そこで仕事をする男や女も仰山集まることになる。人が集まったら住む店がいる。そのため、雨露さえしのげたらええという粗末な裏店が、往来から一旦裏路地に入った途端《とたん》、蜂《はち》の巣みたいにひしめくわけや。千左衛門はそこに目をつけた。初めは、七墓の周辺の明地《あきち》を持つ土地持ちに借り手が見つかれば貸す話をつけ、そこが千左衛門の独特な目のつけどころやが、両替屋のお金持ちのお得意ではのうて、主にお店の手代らを相手に、七墓のどこそこの明地を借りて裏店を建てたら、盛り場はまだまだ大きなりますから、借り手がすぐについて店賃が入り、左団扇《ひだりうちわ》でっせと誘うのや」

　富平が飯を食い終え、ふむふむ、と再び杯を舐めつつ聞き入っている。

「お客さんに余計な手間やお金はかかりまへん。地主の仲介、家主の手配、裏店を建てるための元手の融資、腕のたつ大工の調達、全部、堀井に任しとくなはれ。お客さんは、地主さんと町《ちょう》役人さん、あるいは村役人さんに一回だけ挨拶してくれはったら終りだす。あとは、借地代も、家主の給金や町入用も、元手の借金の利息も店賃でまかなえ、残りを蓄えにしようとほしい物を買おうと勝手でっせ、堀井は元手の利息をちょっといただくだけですわ、とや。大店や中店ぐらいの手代らは、それなりに給金はもろてるけど、暖簾《のれん》分けしてもらえる手代は、ほんのひと握り。頭取とか番頭になれるのもわずかしかおらん。歳をとって働けんようになるまでお店奉公をするか、奉公の蓄えを持って郷里へ帰り、親の田んぼを耕すか、大坂の場末に小店をかまえて暮らすか、そこらへんのところや。まして、小店の手代らは所帯すら持てず、一生独り身で先ゆきはわからず、心細い思いをしている者も多い。そういう手代らに、暮らしは今までどおりで、家持になって店賃をかせぎまへんか、先ゆきの不安がなくなりまっせ、と働きかけたら、気持ちもゆらぐ。よっしゃと、手代らは話に乗った。七、八年前から堀井の貸付額は急にふくらんで、数年で大店の両替屋に肩を並べるまでになった」

「と、ということは、堀井の誘いに乗った手代さんらは、みなさん、店賃が入って左団扇なんですね」

富平が膝を乗り出した。

「富平さん、乗り気やな。富平さんもやりまっか」

「だって、そんないい話に乗らねえ手は、ねえじゃねえですか。こっちは手間も元手もかからねえし、今までどおり暮らして、店賃が勝手に入ってくるんですよね、市兵衛さん」

市兵衛と卓之助が噴いた。

「貸付額がふくらんで、堀井は大店の両替屋に肩を並べるまでになったけれど、貸付を受けた手代らに、店賃が入るとは限りまへん。せっかく借金して建てた裏店に借家人が埋まらんかったら、店賃は入らんのに地代はかかる、借金の元金や利息の返済に追われる、やれ家持の町入用、やれ家主への給金と、自分はなんにもせんと店賃が入って左団扇のはずが、気がついたときは、地獄の火の車に乗っとったという事態になりかねまへんで」

「変じゃねえですか。左団扇がうまくいったから、おれもおれもと次々に新しいお客がついて、お陰で、堀井は大店の両替屋に肩を並べるまでになったんじゃあねえんですか。火の車だったら、誰も乗りませんよ」

「ところが、われもわれもと、堀井の誘いに乗る者が、今以《もっ》てあとを絶たん。手代らは丁稚奉公のころから商いの厳しさを見てるのに、おのれの欲がからむと、儲かる話ばっかりに目が向き、損をすることもある、いやむしろ、損をして身に余る借金を抱えて、首をくくるしかなくなる話には目をつぶって耳も傾けんようになってしまうのやな」

「えっ、首をくくったお客がいるんでやすか」

卓之助は、「おった」と頷いた。

「七墓巡りと言うても、どこもかしこも、千日前の道頓堀みたいな賑やかな盛り場ができるわけやない。それでも、七墓巡りの近所ならまだましや。七墓巡りだけに頼っていたらいずれいきづまる。お寺とお墓はどこにでもある。その近所の適当な明地を探し出して、ここら辺はお墓参りが盛んやから、今に賑やかな盛り場ができる。地代の安いうちに地面を借りて家持になっといたらお得でっせ、早い者勝《もん》ちでっせ。わずかやけど、中には上手くいった裏店もあるから、それを例にあげて、こうなりまっせ、と堀井は客を勧誘して廻った。噂《うわさ》で、生駒山の麓《ふもと》の竹藪《たけやぶ》の中に裏店を建てた客がいた話も聞いたことがある。なんぼなんでも、生駒山の噂は怪しいけどな。ただ、船場のあるお店の手代が首をくくったのは、ほんまの話や。その手代は、女房も子もない独り身やのに、何代にもわたって利息を払い続けなあかんほどの借金を、堀井に抱えていたらしい」

「ひでえ。町奉行所は堀井千左衛門をお縄にしねえんですか」

「お寺やお墓の近所が盛り場になると見越して、裏店を建てると決めるのはお客や。堀井が決めたわけやないから、法度に触れたわけでもない」

「そんなあ。いい加減な話を持ちかけてお客を誘ったのは、堀井でしょう。それじゃあ、騙りと同じじゃねえですか。ですよね、市兵衛さん」

「そうだ。騙りだ」

市兵衛はこたえたが、卓之助は口をへの字に歪《ゆが》めた。

「それに、堀井の誘いに乗った手代らは、首が廻らんぐらい借金を抱えているのに、殆《ほとん》ど誰も千左衛門を町奉行所に訴え出ておらんのや。手代らは、そんな阿呆《あほ》みたいな話に引っかかった自分がみっともない、体裁が悪い、奉公仲間や主人のみならず、お店のお得意さまに知られたら奉公にも障《さわ》りが出ると、進んで名乗り出ず、周りの誰にも打ち明けんとひとりで苦しんでるそうや。米問屋の寄合などで、そういう話がぽつりぽつりと聞こえてくるので、だんだんと知られるようになってきてるけどな。何年か前、町奉行所に訴えを出した手代がいたが、その折りはおとりあげにはならんかった」

「な、なんで、訴えがおとりあげにならなかったんでやすか」

「まあ、自分で決めた所為《せい》やないか、という表向きの理由と、堀井の千左衛門は東西町奉行所の与力同心のお役人方にお出入りを願い、日ごろより何かとお指図を仰いでいるそうやから、とりあげるほどの訴えではないという判断にいたったんやな。ただし、堀井千左衛門に、強引な勧誘は自粛《じしゆく》するようにとお達しが出されれ、それ以来、あんまり目だたんようにはなってるが、その手の貸付をやめたわけやない。堀井のえげつないとりたて話が、今でも希《まれ》に聞こえてくる。そうや、堀井の江戸店ができて倅の安元が江戸に下り、お店を任されたのもそのころや。江戸でも手代相手に、堀井の貸付が広がってるのかな」

富平が呑みかけた杯から顔をあげ、目を丸くした。

「冗談じゃありませんよ。市兵衛さん、それって、牛吉から聞いた、瓦町の江戸店に手代が、騙りを働くのかって怒鳴りこんだあの一件じゃありやせんか」

「たぶんそうだろう。堀井の倅は、父親の千左衛門に倣《なら》って、江戸でも同じ商いを広げる気なのだ。富平、文六親分に知らせねばな」

「急いで文六親分に知らせなきゃあ、江戸のお店の手代らがひどい目に遭いやすぜ。堀井の江戸店ができたのは、三年前と言ってましたよね。もうひでえ目に遭ってる手代が、大勢いるんだろうな。気がもめるな」

「富平、落ち着け。良一郎と小春を捜しに大坂へきたのだ。まずは、二人を見つけてからだよ」

「ああ、そうか。そうでしたよね。それがありやしたね。もう良一郎のやつ、こんなときに仕方のねえ野郎だな」

富平が言ったところへ、障子戸ごしに下女の声がかかり、戸が引かれた。

「旦那はん、下はそろそろあがらせてもらいますけど、ご用はありまへんか」

「そうか。ご苦労はんやった。みなにあがってええと、伝えてくれるか。あとはこっちでやる」

下女が退《さが》ると、卓之助は膳ごしに提子《ひさげ》を市兵衛へ差し、

「市兵衛さん、二十年ぶりの酒はまだ終らんで。富平さんも……」

と、それを富平に廻した。

「いただきやす」

富平が高らかにかえし、更《ふ》けゆく夜の静寂が少し乱れた。市兵衛と卓之助は改めて杯をあげ、長い歳月を超えて破顔した。

第三章　南の女

一

翌日。

市兵衛と富平は、北船場の淀屋橋筋を、南へ真っすぐにとった。

三間（約五・四メートル）幅の往来の両側に、町家の表店《おもてだな》が隙間《すきま》なく軒《のき》を並べ、どの店も商いがすでに始まっていた。荷を積みあげたべか車を引く人足が轍《わだち》に車輪をがさつに鳴らし、いき交う人々の歩みは忙《せわ》しなげである。

大店の問屋が二階家の甍《いらか》をつらね、商人らが忙しそうにすれ違う北船場の町家をすぎ、いくつもの通りを横ぎった。

やがて往来の右手に沿って、堀を廻《めぐ》らし、そそりたつ土塀《どべい》に囲まれた大きな寺院が見えてきた。境内《けいだい》に松の大木が森のように鬱蒼《うっそう》と繁《しげ》り、木々は土塀よりはるかに高く、のどかな春の空に濃い緑を耀《かがや》かせていた。

「でかいお屋敷ですね。西国のお大名のお屋敷ですかね」

富平が、右手につらなる土塀と木々を珍しそうに見あげて言った。

「これはお大名のお屋敷ではない。西本願寺《にしほんがんじ》という浄土宗《じょうどしゅう》のお寺だ。この往来の数町《ちょう》先には東本願寺もある。西本願寺や東本願寺は、江戸にもあるのは富平も知っているだろう」

市兵衛は西本願寺門前の往来をいきながら、富平にかえした。

「はいはい。築地《つきじ》の西本願寺も、浅草の東本願寺もいきやした。お糸姐《ねえ》さんがあれで案外信心深くって、あっしと良一郎を従えて御用で近くを通りかかったら、必ず、せっかくだから御用が上手《うま》くいきますように拝《おが》んでいこうって、仰《おっしゃ》るんです。拝んでも御用が上手くいくとは限らねえんですけどね」

富平がつらなる土塀と木々を眺めつつ、とぼけた口調でこたえた。

往来の前方に、西本願寺の表門の屋根がそびえている。

「西本願寺と東本願寺のどちらも、市中第一の仏閣だ。二つの御堂《みどう》があるから、備後《びんご》町の通りから北久宝寺《きたきゅうほうじ》町の通りまでのこの道は、御堂筋と言うのだ」

「二つの御堂があるから御堂筋でやすか。なんだかありがたそうな道でやすね。通っている人もみな、ありがたそうな顔つきをしてやすぜ」

富平はふりかえったり前へ向きなおったりと、物見高く御堂筋の前後を見廻《みまわ》した。

「そうか。けど富平、あまりじろじろ見るのはよせ」

「おっと、いけねえ。江戸の田舎《いなか》者やと、笑われますね」

えへへ、と富平は照れ笑いをかえした。

西本願寺の表門の前をすぎ、御堂筋をさらにいくと、道の両側に軒暖簾《のきのれん》を吊《つ》るし幟《のぼり》をたてた人形店が何軒もつらなっていた。御堂筋のこのあたりはひなや丁で、ひな祭りが近い二月の下旬からひな市が開かれ、多くの人出でごったがえす。

ほどなく、ひなや丁の町家の屋根の上に東本願寺の樹林が望めた。

東本願寺のある御堂筋と北久太郎《きたきゅうたろう》町通りの辻に差しかかったところで、お寺を囲う堀と高い土塀に沿って東本願寺門前まで、筵《むしろ》敷きに色鮮やかな花や草木を並べて、《御堂前の花市》が開かれていた。

「花市ですか。なんの花の匂いかわからねえが、いい香《かおり》がしやすねえ。なんだか春めいて、いい気持ちだな」

富平はのどかに言った。だが、往来は草木や花を鑑賞し買い求めて廻る大勢の人出で賑《にぎ》わい、通りすぎるのも難儀した。

御堂筋を直角に東へ曲がる東本願寺門前の南久太郎町通りは、切花を商う店が多くあって、通りの屋根と屋根の間に大坂城の天守閣が望まれた。

このあたりはもう、南船場の町家である。

二人は、御堂筋から北久宝寺町五丁目の筋をさらに南へゆき、博労《ばくろう》町の辻をすぎた次の順慶町の通りを右の西へ折れた。通りの前方に、西横堀《にしよこぼり》川に架《か》かる新町橋が見え、対岸には何やら艶《つや》めいた様子の竹垣が町家を囲っていた。

橋を渡った正面に溝ほどの堀を渡って、二本柱の屋根もない表門が両開きになっている。中に二階家の出格子のつらなりが見えた。

「市兵衛さん、もしかしたら、あそこが新町でやすか」

「新町の東大門だ」

「大坂の新町は、江戸の吉原のような遊女町なんですよね。なんだか、良一郎と小春に近づいてきた気がしやす。良一郎のやつ、市兵衛さんとあっしを見たら吃驚《びっくり》するだろうな。早く良一郎の顔が見てえな」

富平はもう、浮かれ調子になっていた。

朝の五ツ（午前八時頃）をすぎて間もない刻限に、新町橋を渡る嫖客《ひょうかく》の姿はなかった。

西横堀川は、大川から南に分流した土佐堀《とさぼり》川と道頓堀川を結んで、船場と西船場の境を流れ、なだらかに反《そ》った新町橋に差しかかると、北に立売堀川《いたちぼりがわ》へ分かれる手前の助右衛門《すけえもん》橋、南に長堀川と交差する四《よ》ツ橋のひとつの上繋《かみつなぎ》橋が見えた。

どちらの橋もいき交う通行人が多く、炭俵《すみだわら》を山積みにした船がいく艘《そう》も土佐堀川のほうへ新町橋の下をくぐっていった。北の助右衛門橋の袂《たもと》の浜には、人足らが荷おろしをする船が舫《もや》っていた。

東大門を入ったわきに、見張りと取り締まりの番所があった。武士はその番所で刀を預け、お忍びの客には顔隠しの編笠《あみがさ》を貸し出していた。

市兵衛は番所《たず》に刀を預けるとき、廓《くるわ》の案内の番人にお菊と言う遊女が奉公していた遊女屋を訊ねた。

お菊の生国は泉州の佐野町にて、およそ十五年前、この新町の遊女屋か茶屋に身売りになり、そのとき菊は十二歳の……

などと、お菊が亡くなっていることや、良一郎と小春の事情は伏せて、江戸の縁者に頼まれ、お菊の消息を尋ねているとだけ伝えた。

「お菊ねえ。本名はお菊でも、どういう名で出てるかわかりまへんし。なんせ、新町には、店女郎まで入れたら八百人以上は奉公してますし、十五年前やと、新町から北か南の新地に店替えするのは、今日日、珍しないからなあ……」

番人は首をひねりながらも、ほかの番人らにも確かめた。

知らんな、聞いたことないで、お菊とか言う名は多いしな、と訊《き》かれた番人らは言い合い、見つかりそうになかった。ところが、年配の番人から、

「そう言えば、確か十数年前やったと思う。泉州から奉公にきた、お菊とか言う娘がいたな。そのとき、十二歳やったかどうかは知らんけど」

と、手がかりが得られた。

「せやけど、その女はもう新町にはおらんのとちゃうか。五年か六年前、道頓堀のほうの新地へ身売りになった女が、その泉州のお菊とか言う名と違《ちご》うたかな。西大門のほうの、九軒《くけん》町の支配人に訊ねてみなはれ。その女がお侍さんの尋《たず》ねるお菊やったら、消息がわかると思いまっせ」

年配の番人は言った。

市兵衛と富平は東大門から、瓢簞《ひょうたん》町の通りを西大門のほうへ向かった。

昼の刻限までまだ間のある新町の通りは、日々のありふれた暮らしの中にあった。菅笠《すげがさ》をかぶった両天秤《てんびん》の行商の売り声が、通りに物憂《ものう》く流れていた。お針子の女が足早に通りすぎていき、呉服や太物《ふともの》をくるんだ風呂敷《ふろしき》包みを背負ったお店《たな》者《もの》といき違い、町のどこかで赤ん坊が泣き、犬の吠《ほ》え声も聞こえた。

瓢箪町の辻の一角では、青物や魚の行商らが小さな市を開いていて、下働きの下男下女らが集まって買い物をしていた。

往来に向いた茶屋の二階の出格子に、しどけない緋《ひ》の襦袢《じゅばん》姿の女が現れ、手《て》拭《ぬぐい》を干《ほ》していた。だが、女はずいぶんと年増《としま》で白粉《おしろい》が剝《は》げ、乱れた髪をかきむしりながら欠伸《あくび》をして、すぐに出格子から消えた。

「なんだ、つまんねえ。派手な着物姿のなよなよした女郎衆が、あちらからもこちらからも、ちょいとそこのお二人さんなんて、色っぽい声をかけてくるのかと思ったら、肝心の女郎衆がいねえや。これじゃあ、神田の朝と変わりませんよ」

富平が、不満そうに通りを左見右見《とみこうみ》して歩いている。

しかし、市兵衛はお菊がどこでどのようにして亡くなったのかと考えていた。五、六年前、道頓堀のほうの新地へ身売りになった女がお菊ではないかと番人から聞き、十五年の年月の間に、お菊が新町から離れていたとしても、充分にあり得ることだった。

咄嗟《とっさ》に、市兵衛は思った。

そうなのだ。小春に届いた手紙には、お菊が亡くなったのはこの新町でない別の町が書かれてあったのだ。お菊の寂しく孤独な、わずか二十七年足らずの一生を閉じた子細が、書かれてあったのだ。

富平はなおも、ぶつぶつと市兵衛の物思いを邪魔した。

「そりゃそうだ。女郎衆だって、のべつまくなしに客の相手をさせられちゃあ、くたびれますよ。昼見世《ひるみせ》が始まるまでの刻限は、女郎衆の好き勝手にできる短いひとときなんですから。泊りの客を送り出したあと、ゆっくり朝寝をして身体《からだ》を休め、朝飯を食べ、自分の身の廻りのことを済ませ、風呂に入り、化粧をなおしたりしなきゃあならねえし。市兵衛さん、もしかしたら、大坂にいた若いころ、ここで遊んだ覚えがあるんじゃねえんですか」

「富平、それはわたしのことだ。人に話すことではない」

市兵衛は背中でかえした。

「ええ、そうなんですか。気になるな。話してくださいよ。あっしのこともお話ししますから」

「こっちだ」

市兵衛は瓢簞町の通りを北へ折れ、午前の気だるい気配が覆《おお》う、新堀《しんぼり》町と九軒町の辻に出た。

新町は、東大門から西大門へ真っすぐに延びる通りに面した瓢簞町を中心に、新堀町、葭原《よしわら》町、佐渡島《さどじま》町、新京橋《しんきょうばし》町の《五曲輪《ごくるわ》》と、佐渡屋《さどや》町、西大門に近い九軒町から成っている。

江戸の吉原は、大門《おおもん》が山谷《さんや》堀の日本堤《にほんづつみ》へ向いてひとつあるだけだが、大坂の新町は、東大門と西大門、南側の葭原町の大門、北側の新京橋町の大門が開かれていた。それぞれの大門に番所を設《もう》けているものの、遊女らは祝儀を納めれば、出入りに厳しい咎《とが》めはなかった。

四半刻《しはんとき》（約三〇分）後、市兵衛と富平は九軒町の遊女屋《水原《みずはら》》を訪ねた。

引違《ひきちが》いの表戸をくぐった前土間で少し待たされてから、寄付きに細縞《ほそじま》の着物の裾《すそ》を引き摺《ず》って女将《おかみ》のお民《たみ》が出てきた。お民は、目鼻だちのはっきりした色白の四十前後と思われる大年増だった。

「水原の女将を務めますお民だす。うちにいたお菊とか言う子のお訊ねとうかがいましたが、唐木さまはどちらのご家中の、お侍さんだすか？」

お民は寄付《よりつ》きのあがり端《はな》に坐《すわ》り、前土間の市兵衛と後ろの富平の様子をうかがいつつ、いささかの不審を目に浮かべた。

「突然お訪ねいたし、ご不審はごもっともです」

市兵衛は改めて名乗り、九軒町の支配人に教えられ水原へきた経緯《いきさつ》と、女将にも、江戸の縁者に頼まれお菊の消息を尋ねている事情だけを伝えた。

「お菊の消息を訊ねて、わざわざ江戸から。そうどっか。お菊のことは覚えてます。確かに泉州の佐野町で、うちへきたときは、十二、三歳の綺麗《きれい》な子やった。ちょっとおとなし目で愛嬌《あいきょう》はなかったけど、気だてが優しいてね。お菊はこういうところで奉公するのは、向いてなかったんかもしれまへんな。頭もようて、お店の旦那さん方のお相手を務められるよう、芸の稽古にも熱心やったし、いずれお菊は新町の天神《てんじん》か、太夫《たゆう》にと思うてましたのに、ちょっと身体が弱かった。それが玉《たま》に瑕《きず》だした。もうちょっと身体が丈夫やったら、惜しいことや」

「お菊が佐野町から奉公にきたのは、どのような事情だったのですか」

市兵衛は訊ねた。

「もう十五年ほど前のあのころ、わては嫁にきたばっかりで、先代が水原を営んでおりましたから、詳しい事情は存じまへん。先代がお母はんに、お菊の両親が災難に遭《お》うて亡くなって商人やったお店の借金だけが残り、と話していたのを聞いただけだす。なんぼ遊女でも、新町で務めるようになるには、遊女なりのそれぞれの事情がありますので、本人が話さん限り、こっちからは根掘り葉掘り訊かんようにしてます」

お菊が店替えになった先を訊ねると、「ちょっと待っとくれやっしゃ」と、女将は座を立って奥へ消えた。

店の奥の内証のほうから、女将と何人かの女の声が前土間に聞こえてきた。

「え、あんたら何してんの。早《は》よお風呂入り。あとがつかえてるやろ」

女将の小言めいた声が聞こえ、女たちのくどくどとかえす言いわけと、戸を開け閉めしたり、階段を踏み鳴らす音などが入り交じった。

「おまさ、ええとこへきた。あんた、お菊のことを覚えてるか」

「お菊？　はあ、西高津《にしこうづ》の《今福《いまふく》》に店替えさせたお菊でっか」

「そやそや。西高津の今福やった。やっと思い出した。もう、五年も六年も前の古い帳簿が見つからへんのや。すっとしたわ」

「五年前でっせ。お菊が寝こんでばっかりで、稼ぎが悪い言うて、女将さんが五《ご》呂吉《ろきち》さんの仲介で無理やり今福へ店替えさせたやおまへんか。お菊は泣く泣く五呂吉さんに連れていかれましたな」

「泣く泣くやなんて、人聞きの悪いことを大きな声で言いな。もっと稼ぎたいと本人が言うから、望みどおりにしたったんや。これでええと、本人も納得したうえでのことや」

「そらそうですわ。稼ぎが悪い、ごろごろ寝てばっかりでただ飯は一人前に食べんねんなと、毎日毎日、女将さんに嫌み言われたら、納得せなしゃあないやおまへんか。お菊だけと違いまっせ。こないだの……」

「うるさい。自分の仕事し。このごろみなだらだらしてるのは、おまさの仕つけが悪いからとちゃうか」

「そら、すんまへんな。気をつけまっさ」

そんな遣《や》りとりと、障子戸を閉じる音が前土間に聞こえた。

「おっかねえすね、市兵衛さん」

富平が肩をすぼめて、ささやいた。

ふむ、と頷《うなず》いたところへ、女将が寄付きに再び着物の裾を引き摺って現れ、愛想のよい顔を見せた。

お菊の店替えになった先が、道頓堀川の南側、西高津新地にある今福と言う色茶屋と教えられた。お菊は新町の遊女屋から、新地の色茶屋に務めの店を替えて、身を売っていたと思われた。

身体の弱かったお菊が身を苛《さいな》んでいた事情に、市兵衛の胸を針が刺した。女将に礼を述べていきかけ、ふと思いたって訊ねた。

「今ひとつ、お菊が奉公にきたとき、三歳の妹が一緒だったと聞いているのですが、女将さん、お菊の妹を覚えていらっしゃいますか」

「お菊の妹？」

「名前は小春です。お菊と小春は姉妹で、両親を亡くして身寄りがなく、姉と一緒にこちらへきたと思われます。おそらく、姉妹ともにこちらに身売りになったと思われます」

十二、三歳の娘のみならず、幼い童女《どうじょ》が養子という表向きで廓などに売り買いされることは、珍しくなかった。遊女屋に買われた童女は、いずれ禿《かむろ》となり、遊女となっていく。

「身売りやのうて、奉公でっさかいな。妹がお菊と一緒やったかもしれまへんけど、あのころは、お店の営みのことは先代のお父はんとお母はんが全部仕きってましたんで、ちゃんとは覚えてまへん。その小春の消息もお尋ねでっか」

「お菊と幼い妹がどんな様子であったかが、少しでもわかれば何かの役にたつかと思いましたもので。ご存じでなければよろしいのです」

「はあ、そうでっか」

と、女将はどうでもよさそうに小首をかしげた。

水原を出て再び瓢箪町の通りを戻りながら、富平が訊いた。

「市兵衛さん、良一郎と小春がお菊を訪ねてこなかったか、あの女将さんになんで訊かなかったんです」

「お菊は五年前、西高津の色茶屋に売られていた。病気がちで稼ぎが悪かったからだろう。お菊がどこで、どうして亡くなったか、小春に届いた知らせに書かれていたはずだから、良一郎と小春はそちらへいって、新町にはきていないことがわかったからだ。訊くまでもなかった」

「そうか。そうですよね。西高津の今福って、言ってましたね。病気がちで稼ぎの悪いお菊を、あの女将さん、お払い箱にしたわけか。病気がちって、お菊は病気で亡くなったのかな。新町じゃあ、五年前まで奉公していた遊女のお菊が亡くなったことを、誰も知らないか、気にかけていないようでしたね。遊女がひとり亡くなって、それがどうしたってだけですよね」

富平はしみじみと言った。

市兵衛はこたえず、ただ、春の空を見やっていた。

二

西横堀川の堤道を南へ向かい、ほどなく、西横堀川と長堀川が南北と東西に合流する四ツ橋に差しかかった。

長堀川を材木を積んだ船や樽《たる》を山積にした船が、何艘《そう》も波をたてていき交い、春の陽射《ひざ》しが四方へ延《の》びる川筋を耀かせていた。

長堀川に架かる炭屋橋を渡り、島之内の西横堀川沿いをなおも南へとった。

多度津《たどつ》藩の蔵屋敷門前を通り、御池橋に差しかかるこの通りの界隈《かいわい》は、炭問屋が多く、炭屋町と呼ばれている。

島之内《しまのうち》と西横堀川を隔てた対岸は堀江《ほりえ》新地で、堀江へ渡す御池橋の袂《たもと》から、前方の西寄りの空に、灰色の煙がいく筋も海のほうへ流れているのが見えた。

「ずいぶん煙があがっておりやすぜ。市兵衛さん、あの煙はなんですか」

富平が春の空を指差した。

「銅吹《どうふき》に使う炭火の煙だ。道頓堀川に、吹屋浜と言われる銅吹屋が多く集まった川岸があって、大坂は銅吹業が盛んなのだ。だから、この界隈や堀江川沿いには炭問屋も多いのだよ」

「銅吹か。せっかくの綺麗な空が、灰色に汚れてますね」

二人は対岸の堀江川に分かれる流れを横目に見て、木綿《もめん》橋をすぎ、西横堀川が合流する道頓堀川沿いに出た。

金屋橋《かなやばし》が西横堀川を跨《また》いでいて、橋の向こうの銅吹屋の高窓から、もうもうと白い湯気が吐き出されていた。銅吹屋が並ぶ吹屋浜と呼ばれるあたりの道頓堀川は、銅吹の排水で赤茶色に濁《にご》っていた。

「わあ、川が赤く濁ってらあ。あの赤い川はどこへ流れるんでやすか」

「木津川《きづがわ》に合流して、海へ流れていく」

「あれじゃあ、魚も吃驚《びっくり》してるだろうな」

富平を促し、金屋橋に背を向けて道頓堀川の北堤を東へとった。

又右衛門町の戎橋《えびすばし》の手前あたりから、食べ物屋や酒亭などが目だち始め、やがて色茶屋が通りにつらなる歓楽地に差しかかった。

色茶屋はどれも二階家で、派手派手しい店がまえを、通りのずっと先の宗右衛門町のほうへ甍《いらか》屋根を競うように並べ、昼前の刻限にもかかわらず、すでに多くの人々が通りを埋めて賑わい、色茶屋の客寄せの嬌声が聞こえ、二階ではや始まっている酒宴の三味線《しやみせん》や太鼓の音が、色町をいっそう賑やかしていた。

一方、道頓堀川の南側も、竹田《たけだ》のからくり浄瑠璃《じようるり》、中の芝居や角の芝居の歌舞妓《かぶき》小屋、説教の小屋など、芝居町と言われるほどの小屋が櫓《やぐら》をあげ、色鮮やかな幟《のぼり》を風になびかせていた。

明るい陽射しに甍を耀かせ、往来する人々の雑踏は延々とつらなり、戎橋の浜に着いた船からはさらに大勢の客が通りへあがって、雑踏へまぎれていく。

西高津新地は、道頓堀川の北堤を又右衛門町から宗右衛門町へいき、堺筋の日本橋を南へ渡って、道頓堀川南の立慶《りゆうけい》町から往来へ入った町家だった。

往来へ踏み入ると、道頓堀川の賑わいが急にひっそりとして、小店が軒を並べ、いき交う人の姿もまばらになった。

色茶屋の《今福》は、西高津新地の小路や路地が入り組んだ奥の五丁目に、怪しげな小店をかまえていた。青紫に団扇《うちわ》模様の派手な半纏《はんてん》を着け、目の下に青黒い隈《くま》をつくった中年の亭主は、

「お菊の消息でっか」

と、前土間の市兵衛と富平を訝《いぶか》しげに見比べた。そして、吐き捨てるように、

「お菊はもう死によったで。ここの病や」

と、いきなり胸を指先で突《つつ》いて、目の下の隈が目だつ顔をしかめた。

「病で、お菊は亡くなったのですか」

市兵衛が訊きかえすと、亭主はうんともすんとも言わず、胡乱《うろん》な目つきで市兵衛をねめつけた。

「ご主人、お菊がこちらで亡くなった子細《しさい》を、お聞かせ願えませんか」

市兵衛は、寄付きにだらしなく立った亭主の、着流しの裾からのぞく足先へ、いつの間にか手にしていた白い紙包みをおいた。

亭主は目だけで足先を見おろし、しかめた顔をゆるめた。それから、わざわざ江戸の侍が供を連れて訪ねてきたことに、少しそそられたかのように、

「まあ、かけなはれ」

と、市兵衛と富平を寄付きのあがり端に腰かけさせた。

亭主は、店の奥へ茶を持ってくるようにと言いつけ、やおら坐りこんで紙包みをさり気なく袖《そで》に仕舞《しま》い、そのまま手を拱《こまね》くように両腕を袖に入れて組んだ。

「子細言うても、お菊はうちで死んだんやおまへんで。お菊がうちから店替えに

なったんは、もう三年前だす」

亭主は話し始めた。

「お菊が新町の《水原》からうちへきたんは、五年前や。まだ二十二歳やった。しかも、器量も悪ない。どころか、色白のぞくっとするぐらいのええ年増でんがな。仲介の五呂吉に、なんでやと問い質《ただ》したら、どうやら胸を患《わず》ろうてるらしい、と白状しましたがな。水原の強欲婆《ごうよくばばあ》は、病気持ちの遊女を抱えてるより、ちょっとでも高う売れるうちに売ったほうが得やと秤《はかり》にかけよったんだす。けど、わてかて商売だす。お菊の器量やったら、二年、休まず座敷を務めたら充分元はとれるし、病気持ちの女がええという物好きもおるしと踏んで、大枚の支度《したく》金《きん》を用意しましたがな。元がとれたら、本人の好きにさせてやろ、郷里へいにたい言うたらいなしたろ、それが本人のためにもなると、これでも親心でんがな。水原の強欲婆のところで務めるより、うちのほうがずっとましでっせ」

白粉を塗った若い茶汲《ちゃく》み女が、茶渋で汚れ欠けた碗《わん》の薄い茶を運んできた。

亭主は茶を音をたててすすった。

「ところが、思うたようにはお菊は務めてくれへんかった。休み休みにしか務めができんし、務めてるときでもえらそうやった。傍から見てても、ほんまにじゅつなそうでじゅつなそうで。せっかく店替えさせたのに、これでは元をとるどころか大損や、えらい荷物を背負わされたなと諦《あきら》めてました。そこへなんと、難波新地の《勝村》から、お菊が病気持ちでも引き受けてもええという申し入れが、あったわけですわ。お菊には気の毒やが、うちも商売やし、お菊に養生《ようじょう》させておくわけにいかん事情があって、勝村へいってもろた。あれからもう三年になる。別にお菊の噂《うわさ》は聞かへんから、勝村でちゃんと務めてるのやろなと思うてましたがな。そしたら、年の明けたこの正月、お菊が去年の暮れに病気で亡くなった噂が聞こえてきましたんや。ああ、やっぱりな、と思いましたな。むしろ、新町からうちへ店替えして、この春で足かけ六年だす。それまで、よう持ったがな。まあ、噂に聞いただけやから、亡くなったときの詳しい事情は知りまへん。勝村へいって訊ねてみなはれ。難波新地は……」

と、難波新地の勝村の場所を、ああいき、こういき、と手をかざして説明したあと、急に声をひそめて続けた。

「それと、今ひとつ、お菊が亡くなった事情については、じつは別の噂も聞こえてきましてな。お菊が亡くなったんは、じつは胸の病気やのうて心中らしい、という噂がありまんのや。それも、お菊が男を殺《あや》めてから、自分の命を絶った無理心中を図《はか》ったという噂ですわ」

　亭主は、このような噂話が存外好きと見えた。

「相手は船場の順慶町の柳助と言う男で、なんでお菊と柳助にそんな噂が流れたかというと、お菊が胸の病で亡くなった去年の暮れの同じころ、卒中かなんか知らんけど、急な病で柳助も亡くなりよった。柳助は南船場の顔役の倅《せがれ》で、三十二、三の未だ独り身だすわ。難波新地では遊び人でとおっとったし、勝村にも何度かあがっとった。けど、それだけやったら心中の噂は流れまへん。どうやら、噂の出どころが、町奉行所あたりらしいんだす。出どころが町奉行所やから、心中やったんかとみな思うものの、それがほんまやったら、町奉行所の咎めが勝村にくだされんのはおかしい。抱えていた女に心中者を出した茶屋やら廓の亭主に、咎めがないわけない。茶屋の商売にも障《さわ》りがあるのは、言うまでもない。当然、お菊の身元の詮索《せんさく》が行われて、うちにも訊きこみにくるはずやが、それもない。となると、やっぱりええ加減な噂なんかとも思うものの、なんでそんな噂が町奉行所あたりから流れたんか、ようわからんし、ちょっと解《げ》せんのや。もっとも、胸を患ろうた色茶屋の茶汲み女と遊び人の男が、病気で命を落とそうが心中で命絶とうが、どうでもええから、大した噂にはなってまへんけどな。わざわざお侍さんが江戸からお菊の消息を訊ねてきやはったから、こういう噂もあると話しただけでっさかいに、話半分に聞いときなはれや」

西高津新地を出て四半刻後、市兵衛と富平は難波新地の色茶屋・勝村の狭い前土間で、亭主が寄付きに出てくるのを待っていた。

昼の九ツ（正午頃）をいくらか廻り、女たちが表戸を両開きにした外に立って、小路の通りかかりに、「お入りやす」と、艶めいた声をかけていた。亭主を待っている間に、客がひとり二人と続いて、客は女とひそめき笑いながら板階段を軋《きし》ませて二階へあがっていき、安普請《やすぶしん》の天井が震えた。

ほどなくして、寄付きに出てきた亭主は、中背にのっぺりとした顔だちの中年男だった。色白のてかてかとした肌に頬骨《ほおぼね》が高く、鼻梁《びりょう》の高い鷲鼻《わしばな》を、しゅっ、しゅっ、と話の途中で鳴らす癖《くせ》があった。

「お菊の妹の小春と良一郎？　知りまへんな。そういう人らはきてまへんで。お菊は両親を子供のころになくして身寄りのない、妹どころか、親類縁者もおらん女と聞いてましたけどな」

市兵衛の問いに、亭主はにべもなく言った。

「ええ？　良一郎はきてねえのか」

市兵衛の後ろで富平が戸惑ったように呟《つぶや》いたので、亭主は肉のたるんだ首筋をなでつつ富平に頷くと、

「それで、よろしおまっか」

と、市兵衛へ素っ気ない口ぶりを寄こした。

なぜだ、と市兵衛も一瞬訝ったが、すぐに、妙だ、と思いなおした。

「ご主人、お菊が去年の暮れに亡くなった事情をお訊ねしたいのですが、かまいませんか」

「かまいませんかと、いきなり言われてもな。お侍さんとそっちの兄さんは、お菊とどういうかかり合いのある方なんだすか」

亭主は、わずらわしげな素ぶりを隠さなかった。

やむを得ず、去年の暮れにお菊が亡くなった知らせが、江戸にいる妹の小春に届いてから、良一郎と小春を追って大坂へきた事情のあらましを、かいつまんで話して聞かせた。

「なんやそれ。良一郎という若いのと小春は、欠け落ち者みたいでんな。そんな厄介《やっかい》な余所《よそ》の家の事情で、こっちまで巻きこまれたら困るな。お菊は病気で亡く

なった。それだけでんがな。町役人《ちょう》さんにも知らせたし、町奉行所のお調べも済んでます。そのほかに何を訊くことがおまんのや」

「ご主人、病気で亡くなったお菊に、町奉行所の調べが入ったのですか。どのようなお調べだったのですか」

「あ？　いや、まあ、わてはようわかりまへんが、なんのお調べやったかいな」

「こちらにくる前、西高津新地の今福のご主人から聞いたのですが……」

心中の話をほのめかすと、亭主は迷惑そうにてかてかした顔を歪《ゆが》めた。

店の外で女たちの客引きの声が続き、小路の通りがかりも増えてだんだん賑やかになっていた。

「ここは邪魔になりますよって、表へ出てそこの路地へ入っとくなはれ。話はそこでうかがいまひょ」

市兵衛と富平は、表の小路を隣家との隙間《すきま》の路地へ曲がった。路地の奥に、茶色い毛並みの痩《や》せ犬がつながれていて、市兵衛と富平が路地へ入ると、けたたましく吠え出した。

亭主が勝手口から現れ、痩せ犬を激しく叱《しか》ったので、亭主の怒声に怯《おび》えた痩せ犬は、つながれた塀ぎわにうずくまり温和《おとな》しくなった。

「今福の主人は、何も知らんくせに、ええ加減な噂を勝手に言い触らしてるだけでんがな。お菊は胸を患ろうて、血を吐いて死にました。まだ二十六やった。まだまだ稼げたのに、可哀想《かわいそう》やとは思います。けど、うちも可哀想でっせ。病気持ちのお菊を無理やりつかまされて、高い支度金を用意したったのに寝こんでばっかりでろくな稼ぎにもならへん。借金は残ったままやのに、薬代の前借りをたびたびしたうえ、血を吐いて汚れた部屋は使い物にならんわ、葬式代はかかるわで、一番損をこうむったのはうちでっせ。妹がおるんやったら、妹に弁償してもらわな堪《たま》りまへんで」

亭主は近くに人がいない所為《せい》か、愚痴めいた口ぶりで言いたてた。

「ご主人、心中の噂では、お菊の相手の男が船場の順慶町の柳助と言う男で、柳助は船場の顔役の倅だそうですね」

「もう、しょうむない噂を流して。心中やないと、言うてますやろ。お菊は胸を患ろうて血を吐いて、そのまま帰らん人になってしもたんだす。あの若さで可哀想とは思うけど、そういう定めもある。人それぞれや。なんべん言うたらわかりまんねん」

「心中ではなかったとしても、そのような噂が流れるということは、お菊と柳助は馴染《なじ》みだったのですか。柳助は、難波新地では遊び人でとおっていて、勝村にも何度かあがっているとも聞きました」

「ちゃうちゃう。しつこいお侍さんやな。柳助さんがうちで遊んだことは何度かある。けど、お菊とは馴染みでもなんでもおまへん。ありもせんことを、どうたらこうたら訊かれても、こたえようがないがな」

「父親が船場の顔役とは、どういう方なのですか」

「父親に、なんのかかり合いがありまんねん。やめときなはれ。埒《らち》もない噂にふり廻されて、かかり合いのない人の詮索なんかしたら、怒られまっせ。あちらは船場では名の知られた、怒らせたら恐《こわ》い親分や。二本差しやいうたかて、ご浪人さんとは貫禄が違う」

亭主は眉をひそめ、しゅっ、しゅっ、と鼻をしきりに鳴らした。

「畏れ入ります」

「このへんでよろしいやろ。こっちも仕事がおまんねん」

「ご主人、お菊の墓はどちらにあるのでしょうか」

「墓？　ああ。千日《せんにち》の墓所だす。無縁仏《むえんぼとけ》で葬ったりました。ほんまに、厄介なことばっかりや」

亭主は投げ捨てるように言い残し、勝手口の戸を勢いよく閉めて消えた。

市兵衛と富平は、路地に残された。塀ぎわの痩せ犬が頭をもたげ、市兵衛と富平を見守っている。小路をよぎる人通りが絶えず、勝村と隣家の屋根と屋根の隙間に、明るい空が見あげられた。

「なんか、刺々《とげとげ》しいっすね。水原の女将もそうだったし、今福と勝村の亭主も、お菊のためにしてやったのに、みてえな恩着せがましいことばっかり言って、気に入らねえな。お菊は仏さんになったんだから、もうちょっと言いようがあると思うんだけどな。文六親分は、たとえ罪人でも仏さんになったら、ちゃんと掌《て》を合わせますぜ」

富平は亭主の消えた勝手口を睨《にら》み、不満そうに唇を尖《とが》らせた。

市兵衛は富平に笑いかけた。

「富平、腹が減ったたな。道頓堀の飯屋で昼飯を食おう」

「ああ、そうっすね。腹が減りやした。飯にしやしょう、飯に」

富平が小路へ駆け出て、

「市兵衛さん、早く早く……」

と、手招いた。

三

だが、難波新地の木戸を出て、道頓堀川のほうへ戻る途中の辻《つじ》で、市兵衛と富平は呼び止められた。

「そこのお二人さん」

と、女の小声がかかり、二人は足を止めた。

声がしたほうを見た富平が、「うん?」と、訝しそうに首をひねった。

辻を元堺町《もとさかいまち》のほうへ折れる曲がり角の軒下に、ひとりの女が身をひそめ、白い手を小さくひらひらさせて呼んでいた。

「なんだい、あの女」

富平は戸惑ったが、市兵衛は曲がり角の女のほうへためらいなく近づいていくので、慌ててあとに従った。

女は、島田《しまだ》の下の白粉顔に口紅《くちべに》が光っていた。派手な赤地に水玉文の小袖を着けて昼夜《ちゆうや》帯で締《し》めた拵《こしら》えが、いかにも色茶屋の女らしい扮装《なり》だった。

しかし、客を引いているふうには見えなかった。

曲がり角の軒下に身をひそめたまま、女は往来を見廻し、市兵衛と富平をなおも小手をふって手招きながら、後退《あとじさ》りした。器量は十人並みだが、小柄な丸顔が愛嬌を感じさせた。おずおずした口ぶりで、女は言った。

「お菊さんのことを訊きに、勝村にきやはったんですか。江戸から……」

女はなおも、周りを気にしつつ角の店の壁に身を寄せて言った。

「勝村にいましたね。お菊が亡くなった事情を、知っているのですね」

市兵衛が訊ねると、女は物憂げにうな垂れた。

「お茂と言います。三年前、お菊ちゃんが勝村に店替えになる前から、勝村で務めてました。お菊ちゃんは、あてより二つ違いの姉さんで、気だては優しいて器量はええし、頭もええし、心は強いし。病気にさえ罹《かか》らへんかったら、こんなとこまで流れてこんかったやろうに」

「お茂さん、お菊はやはり、病で亡くなったのですか」

女は頭をもたげ、知らないことが意外そうに市兵衛を見つめた。

「あては読み書きもできませんでしたけど、お菊ちゃんに習《な》ろたんだす。ちゃんとできるようになるからと、優しく教えてくれて、漢字もちょっとぐらいは読めるようになったんだす」

「妹の小春に、お菊が亡くなった事情を知らせてくれたのは、あなたでしたか」

女はまたうな垂れ、か細い声で言った。

「勝村のご主人は、順慶町の伝吉郎さんに、体裁が悪いからと口止め料を仰山《ぎょうさん》もろて、ほんまのことを言わはらへん。あてらも、絶対喋《しゃべ》ったらあかん、喋ったら半殺しやぞと、ご主人に脅かされてます。けど、あんなこと、隠しきれへん。町奉行所のお役人もきたし。ほんまのことは誰も口には出さへんけど、新地の町内でも、噂はとうに広まってますから」

「順慶町の伝吉郎というのは、船場で名のとおった顔役ですね。お菊は伝吉郎の倅の柳助と心中したと聞きました」

「お侍さん方は、小春ちゃんと、どういうかかり合いの方なんだすか」

申しおくれました、と市兵衛と富平は名乗り、

「小春と、もうひとり、良一郎という若い男がお茂さんを訪ねてきたんですね」

と、市兵衛は先にそれを質した。

うな垂れたまま、お茂は首をわずかに上下させた。

「やっぱり、良一郎はきてたのか。ああ、よかった。市兵衛さん、やっと手がかりをつかみやしたね」

　富平が声をあげ、お茂は上目遣いに富平を一瞥《いちべつ》した。

「心配にはおよびません。わたしたちは、小春と良一郎の江戸の縁者に頼まれ、二人を連れ戻しにきたのです」

　市兵衛の話す経緯に、お茂は軒下の板塀に凭《もた》れ、足下の片方の塗下駄《ぬりげた》を爪先《つまさき》で玩《もてあそ》びながら、凝《じ》っと訊き入っていた。

　爪紅の鮮やかな朱色が、お茂の生業《なりわい》の果敢《はか》なさを伝えていた。

　二月初午《はつうま》の絵馬と太鼓売りが、元堺町の往来に売り声を物憂く響かせて通り、荷物を山積みにしたべか車が、頰かむりの人足に牽《ひ》かれ、賑やかに轍を鳴らして通りすぎていく。

　だが、往来に人通りはまばらだった。道頓堀川の歓楽地から通りを一本隔てただけで、大阪南の場末の町家が、のどかな佇《たたず》まいをつらねていた。空には真っ白な雲が浮かび、雲の上に江戸の空よりも澄んだ青色が広がっていた。

「お菊ちゃんのとこへ、いきはりますか」

　お茂が市兵衛を見あげ、富平へ向いた。

　富平は唇を強く結んで、繰りかえし頷いた。

「勝村のご主人が、葬儀代がかかったことを不満そうに言っていました。お菊を無縁仏として葬った千日の墓所ですね」

「嘘《うそ》ばっかり言うたはるわ。ご主人は葬儀なんかしてはらへん。お菊ちゃんは火葬場で焼かれて、灰は灰捨て場に捨てられたんだす。火葬代ぐらいなんやのん。伝吉郎さんから仰山、口止め料とってるくせに」

お茂は怒ったように吐き捨て、元堺町の往来に下駄を鳴らした。

市兵衛と富平は思わず顔を見合わせ、お茂の後ろからついていった。

往来は角の芝居や中の芝居のある吉左衛門町の裏手に出て、そこから南へ折れた。すぐにお寺の土塀が道の左手に続き、お寺の裏門をすぎ、隣もお寺の土塀が廻っている間の路地へ曲がった。

長い土塀の間の路地を抜けると、千日前の往来に出た。往来は急に人通りが賑やかになった。千日前の往来の西側に、千日念仏を勤める法善寺《ほうぜんじ》と竹林寺《ちくりんじ》が並んでいて、人通りはお寺の参詣客《さんけい》や、千日墓所の墓参りの人々だった。

お茂は、市兵衛と富平を見かえることなく、南の千日墓所へと往来に下駄を鳴らしてそそくさと歩んでいく。

往来は、火やと呼ばれる千日墓所の黒門へ通じていて、屋根のない黒門を通った左手に、自安寺《じあんじ》と獄門台と仕置場の刑場があった。お茂は刑場の前をすぎ、無常橋を渡った先の焼香場《しょうこう》へ、黙然と向かっていった。

焼香場には《難波村領道頓堀墓所》の額《がく》がかかっていた。お茂は焼香をあげ、掌を合わせた。市兵衛と富平は、お茂の両側に並んでそれに倣《なら》った。

焼香場の奥に、千日火やの火葬場があった。

火葬場から、煙はあがっていなかった。余計な飾り気をとり払った質素な建屋が、一棟、打ち捨てられたように陽射しの下に建っていた。

火葬場の向こうに夥《おびただ》しい墓石を集めた墓所の景色が広がり、墓参りをする人影が青空の下に見えた。

墓所からほぼ真南の田畑の方角に今宮《いまみや》村の集落があり、やや西よりの原野の一角には、難波御蔵が何棟も建てられていた。

東方には堺をへて紀伊《きい》へ向かう紀州街道の宿場町・長町《ながまち》の家並がつらなり、長町のはるか東南の空に、四天王寺《してんのうじ》の五重塔が望めた。

五重塔には、青空に浮かぶ白い雲がかかっていて、見事な風景に富平が、「へえ」とうっとりとした声をもらした。

だが、お茂は冷やかに言った。

「こっちだす」

火葬場の左手の奥に、板囲いをしただけの物置場のような敷地があった。

お茂は板囲いのほうへいき、板囲いの中へ先に入っていった。

市兵衛と富平がお茂に続いて見たのは、灰山だった。

のどかな春の陽射しの下に、大きな、人の身の丈《たけ》より高い灰山は、あるところは黒ずみ、あるところは白っぽく、汚れた土のような色などが斑《まだら》模様になっていた。そして、山裾《やますそ》が敷地いっぱいに広がって、灰に埋もれかけ、あるいは剝《む》き出しになった人骨が、枯れ木の山のように積み重なって、板塀に囲われていても野《の》晒《ざら》しの様相だった。

灰山の上を飛び廻ったり、板塀に止まった烏《からす》が、とき折り耳障りな鳴き声を放っていた。

「わあ、凄《すげ》えや」

富平が思わず呟いた。

「唐木さん、富平さん、ここがお菊ちゃんのお墓だす」

お茂が言って掌を合わせた。

「ご主人は、身体の弱ったお菊ちゃんを無理やり務めさせて、お菊ちゃんが起きられへんときは布団《ふとん》をはぎとって、殴《なぐ》ったり蹴《け》ったり、地獄みたいやった。弱ったお菊ちゃんに声をかけようと思うたけど、あんまりむごうて、かける言葉もなかった。ご主人にやめとくなはれ、お菊ちゃんを殺す気でっかととめても、あの馬鹿力で張り飛ばされたら、あてではどうにもならんかった。逆に、お菊ちゃんに堪忍《かんにん》やでといたわられて、二人でよう泣きました。けど、お菊ちゃんはもう自分が長《なご》ないと、思ってたんとちゃうかな」

市兵衛は、勝村の亭主があの鷲鼻を、しゅっ、しゅっ、と鳴らしながら、病に打ちひしがれ痩せ衰えた女を、容赦なく痛めつける様を思った。

「去年の暮れ、柳助が勝村にきたのは二回目だした。順慶町の伝吉郎の倅やと言い触らして、金払いもええから、みんなおだててましたけど、頭の悪い性悪なきが、図体ばっかりでかい三十二、三になっただけのおっさんだした。頭が悪いから所帯も持てん、しょうむない男だした。新町あたりやったら、店女郎にさえ相手にされへんから、難波の新地あたりで遊び人を気どってただけだす。その阿《あ》呆《ほ》の柳助が、お菊ちゃんを気に入って、その日が二回目で、よっぽど気に入ったらしく、泊っていきよった。そらお菊ちゃん、胸を患うてても化粧したらほんまに綺麗やったしね」

お茂は眉間にしわを寄せ、気だるそうなため息を吐いた。

「何があったのか、あては知りまへん」
と、お茂はあの朝、血まみれのお菊と布団の中に柳助の骸《むくろ》を見つけたときの子細を語った。町奉行所の役人が検視にきて、いろいろと訊かれ、お菊が手を下した無理心中と断じられ、ひととおり調べが済んで役人が引きあげていったあと、お菊が自分へ置手紙をしていたことに気がついた。
「お菊ちゃん、あての寝てる間にその手紙を差し入れてたんだす。全然知らんかった。ほんまに吃驚《びっくり》しました。身体が震えて、止まらんかった。折り封の手紙を開けたら、妹の小春ちゃんに宛てた手紙が入ってたんだす。飛脚《ひきゃく》代とあてにも宛てた手紙も包んであって、あての手紙は名前以外は、仮名《かな》で書かれてました」
お茂は灰山から目をそらさず、昼夜帯に挟《はさ》んでいた小さく畳んだ手紙を抜きとり、これだす、と市兵衛に差し向けた。お茂宛の手紙には、
お茂ちゃん　ゆるしてください……
と、詫《わ》びる言葉と、およそ三年の間、世話になった礼の言葉に続いて、
じぶんにできることがこれしかないのは　こうするのがじぶんのさだめやから
です　それがわかったのでこうなりました　くいはありません
と書き綴《つづ》られてあった。

だが、無理心中を計った柳助への言葉は何も残っていなかった。

そのあとに、江戸日本橋北人形町通り長谷川町の扇子職人・左十郎の養子となった妹の小春に、くれぐれも人には知られず、小春宛ての手紙を送ってほしい、と続いていた。

「心中をしても、悔いはねえんですかね」

富平が手紙を読んで、不思議そうに呟いた。

「わけがありそうだ」

市兵衛は、富平にではなく自分に言っていた。

「お茂さんは、小春宛ての手紙を誰にも知られず、江戸へ送ったのですね」

「勝村のご主人も順慶町の伝吉郎さんと倅らも、お菊ちゃんが小春ちゃんに残した手紙のことは知りまへん。それぐらいしたらな、お菊ちゃんが可哀想や。お菊ちゃんが亡くなった事情と、くれぐれも人には知られんようにと書いた手紙を添えました」

それゆえ、小春は養父の左十郎にもお菊の手紙を見せなかったのだ。

「父親の伝吉郎と、柳助の兄弟が勝村にきたのですか」

「父親の伝吉郎は、南船場の顔役だす。柳助には兄が二人いて、長男が慶太《けいた》で次男が楠吉《くすきち》だす。三男の柳助は三兄弟の中でできが悪うて、言うことも子供みたいやし阿呆面《づら》やのに、父親と二人の兄は、ほんまに情の薄い恐そうな顔だした。手下らも何人か連れて、柳助の亡骸《なきがら》を引きとりにきて、そのときに、伝吉郎が勝村のご主人に口止めしたんだす。おまえが抱えた女に可愛い倅を殺された。本来なら詫び代を払わせるとこやが、このことを表沙汰《おもてざた》にせえへんかったら、詫び代は払わんでええ。それどころか、部屋が汚れた弁償代も出したろやないかって。勝村のご主人は、伝吉郎にぺこぺこして」

「けど、検視にきた奉行所のお役人がいたんだろう。新地の町役人さんとかは、どうしたんだい」

　富平が訊いた。

「伝吉郎は南船場の顔役やから、町奉行所のお役人に顔見知りが何人もおると聞いてます。たぶん、裏で上手《うま》いこと話をつけたんやと思います。町役人さんらは倅らが手土産《てみやげ》持って一軒一軒廻って、だいぶお金も使うたようやと、新地の人はみな言うてます。心中者を出したら、お菊ちゃんを抱えていた勝村のご主人と柳助の父親の伝吉郎は、町奉行所からお咎めか、お咎めでなくてもお叱りぐらいは受けるやろし、南船場の顔役の伝吉郎は面目が潰《つぶ》れるだけやのうて、なんでも、順慶町の夜店の店割を任され、その礼金が物凄いらしいいて、心中騒ぎが店割の役目の障りになったら困るので、表沙汰にならんようあちこち手を廻したと、これも聞きました。せやから、柳助は急な病で亡くなったことにして、どこの墓所かは知りまへんけど、あたり前に葬られたようやと」

「良一郎と小春も、ここへきたのですか」

お茂は、灰山に向けた横顔を頷かせた。

「勝村のご主人は、お菊ちゃんの妹と聞いて、お菊ちゃんの借金かえせ、弁償せいと、えらい剣幕で怒鳴り散らすばっかりで、話になりまへんでした。ご主人に隠れて小春ちゃんと良一郎さんを追いかけて、あてがお茂だすと言うて、ここに連れてきました。小春ちゃんと良一郎さんは、灰山に掌を合わせて、小春ちゃんは、姉ちゃんごめん、と言うて泣いてはったな。それから、灰のひとつまみを紙に包んで持っていかはりました」

「良一郎と小春の行方を捜しています。二人の宿を知っているなら、教えてほしいのですが」

「済んまへん。あては場末の色茶屋の女で、頭は悪いし、なんの力にもなれへんのだす。小春ちゃんと良一郎さんがどこに宿をとってるか、知りまへん。お菊ちゃんの弔いを済ませたらまたきますと言うてはったから、唐木さんと富平さんが心配して、捜しにきてたと伝えときます」

お菊の弔いと、小春は養父の左十郎にも書き残して江戸を出た。しかし、それだけか、と疑念が市兵衛の脳裡《のうり》にわだかまっていた。

数羽の鳥が灰山の上で舞い、耳障りな鳴き声と羽音をたて飛び去った。

お菊は小春に、何を書き残したのだ。

市兵衛は呟き、鳥の群れが飛び去っていく空を望んでいた。

「もう戻らなあきまへん。ご主人にばれたら、えらい目に遭わされますから」

お茂が言った。

お茂とは、法善寺の門前で別れた。

別れぎわ、堂島の米問屋《松井》に宿を借りていると教え、良一郎と小春に伝えてほしいと頼んだ。それから、

「あきまへん、あきまへんて」

と強く拒《こば》むお茂に、無理やり紙包みをにぎらせた。

四

太左衛門橋を渡って道頓堀の喧騒から離れ、島之内の太左衛門橋筋を北へ、中《なか》橋《ばし》筋へとった。太左衛門橋筋と中橋筋に、西隣の畳屋町筋は、島之内三筋と知られている花町である。

中橋筋を長堀端の心斎《しんさい》町に出て、長堀川に架かる中橋を越えた。

順慶町の通りは、今朝、遊女屋の《水原》を訪ねた新町へ通じている。花簪《はなかんざし》、鼈甲《べっこう》、元結《もとゆい》、組紐《くみひも》、白粉などを商う店が低い軒をつらね、通りから路地へ入ると、職人たちの住む裏長屋が、迷路のような路地に沿ってひしめいている。

市兵衛と富平は、合羽《かっぱ》を脱いで小さく畳《たた》んでふり分け荷物にくくりつけ、順慶町の通りを東へとっていた。

伝吉郎の仏具店を見つけ、市兵衛が言った。

「あれだ。伝吉郎の仏具店だ」

北側の小店の並びに、商いの看板や暖簾《のれん》もない、仕舞屋《しもたや》のような殺風景な店が見えた。そうとわかったのは、間口の軒下に地蔵菩薩《ぼさつ》や石仏が、石屋のように数体並んでいるのが見えたからだ。

「おっと、間違いねえ。地蔵さんや阿弥陀如来像《あみだにょらい》が並んでやす。さして大きな店じゃあ、ありやせんね」

すかさず、富平がかえした。

二人は順慶町へ向かう前、道頓堀川からはずれた御前町の飯屋で、遅い昼飯を食った。その折り、飯屋の亭主に順慶町の伝吉郎の評判を訊ねると、中年の亭主は伝吉郎の名前は知っていて、

「南船場のほうでは、仏の伝吉郎と言われてる仏具屋でんな」

と、順慶町の通りへ出て、東横堀川のほうへ曲がってしばらくいくと、北側の店の軒下に地蔵菩薩や阿弥陀如来像の石像が並んでいる店と、教えられた。

「仏の伝吉郎ってえのは、仏さんみてえに情けの深い仏具屋さんって意味でやすか。それとも、ただ、仏具屋を営む伝吉郎だからで？」

富平が気にして訊ねた。すると、

「どうでっしゃろ。仏さんみたいに情け深いかどうか、それはわかりまへん。仏の伝吉郎と呼ばれてると、前に聞いただけですわ。だいぶ前から、順慶町の夜店の店割を任されて、店割をするのに、ちゃんと礼をするかせんか、そういうこと

にえらい細かい人やと、あんまりええ評判は聞きまへんな」

と、亭主は首をひねった。

表戸は明け放してあり、表から仏具屋らしき店の中が見えた。

市兵衛はためらわず、薄暗い前土間に踏み入った。

広くもない店の間に、黒塗りの仏壇や仏像が並んでいた。金箔《きんぱく》などをほどこしたきらびやかな法具、蠟燭《ろうそく》立や蠟燭、法螺《ほら》、木魚《もくぎょ》、香炉《こうろ》、花瓶《かびん》、燈台、旗《はた》や幟が隙間なく飾られ、店の中は抹香《まっこう》の臭いがほのかに嗅《か》げた。

前土間の壁ぎわにも、外の軒下に並べた地蔵や石仏が並んでいた。

市兵衛が店を見廻していると、すぐにお店者ふうの中年の男が、黒看板《くろかんばん》を着けて店の奥から出てきた。男は旅姿の侍と町民風体の見知らぬ二人連れを交互に見廻し、いささか、不審の色を上瞼《うわまぶた》の腫《は》れぼったい垂《た》れ目に浮かべた。

「おいでやす。仏壇のご用でっか」

男は大柄だったが、背の高い市兵衛へ身体を無理に反《そ》らせて言った。日に焼けた色黒に、顎《あご》が尖っていた。

「それがしは江戸の者にて……」

市兵衛は菅笠をとり、去年の冬、主人の用で上坂して難波新地で遊んだ折り、ひょんなきっかけで柳助と言葉を交わし、酒を呑んで意気投合したところ、そのさい、近くにきたときは順慶町の店に寄るようにと誘われ、本日、近くを通りかかったゆえ、久しぶりの挨拶に柳助を訪ねた、と訪ねた理由を述べた。

「唐木市兵衛はんだっか。うちの柳助と？　聞いたことおまへんな」

男は急に警戒するような顔つきになった。市兵衛の素性をしつこく訊ね、柳助と難波新地のどの店で、どのような話を、と根掘り葉掘り二人のかかり合いを問い質した。

市兵衛は、名前は障《さわ》りがありますゆえお許し願いますが、それがしは江戸のさる武家の勘定役を勤める者にて、などとそつなくこたえていると、店の奥から、もうひとりの男が、手代ふうと似た険しい顔つきをのぞかせ、

「どないしたんや」

と、ぞんざいな口調を投げてきた。

「このお侍が、難波新地の柳助の知り合いやそうや……」

と、手代ふうはもうひとりへふり向いて、わざとらしく言った。

「柳助の知り合いやと」

男が土間に出てきて、その後ろからさらにひとり、これは肥《こ》えた体軀《たいく》に茶の羽

織を着け、ごま塩の太い髷《まげ》を結った年配の男が、土間に草履《ぞうり》を気だるそうに擦《す》って現れた。

親父《おやじ》と二人の倅らしいことは、三人ともに似た、腫れぼったい上瞼とひと重の恨めしそうに垂れた目つきで、容易に察せられた。

「お侍はん、柳助の知り合いや言うてはるが、どないな話をして知り合いになりましたんや」

男は手代ふうに並びかけ、不審も露《あら》わな言葉つきになった。

「はい。父親は伝吉郎さん。二人の兄さんがいて、ご長男が慶太さん、ご次男が楠吉さんで……」

「おまえ、うちのことをなんか探りにきたんかい。そんなこと訊いとらん。柳助とどないな話をしたんやと、訊いてんねん。さっさと言わんかい」

男は早くも刺々しい口調になった。兄弟の間に進み出た伝吉郎が、眉間に深い皺《しわ》を寄せ唇を歪めて、

「柳助とまともに話ができた侍がおったんかい。嘘《うそ》ぬかせ」

と、濁声《だみごえ》を投げつけた。腫れぼったい目で隣りの富平を睨みすえ、富平の小太りの身体がすくんだ。

ちょうど、「ごめんやっしゃ」と、そこへ客が入ってきた。

市兵衛は、客に目を向けた伝吉郎へ頰笑《ほほえ》みかけて言った。

「そのようであればけっこうです。たまたま通りかかり、柳助さんにご挨拶にお訪ねしたのみにて、ご不在ならばけっこうです」

では、と富平の腕をとって踵《きびす》をかえし、三人に声をかける間も与えず足早に通りへ出た。そのまま、早足で順慶町の通りを西へとった。

「ひえ、ちょっと肝《きも》を冷やしやした。あのおやじ、恐ろしい顔をして睨むもんだから。なんでえ、事情もわからずいきなり喧嘩腰かい。驚いたね。話にならねえや。浪速《なにわ》の男は柄の悪いのが多いっすねえ」

市兵衛は仏具店へふりかえり、苦笑した。

「縮尻《しくじ》った。柳助は、よほど言葉の足りぬ男だったと見える」

「違いねえや。知り合いと言っただけで、端から嘘だと疑ってやした」

「ひどく警戒していた。よほど、柳助のことに触れられたくないらしい」

市兵衛は言って、不意に立ち止まった。

「富平、善哉《ぜんざい》を食っていこう。江戸のしる粉だ。甘い小豆《あずき》汁に白玉のしる粉とは少し違うが、つぶし餡《あん》に焼き餅《もち》が入っていて、甘くて美味《うま》い。大坂では善《よ》き哉《かな》と書いてぜんざいと言うのだ」

「よきかなは、いいっすねえ。今日は朝から、大坂を北から南へ歩き廻って、疲れに甘い物がほしいところでやすからね」

通りに、善哉、と紺地に白く抜いた小旗《こばた》を軒へさげ、葭簀《よしず》を表側にたて廻した店があった。薄い湯気と小豆を煮た甘い匂いが、あたりに流れている。

市兵衛は大刀を腰から抜き、葭簀をくぐって店へ入った。

店は軒下から土間に長腰掛が並び、数人の客の姿があった。赤い前垂《まえだ》れの小女が、「おいでやす」と、白い湯気をたてている竈《かまど》のそばから、市兵衛と富平に澄んだ声をかけた。

軒下の葭簀の陰の腰掛が空いており、市兵衛と富平は腰をおろし、小女に善哉を頼んだ。

すぐに、甘い湯気がのぼる善哉と茶が運ばれてきた。

富平は、ふうふう、と善哉の湯気を吹き、勢いよくかきこんだ。

「あれ、小豆がぐちゃぐちゃにつぶれてらあ。せっかくの小豆が、どろどろになってやすぜ」

「だから言っただろう。江戸の小豆のさっぱりした甘みがあるしる粉と違い、大坂はつぶし餡のこってりした甘みなのだ。白玉ではなく、腹持ちのいい焼き餅が入っている。慣れれば、善哉もなかなかいい。

市兵衛は箸《はし》をゆるゆると動かしつつ、葭簀ごしに通りを眺めている。

「なるほど、焼き餅が案外このしる粉に合いやすね。甘くて美味えや」

富平は一心に椀《わん》をすすっている。と、そのとき、

「富平、見ろ」

と、市兵衛は箸を止めた。

はい？　と椀から顔をあげた富平の前の通りをゆく、伝吉郎と慶太と楠吉の三人連れが、葭簀ごしに見えた。むろん、三人には葭簀の陰の市兵衛と富平は見えない。茶羽織の伝吉郎の後ろに、慶太らしき横縞の着流しと黒看板の楠吉が、主《あるじ》の供をする使用人のように従っていた。

「あ、あのおやじと倅らだ」

「どこへいくんだろう」

「どこだっていいじゃねえですか。あんなやつら」

富平が言い捨て、椀をすすった。

「富平、三人に気づかれず、あとをつけることができるか」

「え、あとを気づかれずに？　へい。任せてくだせえ。文六親分に仕こまれやした。気づかれるようなへまはやりません」

「わたしは代金を払ってから、富平のあとをつける。わたしのことは気にせずにいってくれ」

「合点《がってん》、承知っ」

富平は食べ残しの椀をおき、菅笠とふり分け荷物をつかんで店を出た。

良一郎と小春の行方にかかわりのない、余計な詮索だった。だが、市兵衛はあの親子に引っかかりを感じていた。

お菊は、伝吉郎の倅、三兄弟の柳助を相手に無理心中を計った。

たとえ無駄足でも、なぜ柳助だったのか、市兵衛は知りたくなっていた。

三人は、順慶町の一丁目と二丁目の辻を北へ曲がった。

東横堀川に久宝寺橋の架かる南久宝寺町通り、農人橋《のうにんばし》が架かる北久太郎町通り、本町橋《ほんまちばし》が架かる本町通りと、何本も通りを横ぎり、南船場から北船場に差しかかった安土《あづち》町通りの辻を、二丁目のほうへ折れた。

北船場までくると、通りの東方に大坂城の天守閣が望め、通りを西方のずっと先までゆくと、市兵衛たちが今朝通った御堂筋の西本願寺門前にいたる。

日はいつしかだいぶ西へ傾き、通行人の影が通りに長くなっていた。

伝吉郎ら三人の姿がかき消えたのは、二丁目の通りに面した店だった。

店のかまえは総二階の造りで、間口の広いかなりの大店だった。軒庇《のきびさし》に吊るした分銅形《ふんどう》の看板に両替の文字が読めた。

広い間口に長暖簾がさがっていて、暖簾に紺地で《堀井》と白く抜き、西日をさえぎっていた。

富平は、伝吉郎ら三人の親子が入っていった店の長暖簾の白字を、半町（約五四・五メートル）ばかり離れた小路の角から読んで、不思議そうに首をかしげた。

堀井ってどっかで聞いたな、と思ったとき、背後から肩を軽く叩《たた》かれた。肩をすくめてふり向くと、市兵衛が菅笠を持ちあげ、やはり堀井の店を眺めていた。

「伝吉郎親子は、両替屋の堀井とかかり合いがあるようだ」

市兵衛に言われ、そうか、と富平は堀井へ見かえった。

「あ、あれが、良一郎と小春が探ってた例の江戸店の、大坂の本店ですね。松井のご主人が仰《おつしや》ってましたね。お店の手代らを、てめえはなんにもせずに家持になって店賃を稼げるとか、うまい話に誘って、挙句《あげく》に借金まみれにするっていう、堀井なんですね」

「あの堀井だ。どういうかかり合いだろう。伝吉郎親子が為替《かわせ》や手形に用があるとは思えない。あるとすれば、預金か両替か。だとしても、両替屋はほかにもある。なぜ、順慶町からずいぶん遠い堀井なのだ」

「そうっすね。良一郎と小春は、堀井の江戸店の安元とか言う主人を、探っていやした。良一郎と小春の欠け落ちのきっかけになったお菊は、伝吉郎の倅の柳助と無理心中を計って死んじまった。で、伝吉郎親子がなんぞ用があって堀井の本店を訪ねた。こりゃあ、偶然じゃねえ。こいつはやっぱり、お菊の心中は堀井とかかり合いがありそうですぜ」

富平は、また市兵衛へふり向いた。

「市兵衛さん、どうしやす」

「いってみよう。これで……」

市兵衛は一枚の小判を指先に持ち、富平に笑いかけた。

店は一間（約一・八メートル）幅ほどの前土間が間口に沿っており、店の間には堀井のお仕着せを着けた手代や若い衆《しゅ》や小僧らが、両替と記した両替笸《ばこ》を抱えて廻り、あがり端にかけたり、店の間にあがった客の応対に、忙《せわ》しなく立ち働いていた。

手代が客の前で、秤量《ひょうりょう》貨幣の丁銀《ちょうぎん》や豆板銀《まめいたぎん》を計量する秤《はかり》に分銅をおき、かち、かち、と鳴っているのが聞こえた。帳場格子《ちょうばごうし》が仕きる店の間の一角にも、何人かの手代がいて、手代らは真剣な様子で出入帳に向かっている。

前土間は、折れ曲がりになって店の奥へ通じていた。為替、手形、貸付、などの大口の客の応対は、どの両替屋も大抵は奥の部屋で行われ、前土間と店の間は両替の客で混雑している。

店の間に伝吉郎親子の姿はなかった。

市兵衛と富平が店の間のきわに立つと、前髪を落とさぬお仕着せの若い衆が気づいて、摺り足であがり端へ進み出て端座した。

「おいでやす。両替のご用だすか」

「これを、二朱《しゅ》銀四枚と一朱銀八枚に両替を頼みます」

市兵衛は、文政《ぶんせい》二年（一八一九）鋳造《ちゅうぞう》の草文《そうぶん》小判一枚を、若い衆の膝の前においた。

若い衆は小判を手にとって確かめ、畳に戻した。

「草文小判だすな。二朱銀四枚と一朱銀八枚と両替につきましては、両替打歩《うちぶ》を一両につき十文《もん》、承《うけたまわ》りますが、よろしおますか」

両替打歩とは両替の手数料である。

市兵衛は一両小判に十文の銭を並べた。

「承りました。少々お待ちを願います」

若い衆が小判と銭を空の両替笸に載せて帳場格子へ立っていった。

市兵衛は店の間のあがり端に腰かけ、傍らの富平は店中を見廻し、「いませんね」と、気抜けしたように呟いた。

ほどもなく、若い衆が両替笸に二朱銀四枚と一朱銀八枚を載せて戻ってきた。

それを財布に入れていたときだった。

折れ曲がりの通路に草履を鳴らして、数人の男らが店の奥から前土間に出てきた。男らは五人で、前の二人に続いて茶羽織の伝吉郎、さらに横縞を着流した慶太と黒看板の楠吉と思われる三人の姿があった。

「旦那さまのお出かけだす」

と、通路のほうで小僧の声がした。

前の二人は、ひとりは小柄な体軀に浅黄《あさぎ》の羽織を着けた年配の商人ふうと、すぐ後ろに従っていたのは、黒茶色の上着と同色の黒袴《くろばかま》に二刀を帯びた、肩幅のある大柄な侍だった。

月代《さかやき》を綺麗に剃《そ》って身形《みなり》も整《ととの》っていたが、侍は浪人風体《ふうてい》だった。

旦那さま、いってらっしゃいませ……

と、店の間の手代や若い衆らの声がかかり、年配の商人が軽い会釈《えしやく》を店の間へかえした。あれが堀井千左衛門か、と市兵衛は思った。意外なほど温雅《おんが》な、恬然《てんぜん》とした風貌《ふうぼう》だった。

後ろの侍は悠然と胸を反らし、店の間の手代らを見向きもしなかった。

富平は伝吉郎親子が現れたので、拙《まず》いという顔つきになり、背中を丸めて素知らぬふりをした。

だが、伝吉郎親子は市兵衛と富平に気づいた。途端《とたん》に、親子は顔を険《けわ》しく歪めた。看板の楠吉が市兵衛を指差し、何か言いかけた。伝吉郎が、放《ほ》っとけ、と言ったのが、声は聞こえなかったが、素ぶりでわかった。

市兵衛はあがり端から腰をあげ、伝吉郎親子へ膝に手を添え黙礼を投げた。

千左衛門が市兵衛の仕種《しぐさ》を訝り、それから伝吉郎を見かえして二言三言、何かを訊ねた。伝吉郎はしかめた顔をゆるめ、千左衛門に愛想よくかえした。

ただ、侍は冷然とした眼差《まなざ》しを、市兵衛に凝《じ》っと向けていた。

市兵衛は、笑みを投げかえした。

すると、侍は市兵衛の笑みを、くだらぬという風情でそらし、千左衛門に続いて店をそそくさと出ていった。

市兵衛と富平は、堀井の店を出た。安土町の通りに西日が降り、夕方にはまだ間があった。人通りも多く、千左衛門ら五人は、人通りの間を、西方の安土町三丁目のほうへ向かっていた。

「やれやれ、見つかっちゃいましたね」

富平が、少しおどけて言った。

「三人とも、恐い顔で睨んでいたな」

「親子三人、そっくりでやすね。でかい身体で、あの面を歪めて睨むんだから、おっかねえ。柳助もあんな面だったんでしょうね」

「そうかもな。伝吉郎親子は、堀井千左衛門とかかり合いがあった。両替商と客のかかり合いとは違うようだ。妙なことになってきた」

「あれが千左衛門か。えらそうな侍がついていますね」

「たぶん用心棒だ。千左衛門は、人からだいぶ恨みを買っているだろう。腕利きの侍を雇い、用心しているのだ」

「強そうな用心棒ですね。市兵衛さん、あとをつけやすか」

「これまでにしておこう。良一郎と小春の行方を探すことが先だ。二人が大坂にきたのは間違いないとわかったが……」

「おっと。肝心のそっちはまだでした。次はどちらへ」

「上町へいく。今夜のわれらの宿のこともある」

市兵衛は安土町の通りを東へとった。

五

東横堀川の農人橋を上町へ渡って、谷町《たにまち》筋へ向かう手前の農人町二丁目の通りをいき、途中の小路を南へ折れた。小路に沿って、柾《まさき》の生垣に囲まれた小ざっぱりとした二階家が並び建っていた。

町家の北東方に、大坂城の天守閣がいっそう高くそびえ、夕日を浴びて燃えるように輝いていた。

東横堀川から東の上町は、大坂城のお膝元の町家である。大坂城下の武家屋敷地と谷町筋を隔《へだ》てて接し、豊臣氏の時代より、先祖代々大坂に住んできた旧家の多い町家でもあった。

市兵衛と富平は、一軒の店を囲む山茶花《さざんか》の垣根に沿って歩んでいた。

「この店だ」

垣根ごしに見える二階家を見あげ、市兵衛が言った。

「お金持ちそうなお店でやすね。どちらさんのお住まいなんですか」

富平が、伸びをして庭をのぞいた。山茶花の垣根の上に、枝ぶりのいい松が踊りの所作のようなしなを見せ、夕日が色を添えていた。

「《松井》の卓之助さんが、こちらを訪ねるようにと、段どりをつけてくれているはずだ。朴念《ぼくねん》さんと言う。大坂の表の町にも裏の町にも通じている人らしい。良一郎と小春を捜すのに、間違いなく助けになる人だと聞いた」

「へえ、大坂の隅《すみ》から隅まで、知りつくしている人なんですね。松井の旦那さんと同じ、米問屋さんですか」

「米の商いではないが、あるものを売っている」

「米じゃなくて、あるものって、なんですか」

片開きの木戸があった。

「会えばわかる」

市兵衛はさり気なく言って、木戸を開け、庭に入った。

庭には小石が敷きつめられ、片開き戸から表戸に沿って、木蓮《もくれん》の灌木《かんぼく》が白い花を咲かせていた。小石を敷きつめた先の軒庇の下に、腰高障子《こしだかしょうじ》ではなく、洒落《しゃれ》た料亭のような竪《たて》格子の、両開きの引戸が閉じてあった。

二人は砂利《じゃり》を鳴らして、庇下の表戸の前に立った。

あっしが、と富平が木戸に声をかけた。

「ごめんくださいやし。ええ、ごめんくださいやし。こちら、朴念さんのお住まいとお見受けいたし、お訪ねいたしやした。当方は、唐木市兵衛さまと供の富平でございやす。朴念さんにお取次ぎを、お願いいたしやす。ごめんくださいやし」

すると、庇の上のほうから声がかかった。

「おう、こっちゃ、こっち……」

市兵衛が庇下を出て、声が聞こえた二階を見あげた。

二階の出格子に両手をついて身を乗り出した男が、市兵衛を見おろしてにこやかに笑いかけていた。男は総髪を束ねて背中に長く垂らし、屋根の上に広がる夕方の空を背にしていた。

昼の名残りの青みが残る空には、鮮やかな朱色を刷《は》いた雲が浮かんでいた。

「朴念さんですか」

「そうや。朴念や。市兵衛はんと富平はんやな」

市兵衛と、市兵衛の後ろに顔をのぞかせた富平に言った。

「堂島の松井のご主人から今朝、手紙をもろて、そろそろやろと待ってた。かみさんが出かけて、もうすぐ戻ってくるが、今はわてひとりや。ええから、勝手に入って二階へあがっといで。足袋《たび》は脱いで、草鞋《わらじ》と一緒においといたらええ。かみさんが戻ってきたら、ちゃちゃちゃっと洗濯しとく。遠慮はいらん。早《は》よあがっといで」

店の前土間には、香を焚《た》いたほのかな匂いがした。

三和土《たたき》から寄付きにあがり、寄付きわきの階段を踏んだ。

二階は襖《ふすま》で間仕切した四畳半の部屋が二つ続いて、朴念のいる部屋は、東と南に窓があって、まだ充分に明るかった。

大きな文机《ふづくえ》が東向きの窓ぎわにおかれ、帳面と硯箱《すずりばこ》、行灯《あんどん》、几帳面に積みあげられた書物や双紙が目についた。部屋の一角にも、書画を仕舞ったような筥《はこ》や帳面が山のように積み重ねてある。

東向きの窓の障子が一尺（約三〇センチ）ほど開いており、町家の屋根の向こうに上本町《うえほんまち》の武家屋敷地が見えている。

朴念は文机を背に端座《たんざ》し、市兵衛と富平をにこやかに迎えた。

痩せた細い身体つきで、童子を思わせるような無邪気な目を向けていた。しかし、色白の額や口元に年月を感じさせる皺が刻まれ、五十すぎの年配に見えた。

松井卓之助は、朴念の歳《とし》は四十代の半ばで、「市兵衛さんとそないには変わらん」と言っていた。

市兵衛と富平は朴念と対座し、改めて辞儀《じぎ》を述べた。

「堅苦しい挨拶《あいさつ》はええ。卓之助はんの手紙でだいたいの経緯《いきさつ》はわかってるが、子細はおいおい聞くとして、まずは楽にして一服しなはれ。茶を淹《い》れるさかい」

陶《とう》の火鉢《ひばち》がおいてあり、鉄瓶《てつびん》がかけられていた。

「この部屋は日あたりがようて、昼間は温《ぬく》いのやが、日が暮れるころになると、まだ寒うてな。熱い茶が呑めるように火鉢に火を入れ、湯を沸かしたとこや。せやけど、閉めきると熱気がこもってすっきりせんので、ちょっと透《す》かしてある。寒かったら言うてや。午後になって、どうしてもはずせん用が急に入って、かみさんに使いにいってもろた。用はそれで終りやから、もうすぐ戻ってくるので、すぐに風呂を沸かす。風呂に入ってもろて、それから、ちょっと遅うなるが、晩の飯や」

朴念は、茶の支度を始めつつ言った。

湯気のたつ茶を茶托《ちゃたく》の碗にそそぎ、それぞれの前におくと、自分の碗をとりあげ、くつろいだ様子で一服した。そして、碗を持ったまま市兵衛をつらつら見つめ、懐かしそうな吐息をもらした。

「卓之助はんとは、十年ほどのつき合いになるかな。歳はだいぶ離れてるが、気安うさせてもろて、世話にもなってきた。卓之助はんから、何年か前に、昔、商いの修業のために松井に身を寄せていた若衆の話を聞いたことがある。若衆は奈良の興福寺で法相《ほっそう》の教えを学んで、剣術の修行を積んだ江戸の侍やったと。抜群に頭がよく、長身痩軀の美しい若衆やった、あの侍のことは忘れられんと、ただの旧懐《きゅうかい》ではない、何やら畏敬《いけい》の念が籠《こも》っているような口ぶりやった。それが、唐木市兵衛はんや。市兵衛はんを見て、すぐにこの人やとわかった。なるほどそうかと、腑《ふ》に落ちた気がした。何が腑に落ちたか、言葉にはできんがな。市兵衛はん、初めて会うた気がせん。ようきてくれた」

隣の富平が朴念と一緒になって、合点がいったように頷いている。

朴念は碗を茶托へ戻し、富平へ向いてなごやか口調で言った。

「富平はんは、江戸の御用聞を務める文六はんという腕利きの親分の下で、働いているそうやな」

「へい。文六親分は歳は六十をすぎておりやすが、南町奉行所の旦那の御用聞を身体を張って務め、神田日本橋界隈のお歴々からも一目おかれ、生まれ育った神田じゃあ地蔵《じぞう》文六と呼ばれて、腕がたつだけじゃねえ、慈悲深い親分でやす。あっしは文六親分の下っ引の、そのまた下っ引の修業の身でやす」

富平は、修業の身が得意そうに言った。

「六十をすぎてなお、お役人の御用聞を身体を張って務めてはんのか。それは凄い親分やな」

「衰えを知らねえ文六親分に、みな感心しておりやす。あっしらがお糸姐《ねえ》さんと呼んでいる、二十以上も若いおかみさんがおりやして、お糸姐さんはあっしよりも上背があって腕っ節も男勝りで、文六親分の下っ引を務め、地蔵文六の女房のお糸地蔵と呼ばれておりやす」

「ほう、二十以上も若い女を女房にして、地蔵文六にお糸地蔵の夫婦の御用聞かいな。江戸は面白いな」

朴念は、しきりに頷き、掌を打って感心した。

「良一郎はんという若い衆は、富平はんのご同輩なんやな」

「ご同輩かどうかはわかりやせんが、良一郎はあっしより二つ下の弟分で、仲間でやす。二人そろって文六親分の店に、住みこみの修業を始める前は、二人でこれで、よく遊びやしたし……」

富平は壺《つぼ》をふるふりをして、決まり悪そうにあとの言葉が小声になった。

「親の心配をよそに、賭場や色町で遊び廻っとったわけか」

「へい。けど、あっしは貧乏人の倅で親は放ったらかしでやしたが、良一郎はお金持ちの何不自由ないお坊ちゃん育ちですから、ご両親はさぞかし、ご心配だったと思いやす」

富平はまるで、自分も心配していたかのように、良一郎の世間知らずのふる舞いや、遊ぶ金に不自由のない様子などを語った。

「その弟分の良一郎はんと、手に手をとって、かどうかは知らんが、姿を消した小春はどういう娘なんや」

「小春は、長谷川町の左十郎という扇子職人の娘です。扇子問屋の跡とりの良一郎と小春は、問屋と職人のかかり合いで、同い年の幼馴染みでした。小春は十代の半ばになる前から、長谷川町では一番の器量よしと評判の娘です」

「長谷川町一の器量よしか。老舗《しにせ》の世間知らずのぼんぼんと、幼馴染みの器量よしの娘が、親の許しも得んと、大坂へいくとだけ書置きを残して姿をくらましたのやから、双方の親が、これは欠け落ちに違いない、えらいことになったと、気をもむのも無理はない。二人が欠け落ち先で罪を犯したら、欠け落ち者を出した親も咎めを受けて、家業にも障りがあるのは言うまでもないし、欠け落ち者を連れ戻すのは一族縁者の務めと、お上のお定めに決められとる」

「あっしも、弟分の良一郎を放っとけやせん。良一郎と小春を一刻でも早く見つけ出し、おめえらいい加減にしろ、これ以上親に迷惑をかけるんじゃねえと、言ってやりてえんです」

朴念は、ふむ、と束の間をおいてから言った。

「わての稼業は、世間の噂話や評判や、ちょっとでも小耳にはさんだ人の遣りとりとか、そういう話《い》をできるだけ仰山集めて、ほんまの噂と嘘の噂、似たような評判と違う評判、要る話と要らん話やらを選《よ》り分けて、それを知りたい聞きたい、というお客に売る商売や」

「ああ、じゃあ、朴念さんは読売屋《よみうりや》さんですか」

「読売屋とは違う。読売屋は、噂や評判、人から聞いたこと探り出したことを、それがほんまやろうと嘘やろうとかかわりなく、人が面白がりさえすれば、人の気をそそりさえすればええやろと、それを読売の種にして売るだけや。わての売ってるのは、拾い集め、聞き出し、探り出した噂や評判や人の話の中から、噂や評判や話に聞こえたある事情や出来事の、表には見えてない真《しん》の仕組みや狙いを読みとって、それを売ってるのや。読売は噂や評判を集めて売ってるだけや。わては、わての頭の中で読みとった考えを売ってる。そこが読売とは違うし、読売は嘘でも面白かったら客はつくかもしれんが、わての考えが的外れやったらすぐに客は離れる。そういう商売や」

はあ、と富平はわかったようなわからないような顔つきを宙へ泳がせた。

「というわけで、わてには噂や評判や聞きつけた話を集めてくる仲間が、それなりにおるので、良一郎はんと小春はんの宿ぐらいやったら、一両日ぐらいで見つかるやろ。二人を見つけて江戸へ連れ戻すのは、市兵衛はんと富平はんにやってもらわなあかんけどな」

朴念は軽々と笑って、三人の温《ぬる》くなった茶を捨てて、新しい茶に淹れ替えた。

「なんだ、そうか。市兵衛さん、よかったっすね。案外早く決着がつきそうじゃ

「ありやせんか」

富平が顔をゆるませた。

「そうだな」

市兵衛はこたえたが、ぼんやりとした懸念が脳裡を去らなかった。折りしも、家人が戻ってきたらしく、表の引戸が開けられ、階下に女の声が聞こえた。二人か、三人の女が遣りとりを交わしている。

「戻ってきたな。ちょっと待っとくなはれや」

朴念が座を立ち、階下へおりていった。朴念の声がまじって、階下の声は急に賑やかになった。風呂のことや晩飯の支度などの遣りとりがあって、ほどなく朴念が二階へ戻ってきたとき、三本の二合徳利《とっくり》に、干鰈《ほしがれい》をさいて盛った皿と杯を載せた盆を両手に持っていた。

「風呂が沸くまでに間があるので、軽くやりまひょ。風呂が沸いたらかみさんが知らせにくるので、そのときに挨拶させまっさ。さあ、気楽にやってや……」

朴念は市兵衛と富平に杯をとらせ、酌《しゃく》をした。富平が、あっしも、と朴念に酌をしようとすると、

「ええねん、ええねん。お客さんは好きに呑んだらええねん。気にせんといて。

わてもあとは勝手にやりまっさかい」

と、手酌で酒を満たした。

火鉢の火が暖めた四畳半に、冷たい酒がほどよい心地よさだった。

「おかみさんが戻ってこられて、賑やかでいいすね」

「かみさんと奉公の女と、かみさんの里の妹がきてるのや。女が三人集まると、何かと賑やかになるな。じつは、この店はかみさんの里が地主でな。江戸の文六親分には敵《かな》わんけど、かみさんも十五歳、下なんや。わては島之内の貧しい職人の倅や。貧しい裏店の長屋で生まれ育った。朴念と言う名は、寺の小僧に出されてつけられた名や。気に入ったわけやないが、いろいろあって朴念が本名になってしもた。かみさんの里でも朴念と呼ばれてる」

ははは、と朴念は磊落《らいらく》に笑って、呑みっぷりよく杯をあおった。かなりいける口と見えた。

「ところで、市兵衛はん。卓之助はんの手紙にあったんやが、良一郎はんと小春が欠け落ち同様に大坂へきたのは、小春の姉のお菊が亡くなって、お菊の弔いのためというのが表向きの理由らしいな。市兵衛はんと富平はんは、昼間は、お菊が奉公していた新町へいったんやろ。二人の手がかりは、なんぞつかめたか」

「お菊は五年前、新町の奉公先の遊女屋から西高津新地の色茶屋に、店替えになっておりました。お菊は胸を患い、遊女屋の女将は、売れるうちに売ったというのが実情のようです」

市兵衛はそう言って、徳利を朴念に差した。

「お菊は西高津新地の色茶屋に二年ほど務め、また難波新地の《勝村》という色茶屋へ店替えになって、去年の冬、勝村で亡くなったのです。身寄りのなかったお菊に墓はありません。千日火やの灰山にお菊は眠っております」

「珍しいわけやない。ようある話や。貧しい者もそうでない者も、病に罹る。病は人を選ばん。分け隔てはない。とは言え、貧しい者や虐《しいた》げられた者が病に罹ったら、そのあとが殊《こと》のほかむごたらしい」

朴念は杯をあげて言った。

「ところが、お菊は病で亡くなったのではありませんでした。お菊と同じく色茶屋の勝村に務めていたお茂と言う女から、聞いたのです。お菊は、南船場の順慶町で仏具店を営む伝吉郎の倅・柳助を道連れにして、無理心中を図っていたのです」

朴念は眉間にしわを寄せ、市兵衛の話に凝っと耳を傾けた。

六

《堀井》の主人・千左衛門、順慶町の伝吉郎、伝吉郎の倅の慶太と楠吉、そして、千左衛門の相談役に雇われている浪人・野呂川伯丈《のろかわはくじょう》の四人は、安土町の堀井の店を出て、備後町五丁目の小路にかまえる小料理屋の暖簾をくぐった。

小料理屋ながら、前土間続きに四畳半ほどの部屋があって、五人はそこで銘々の膳を囲んでいた。千左衛門は、伝吉郎親子らと堀井の商いにかかり合いのない相談事があるとき、大抵、この小料理屋の畳の黄ばんだ古びた部屋を使った。

気心の知れた年配の女将がいて、代金のほかに千左衛門が祝儀をはずむので、呼ばない限りは顔を出さなかった。

五人は椀の汁をすすり、煮つけや焼魚を意地汚く食い散らかし、徳利を膳に乱暴な音をたて、箸でつついて碗や鉢を鳴らした。咀嚼《そしゃく》した食い物を手酌の燗酒《かんざけ》を勢いよくあおって呑みこみ、そのたびに無粋なうなり声をあげた。

千左衛門は、食う物にうるさい男ではなかった。腹いっぱい食える満足感が、食うことの喜びだった。若いときからそうだった。

食う物にこだわる男など、一流の商人にはなれない。

獣のようになんでも貪《むさぼ》り食うのが商人だと、千左衛門は思っていた。

ひとしきり食って腹が落ち着き、人心地のついた千左衛門は、ようやく燗酒をゆっくりと含み始めた。

店の土間のほうで客と女将の話し声が聞こえてきたが、あまりはやらない店は、いつも静かだった。

「柳助の四十九日が済んで、ちょっとは落ち着いたか」

千左衛門は伝吉郎に、抑揚のない言葉つきで言った。

「へえ。足袋に穴が空《あ》いてても、履き慣れたら気にならんようになりまんな」

伝吉郎は、食うのに厭《あ》いたかのように箸を皿に捨て、手酌の酒をすすった。

「柳助は、親父に履きつぶされて穴の空いた足袋か。えらい言われようや。薄情な父親を持ったら、倅もつらいな」

千左衛門は、慶太と楠吉を見やった目に嘲笑をにじませた。

慶太は、杯を持ちあげた恰好《かっこう》で唇を歪め、しい、しい、と歯を鳴らした。楠吉はへつらうように、千左衛門へ薄笑いをかえした。

二人の倅は何も言わず、伝吉郎が言った。

「もののたとえでんがな」

「下手なたとえや」

「そら、千左衛門はんみたいに世の中の裏と表を使い分けて上手《うま》いことわたっていく才覚は、わてらにはおまへんしな」

「何を言うてんねん。伝吉郎はんは順慶町の夜店の店割を差配して、業者らからつけ届や礼金がたっぷりと入って、笑いがとまらんやろ」

「笑いがとまらんのは、千左衛門はんでっしゃろ。わてらは所詮、順慶町のあの狭い通り一本で、細々と稼いでるだけでっせ。それに比べて、大坂七墓《ななはか》の家持商法は図にあたって、今や両替屋の堀井は江戸店をかまえるほどの大店や。千左衛門はんは、町奉行所の役人ですら一目おく、押しも押されもせぬ大坂本両替のご主人やおまへんか。わてらみたいな仏具店のおっさんとは、比べ物になりまへん。あれから十五年、ほんまにこの違いはなんやと思いますわ」

「簡単に言いよる。そうなるまでに、どれほど苦労したと思てんねん。仰山の人に恨《うら》まれたし、命も狙われかねんあり様や。夜もおちおち眠れんのやで。わての苦労が伝吉郎はんにわかるか」

「そのために、野呂川先生が用心棒についてはりまんがな。野呂川先生の腕前があれば、誰がこようと恐いものなしでっせ。そうだすな、先生」

野呂川は、伝吉郎の言葉をとり合いもせず、超然として杯を口に運び、濡《ぬ》れた唇を指先でぬぐった。

「もうええ。そこら辺にしときなはれ。で、今日はなんや。どうしても伝えときたい話と言うのは、柳助にかかり合いのあることか」

「それや。倅らとも相談して、これはやっぱり千左衛門はんのお耳に入れといたほうがええと思いましたんや。慶太、楠吉、おまえらが話せ」

「よっしゃ」

横縞の着流しを着けた慶太と黒看板の楠吉は、胡坐《あぐら》から膝をなおし、慶太が両の掌《てのひら》を擦り合わせて言った。

「親父もわてら兄弟も、柳助が無理心中に巻きこまれた事情が、どうしても腑に落ちんで、腹の中が熟《こな》れんのだす。千左衛門はんもご存じのとおり、柳助はああいう男だす。心中を図るような男やおまへんし、そんな頭もない。無理心中を図ったお菊と言う女は、胸の病に罹っていた。もう先はないと果敢《はか》なんで、ひとりで死出の山路をゆくのは心細いからと、道連れにできる男なら誰でもよかった。たまたま敵《かたき》となった柳助を選んだ。とは言え、お菊は相手が誰でもよかったとしても、それでもあの柳助を死出の山路の道連れにと、ほんまに思たんかと、なんか違うような気がしてならんかったんだす」

千左衛門が、もっともだというふうに、にやにやした。

「千左衛門はん、可笑《おか》しいでっか。血の廻りの悪い柳助が、本人の知らん間に無理心中の相手にされて、可笑《わろ》しいでっしゃろな。けど、わてら親子は、柳助があんな死に方させられて、笑てられまへんねん」

「慶太、ええから、続けや」

伝吉郎が慶太に言った。

「それとも柳助やないとあかんわけが、お菊にはなんぞあったんか、そこがどうもようわからん。柳助の阿呆が、勝村のお菊を気に入って相手にしたのは、二度目やったそうだす。なんぼ器量がようても、胸を患ろうた女を相手にせんでもええやろと思うけど、気に入ったらほかのことは何も考えられんようになるのは、いかにも柳助らしい。これはひょっとしたら、お菊は前に柳助と因縁があった女かもしれん。そう思うて、お菊の素性を探ってみたんですわ。そしたら、お菊の希代《けったい》な素性がわかってきましてな」

「ふん。持って廻った言い方をするんやな。所詮、場末の売女《ばいた》の素性やろ。希代な素性にきまっとるやないか」

「希代な素性は、わてらかて他人のことは言えまへんが、まあ、吃驚《びっくり》しなはんなや。お菊は泉州佐野町の《葛城《かつらぎ》》の娘だした。佐野町の葛城は、千左衛門はん、覚えてはりまんな。二人姉妹の姉がお菊、九歳下の妹が小春で、十五年前のあのあと、新町の《水原》と言う遊女屋に姉妹そろって身売りになった。そのとき、お菊は十二歳。小春は三歳だした。小春はそのあと、江戸の左十郎とか言う職人に買われて江戸へ下ったそうだす。両親を亡くした三歳の童女が、なんぼ姉と一緒でも、遊女屋で育って何もわからんのに遊女になっていくのは不憫《ふびん》やと、それで買われていったと聞けましたな」

杯を持った千左衛門の手が小刻みに震え出し、酒が胡坐をかいた膝にこぼれた。余裕のにやにや顔が一瞬にして消え、眉をひそめていた。

千左衛門の様子が変わったので、逆に伝吉郎がにやにやし始めた。

「お菊は器量がええから、評判の遊女になった。馴染みが増えて天神《てんじん》になり、今に太夫《たゆう》になるのは間違いなしと評判やったのが、二十歳をひとつ二つすぎたころに胸を患ろうた。遊女が胸を患ろうたとわかると、それまでの馴染みをたちまち失うのはしゃあない。運命や。二十二歳のとき、西高津新地の色茶屋の《今福》

へ店替えになった。二年後、今度は難波新地の《勝村》へと流れた。柳助を道連れにした無理心中が去年の暮れで、明けたこの春、お菊が生きてたら二十七歳だす。千左衛門はん、覚えたはりまっか。お菊と小春の姉妹のことを……」

「なんで、そうやと、わ、わかったんや」

「そんなもん、ひとつひとつこまめに探っていったらわかりまんがな。誰の隠し事でもないんやから」

「伝吉郎はん、お菊は柳助と、偶然そうなったんか」

「どうでっしゃろ。わかりまへんな」

「せやから、わてら親子も、腑に落ちんかったと、言うてますやろ」

　慶太が言った。

「このまま、放っとけんのと、ちゃうか」

「放っとけまへんな」

「それから、さっき、安土町の店でわてらに会釈《えしやく》を寄こしよった町人連れの侍がおりましたやろ」

　慶太は続けた。

「ああ、あの侍か。どういう知り合いや」

「わてらが千左衛門はんを訪ねるちょっと前に、順慶町のうちの店に突然現れて、難波新地で柳助と知り合いになったんで、柳助に挨拶するため訪ねてきたと、見え透いた嘘を並べよった。自分は江戸のもんで、名前は唐木……」

「市兵衛や」

と、楠吉が助けた。

「そや。唐木市兵衛や。けど、難波新地で柳助と知り合いになったと言うたのは嘘や。あの侍は嘘ついて、なんか目あてがあってうちへきたのにきまっとる。柳助はわてらに、なんでも得意げに話す男やった。柳助が知り合いになった侍やったら、わてらに話さんわけがないんだす。江戸の侍の唐木市兵衛と、難波新地で知り合いになったでと、話したはずや。けど、唐木市兵衛の名前は、聞いたことおまへんがな」

「江戸の侍？　小春が下った江戸か」

「ほかに江戸がありまっか」

「なんでそれを、さっき言わんかったんや」

「千左衛門はんが聞かはらへんかったからだす。お菊の話をして、ついでに話すつもりだしたんや」

千左衛門は酒の雫《しずく》がしたたるのもかまわず、杯を乾《ほ》した。

「野呂川はん、さっきの侍、見ましたやろ。どない思わはります」

すると、野呂川は半眼に開いた冷淡な眼差しを、小料理屋の部屋の煤《すす》けた板天井へ泳がせた。伝吉郎が野呂川の杯に、どうぞ、と酌をした。野呂川は、それをゆっくり舐めてから言った。

「あの男は腕利きだ。ひと目見てわかった。一見、痩せて見えたが、身体つきは壮健だ。剣術の修行をつんだ者なら、容易にわかる。ただの浪人者ではない。柳助と親しくなるような男でもない」

「伝吉郎はん、お菊の事情をもう一遍《いっぺん》、詳しく調べなおしなはれ。それから、唐木市兵衛とか言う侍の素性もな」

千左衛門はうろたえていた。

慶太は、やっとわかったかい、と言いたげに唇を尖らせ、ふん、と長い鼻息を吹き出した。五人の間に沈黙が流れ、閉じた障子戸ごしに、土間の女将と客の気だるい遣りとりが聞こえていた。

七

夕日の沈んだ西の空の果てに、日の名残りの夕焼けが、ひと筋の帯のような光芒《こうぼう》を放っていた。

風呂場は広く、大人が四、五人は楽に入れる檜《ひのき》の湯船と、簀子《すのこ》を敷き並べた広めの洗い場があって、高窓になった無双窓《むそうまど》の隙間に宵《よい》の空が見え、最後の光芒にうっすらと染められていた。

やや熱めの湯に、市兵衛と富平、亭主の朴念が腰までつかり、檜の香《かおり》のする湯船にゆったりと凭《もた》れかかっていた。三人の身体をつたってあがる湯気は、白い薄膜で風呂場を包み、無双窓の隙間から流れ出ていく。

「このうちに住むとき、特別に誂《あつら》えたんや。ここでさっぱりしてから呑む酒が美味い。堪らん。貧乏な職人の倅は風呂も満足につかれんかったが、これぐらいの贅沢《ぜいたく》はええやろと思うてな」

と、朴念の自慢する風呂だった。

「ちょっと酒を呑んだよって、無理せんようにな」

朴念は言った。だが、たちのぼる湯気が身体をくるみ、風呂場は宵の冷えこみとちょうどよい加減だった。

「去年の暮れの、難波新地であった無理心中の一件は知ってた。無理心中を図った《勝村》の茶汲み女が、小春の姉のお菊やったとは、意外な成りゆきやな。ただし、表向きは無理心中やない。心中者の親元や抱えていた店は、お叱りや咎めやいろいろと障りがあるし、世間体も悪いしで、検視の役人に袖の下を使《つこ》うたり、町奉行所に顔の利く仲介人を通して根廻しして、病死として済ませるのは、ようあることや。殊《こと》に色里ではな」

朴念は総髪を頭の上に丸く束ね、色白の顔に浮いた汗を湯で洗った。

「しかし、そうなると、お菊がなんで柳助を無理心中の相手に選んだのかが、やっぱり気になる。順慶町の顔役の伝吉郎の倅をや」

「気になります」

市兵衛の声が湯気を震わせた。

「順慶町の通りは、新町遊郭への通り道で、夜店で有名なんや。今宵も万燈《ばんとう》を照らして、陶器金物家具調度、着る物履く物、野菜菓子仏具まで、ありとあらゆる品々を並べて、堺筋から新町橋まで、通りの両側に寸尺の余地なく夜店が並んどる。大坂一の、いや、京の町家にもあれほどの夜店はない。江戸はどうか、知らんがな。伝吉郎はその夜店の店割を任されるようになって、今や押しも押されもせん南船場の顔役で知られた男や。歳は五十代の半ばか六十近いかもな。子供のときから南船場界隈では手に負えん悪がきで、十代のころにはもう悪仲間らと徒党を組んで、喧嘩《けんか》に強請《ゆす》りたかりが日常茶飯事の、破落戸《ごろつき》まがいの暮らしやったそうや。ところが十九のとき、夜店の仏具屋の不良娘との間に子供ができて、なんやかんやあった挙句《あげく》に、夜店で小商いをする仏具屋に収まったわけや。長男の慶太のあとすぐに次男の楠吉が生まれ、それから何年かたって柳助が生まれ、しけた仏具屋の暮らしをしとったんやが……」

「伝吉郎は、なぜ夜店の店割を任されるようになったのですか」

「それまで、順慶町の町役人が露天商の店割を差配しとった。ところが、不平不満がしばしば出て、夜店で稼ぐ者らの間で、もめ事やら喧嘩沙汰が絶えんかった。それを、伝吉郎が町役人らに代って、腕ずくで鎮《しず》めとったという経緯《いきさつ》があった。と言うのも、伝吉郎は滅法《めっぽう》腕っ節が強い。元々、がきのころから喧嘩慣れしてるし、身体も大きいし、命知らずの度胸もある男やった。歳をとった今でも相当なもんやないかな。その伝吉郎の三人の倅らも、図体の大きい男に育って、親父に輪をかけて気が荒ろうて喧嘩っ早いときた。で、倅らも親父を手伝うて夜店の見廻りをするようになった。頭のほうは、親子そろってええとは思えんが、腕力やったら誰にもひけはとらん。伝吉郎親子に凄《すご》まれたら、怯《ひる》まんやつなどおらん。三人の倅を率いて伝吉郎が、夜店でもめ事がないか、ごたごたがないかと、町役人らの代りにだんだんと見廻るようになっていたわけや。それが、十数年前ぐらいから、見廻りだけやのうて、順慶町の夜店の店割も、いつの間にか伝吉郎の差配に任されたというか。何しろ、お上の役目と違うて、お指図があるわけやないからな。今や、順慶町の夜店は伝吉郎の縄張りみたいなもんや」

「縄張りですか。伝吉郎は夜店の仏具屋から、みなが一目おく南船場の顔役になっていったんでやすね」

と、富平が口を挟んだ。

「まあ、そうや。ただし、これはそういう話を聞いただけで、真偽のほどはわからんが、伝吉郎が店割の差配をそっくり任されるようになった裏には、町役人やら露天商らを仕きる帳元らやら、町奉行所の見廻りの役人らにも、相当、袖の下を使うたという話も聞いたことはある」

「町役人に代って夜店の見廻りをしていたとしても、家業は一露天商にすぎない伝吉郎に、相当な袖の下を使うほどの金が用意できたのでしょうか」

「それがほんまの話やったら、できたんやろな。両替屋の堀井千左衛門と伝吉郎の間になんぞつながりがあって、案外、堀井が伝吉郎の金目の後ろ盾になってたかもしれんしな」

「堀井千左衛門は、生国は泉州の佐野町と聞きました。伝吉郎親子と堀井千左衛門は、親密な間柄と思われます。千左衛門と伝吉郎が親密な間柄だとすれば、どのようなつながりが考えられるでしょうか」

「いかがわしい者同士、気心が相通ずるというのかな」

朴念は、また湯で顔を洗った。

「なるほど」

市兵衛は笑ったが、すぐに続けた。

「良一郎と小春は、大坂へ発つ前、江戸店の《堀井》を探っていました。江戸店を任されている安元は、千左衛門の倅です。千左衛門親子が営む堀井を探る理由があるのは、小春しか考えられません。小春と姉のお菊も、千左衛門と同じ、泉州佐野町の生まれです。千左衛門親子とお菊と小春姉妹は、佐野町で何か所縁《ゆかり》があったのではないか。そう思えてならないのです」

「ふむ。考えられるな」

「お菊は柳助を相手に無理心中を計り、妹の小春に書置きを残していた。お茂の話では、書置きには血がわずかについていて、お菊は柳助の喉《のど》を斬《き》ったあと、自らの命を絶つまでの間に、絶命した柳助の傍らで書置きを認《したた》めたのです。おそらく、ついていた血は柳助のものです」

「柳助は順慶町の伝吉郎の倅で、伝吉郎親子は堀井千左衛門とつながりがあり、もしかして、泉州の佐野町が生国の千左衛門とお菊小春姉妹になんぞ所縁があったとすれば、三者に妙な因縁を感じるな」

「お菊の書置きに、三者の因縁が明かされていたと思われます。小春はお菊の書置きを読んで、養父母にも明かさず、大坂へいくと決めたのです」

「養父母にも明かせんような、因縁やったんか。どんな因縁や。ほんなら、良一郎はんはどういう理由で、小春と一緒に江戸を発った思うんや」

「わたしが思うには、良一郎はただ、幼馴染みの小春が大坂へいくと決めた事情を知って、放ってはおけなかったのです。ひとりで心細いに違いない小春に、手助けしてやるつもりなのです。良一郎はそういう男です」

市兵衛が言うと、富平がしきりに頷いて言った。

「あっしも知ってます。良一郎はそういう男です」

朴念は、ふむふむ、と鼻を鳴らした。

「泉州の佐野町は紀州熊野往還《くまのおうかん》の宿場町やが、周辺の農村や海浜は、綿の栽培や干鰯《ほしか》作りやらが盛んで、それらの荷を運ぶ廻船《かいせん》問屋もある賑やかな町や。わての知ってるところでは、千左衛門は、佐野町の両替屋に丁稚《でっち》のころから務めあげた手代やった。野心の強い男のようで、佐野町の両替屋の手代奉公ではあき足らず、まだ独り身の若いころに大坂へ出て、安土町の両替屋の堀井に勤めを替えた。そのころの堀井は、本両替の仲間ではあったものの、今のような大店ではなかった。中店のあんまり名の知られん両替屋やった。千左衛門は両替屋の才覚があったんやろな。堀井の先代に認められ、若いころに堀井の番頭になって、しかも、先代には娘しかおらんかったから、長女の婿《むこ》養子に迎えられた。それで、堀井千左衛門になったんや」

朴念は顔を洗い、はあ、とため息を吐いた。

「暑なったな。そろそろ出よか」

しかし、市兵衛は言った。

「松井の卓之助さんから、堀井は七、八年ほど前から、従来の両替や為替手形の手数料や大名貸とか商人貸などの商いのほかに、お店の手代相手に始めたある貸付がだんだんと評判を呼んで客が増え、堀井はそれから数年で、大店の両替屋と肩を並べる両替屋になったと聞きました」

「大坂七墓周辺の家持になって、寝てても勝手に店賃が入ってくるという、夢のような話で客を誘って、融通額をどんどん増やしていったあの貸付やな。当時はえらい評判になって、お店の若い手代らが大勢借金を抱えた。あれから七、八年がたって、今は騙《かた》りまがいの貸付やった、借金を抱えた手代らが今なお嫁ももらえんと、借金の返済に苦しんどると、両替屋の間では言われとるな」

「千左衛門の野心の強さが、そのようなきわどい貸付を始めてまで、堀井を大店にしたいと思わせたのでしょうか」

「千左衛門は確かに野心は強い。あくどいぐらいに強い。さっき、千左衛門と伝吉郎が親密なわけは、いかがわしい者同士、気心が相通ずると言うたのは、まんざら冗談やない。二人は似とる。千左衛門も伝吉郎も、儲かるためやったらなんにでも手を出したろやないかというところがある。逆に言うとや、自分の具合が悪なったら、それをきり抜けるためには手段を選ばんようなところもある、ということや。だいぶ以前、わてが三十前後のころやったと思う。堀井の大名貸の貸付が焦《こ》げついて、身代《しんだい》が危ない、本両替の仲間株を売って商いから身を引くのやないか、と噂がたったことがあった。一時は、堀井はどうなるのやと、船場や堂島ではだいぶとり沙汰された。それから、三月《みつき》ほどで堀井は危ういところをきり抜けたから、噂は消えてしもた。ところが、それからしばらく、わてら世間の裏側に通じてるもんらの間では、千左衛門は押しこみ強盗を働いて大きな金を手にして、傾いた身代をたてなおしたんやないかと、そんな物騒な噂が聞こえてきた。と言うのも、堀井はどうなる、大丈夫か、と言われてたのが、大名貸の焦げつきはそのままやのに、いつの間にか金廻りがようなって、商いを持ちなおした。まともにやってたらそんな簡単にいくはずないでと、裏に通じてるもんらは疑っとった。つまりや、千左衛門なら資金繰りのために押しこみ強盗ぐらい働きかねんでと、世間の裏に通じてる者らには思われてるということや。この噂のことは、《松井》の卓之助はんらでさえ耳にしてないと思う」

「当時、大坂で押しこみ強盗が、あったのですか」

「何もない。埒《らち》もない勝手な勘繰り話や。結局、その噂も消えて、わても市兵衛はんと話すまで忘れとった」

朴念は風呂場に高笑いを響かせ、

「もうええ。出よ出よ。腹も減ったし、喉も乾いた。市兵衛はん、富平はん、あとは呑みながらや」

と、朴念は中背ながら引き締まった身体を湯をはじかせて起こし、市兵衛と富平も続いて立ちあがった。

無双窓の隙間に見えていた宵の空は、夕焼けのわずかな名残りも消え失《う》せ、漆《しっ》黒《こく》に塗りこめられていた。台所仕事の物音が、宵の静寂《しじま》の中からほのかな温《ぬく》もりを伝えていた。

不意に、市兵衛は思った。

朴念が三十前後なら、十五年ほど前のことになる。そして、十五年前のことなら、十二歳のお菊と三歳の小春が佐野町から大坂の新町へ身売りになり、そのあと小春は佐十郎に引きとられて江戸へ下った、お菊と小春が離れ離れになった、ちょうどそのころのことになる。

第四章　南堀江《ほりえ》

一

堀江《ほりえ》は、西横堀川を隔《へだ》てて島之内の西側の新地である。北の長堀川、南の道頓堀川が、堀江の西の木津川《きづがわ》へ合流し、その堀江の新地を南北に分ける堀江川が流れている。

堀江川沿いの南堀江町通りを木津川までとると、浜沿いの下博労町《しもばくろう》に出る。下博労町の北に堀江川に水分橋《みずわけばし》が架《か》かり、南は伏見屋四郎兵衛《ふしみやしろべえ》町。木津川の対岸には、九条村《くじようむら》町の低い家並みがつらなっていた。

土地の低い下博労町に、好之助《よしのすけ》が大家を務める《こおろぎ長屋》と呼ばれている貧しい裏店《うらだな》があった。浜沿いから路地へ入り、入り組んだ路地を数回折れ曲がっていくと、やがて一間（約一・八メートル）幅ほどのどぶに架かった板橋の先に、少しかしいで向かい合った低い板屋根の二棟の長屋が見えた。

二棟の長屋の路地の突きあたりを、東側の玉手町《たまで》の店の蔵がふさいで、路地はそこでいき止まりになっていた。蔵の日陰になって、日あたりが悪く、じめじめして、板橋の架かるどぶは、黒く濁《にご》って不快な臭気を放っていた。

「ここやな」

前をゆく朴念が、市兵衛にふりかえって言った。

市兵衛は頷《うなず》いたが、わあ、と驚いたような声をもらしたのは富平だった。

「こんなところか。凄《すげ》えや。傾いてますぜ」

富平は市兵衛の背中へ小声で言った。

朴念がそれを聞きつけ、富平に笑いかけた。

「富平はん、吃驚《びっくり》したか。こういうぼろ長屋はなんぼでもあって、仰山《ぎようさん》の人間が住んどる。わても、島之内のこれと似たようなぼろ長屋で育った。雨露さえしのげたらそれでええという人間が、大坂はいっぱいおるのや」

「ああ、そうですよね。あっしも本所のぼろい裏店で育ちやした。雨漏《あまも》りがあちこちでするもんだから、親父《おやじ》が不機嫌面《づら》で屋根にのぼって、雨漏りをなおしてやした」

「雨漏りなおしは、お父ちゃんの役目やからな」

「けど、良一郎は本石町のお坊ちゃん育ちだし、小春も腕のいい職人の家で何不自由なく育った町娘でやす。こんな店で我慢できるのかな」

「良一郎はんも小春も十八やろ。若い二人や。互いに支え合《お》うたら、賤《しず》がふせやでも我慢できるがな」

「そうか。そうっすよね。互いに支え合ったらか。それもいいな」

ははは、と朴念は軽々と笑った。

「市兵衛はん、いきまひょ」

三人は、不快な臭気を放つ黒いどぶに架かった板橋に差しかかった。板橋の袂《たもと》に行く手を阻《はば》むように、はこべの若草が萌《も》えていた。

市兵衛と富平は旅拵《たびごしら》えではない。

市兵衛は菅笠《すげがさ》をかぶり、薄茶色の無地を着け、桑《くわ》色の細袴《ほそばかま》に黒鞘《くろざや》の二刀。富平は千筋縞《ちすじしま》の袷《あわせ》を尻端折《しりはしょ》りに黒股引《くろももひき》を着け、これも菅笠をかぶっていた。

二人の前をゆく朴念は、派手な蘇芳《すおう》の羽織に下は黄橡《きつるばみ》色の小袖を着流し、頭には何もかぶらず、総髪を束《たば》ね髪にして、背中に長く垂らしていた。

　こおろぎ長屋は割長屋で、片側に五軒、反対側に四軒の住まいがあって、板橋を渡った片側に井戸があった。

　井戸端では、木綿地の粗末な衣服を着けたおかみさんらが洗濯をしていて、ひとりのおかみさんが、盥《たらい》の水をどぶに流した。おかみさんは、ざあざあと黒い泥のようなどぶを泡だてながら、おや？　という目つきを、板橋を渡る朴念から市兵衛と富平に寄こした。

「おはようさん」

　と、朴念は丸髷《まるまげ》のおかみさんへ、にこやかな笑みを向けた。

「おはようさん」

　おかみさんがかえし、井戸端のほかのおかみさんらがふりむいたので、朴念は朗《ほが》らかな挨拶《あいさつ》と笑顔をふりまいた。

「朴念さん、こちらによくこられるんですか」

　富平が訊《き》くと、

「初めてや」

　と、朴念は平然とこたえた。

「え、初めてなんですか。知ってる人かと思いやした」

「仕事柄、知らん人でも知ってる人みたいに声をかけるようにしてる。ああいうおかみさんらの噂話《うわさ》には、案外、役にたつ事柄が聞けるのや。例えば、米の値段があがったら、おかみさんらには一番応える。せやから、お上の 政《まつりごと》 には存外厳しい目を向ける。その厳しいところが役にたつ」

路地には小さな子供らが数人、かがんで輪になって遊んでいた。

子供らのそばをどぶ板を鳴らして通りすぎたとき、長屋の奥の店から若い女が桶《おけ》を抱えて出てきた。女は草色に紺縞《こんじま》の単衣《ひとえ》を、井戸端で洗濯をするのか裾短《すそみじか》に着け、島田《しまだ》に結《ゆ》った髪を手拭《てぬぐい》で姉《あね》さんかぶりにした様子が、まだ娘の年ごろの若いおかみさんふうに見えた。

島田の下の透《す》きとおるような色白へ淡《あわ》く朱《しゅ》が差し、その容顔《かんばせ》をうすらかな艶《つや》めきに彩《いろど》っていた。

女は三人と向き合い、思わずという素《そ》ぶりで歩みを止め、紅《べに》もつけないぷっくりと赤い唇から、小さな不審の声をもらした。そして、前の朴念から、市兵衛、富平へと、もの問いたげな大きな目を向け、見覚えのある顔に気づいて、

「ああ、あなたは……」

と、不思議そうに言った。

「小春さんでやすね。以前、人形町の往来を良一郎と通りかかったとき、小春さんとお会いしやしたね。富平でやす。小春さんだって良一郎に教えられて、挨拶しやした。覚えてますか、あっしのこと」

「はい、覚えています。富平さんは良一郎さんの兄き分で、文六親分さんの店で良一郎さんと一緒に、御用聞の見習修業をしていらっしゃいましたね」

「そうでやす。その富平でやす。ああ、やっと会えた」

「富平さんがどうして、大坂へ？」

　十八歳の娘らしく、のどかに訊いた。

「どうしてもこうしても、じゃありやせんよ。小春さんと良一郎を追って、大坂へきたんでやす。良一郎は、一緒なんでしょう」

「あら……」

　と、小春はいっそう驚き、ちょっと困った顔つきになった。

「小春はん、あては農人町の朴念と申します。良一郎はんと小春はんの大坂の宿が下博労町のこおろぎ長屋と聞きつけて、こちらの唐木市兵衛はんと富平はんを、お連れしたんだす。良一郎はんは、いやはりまっか」

　朴念が不敵な笑みを小春へ投げた。

「は、はい」

小春は言ったが、朴念から市兵衛へ向けた目をそらさなかった。

「唐木市兵衛です。路地へ出てこられたとき、すぐに、小春さんだとわかりました。会えてよかった」

市兵衛は白い歯を見せ、穏やかに言った。

「唐木市兵衛さまのことは、良一郎さんから何度も聞かされてきました。初めてお会いしたのに、以前からずっと唐木さまを知っていた気がします。わたしたちのために、わざわざ大坂へきてくださったんですか」

「良一郎さんのご両親、長谷川町の小春さんのご両親、良一郎さんのじつの父親の渋井鬼三次さんに頼まれたのです。それに、良一郎の仲間の富平も、文六親分の許しを得て一緒にきたのです。みな心配しています。みな、良一郎と小春さんが江戸に帰ってくるのを、待っています」

「良一郎さんのご両親にも、うちのお父っつあんとおっ母さんにも、わたしのわがままのために大変なことをして、申しわけないと思っています。でも、わたしはまだ、もしかしたらずっと、江戸には……」

小春はうな垂れ、言いかけた声が途ぎれた。

と、そのとき明るく快活な声が路地に響いた。

「あっ、市兵衛さんじゃありませんか。なんだい、富平も一緒かい。どうして大坂にきたんだい。まさか、文六親分のお役目できたのかい」

歯ぎれのいい通る声に、井戸端のおかみさんらが見かえり、子供らが不思議そうに目をぱちくりさせた。

「何を呑気《のんき》なことを言っててんだ。おめえな、どれだけみんなを心配させたか、わかってんのか。いい加減にしやがれ」

子供らが、富平の江戸ふうの言葉がおかしそうに笑った。

「そうかい。そいつあ悪かったな。とにかくあがれよ。市兵衛さん、どうぞ。汚ねえとこですけど」

良一郎は悪びれた色もなく、無邪気に言った。

市兵衛と朴念は顔を見合わせ、ふうむ、とうなった。

朴念が日ごろより誼《よしみ》を結ぶ仲間らの訊きこみで、丸一日がたった昨夜になって、良一郎と小春が大坂にきて、南堀江の下博労町のこおろぎ長屋を宿にしていることがわかった。

良一郎と小春は、大坂に着くとすぐに難波新地の色茶屋《勝村》のお茂を訪ねた。お茂から、しばらく大坂へいるなら宿は、とこおろぎ長屋の大家を務める好之助を訪ねるように教えられた。

「難波新地のお茂に聞いたと言うたら、世話してくれる。昔からの馴染《なじ》みや。間違いない人やから。店はちょっと汚いけどな」

二人は好之助を訪ね、わけありの兄妹ということにして店を借りた。

傾いた店をつっかえ棒で支えている貧しい長屋住まいに不似合いな、育ちのよさそうな二人を、兄妹やと言うてるけどほんまは欠け落ち者とちゃうか、と長屋のおかみさんらは疑っている。

それでも店は、竈《かまど》や流し場を備えた折れ曲がりの狭い土間があって、小さな板間に四畳半が続いていた。低い屋根裏にわたした梁《はり》は、青竹のように背の高い良一郎の頭がつっかえそうだった。

四畳半は、部屋の隅《すみ》にひと組の布団《ふとん》が重ねてあり、行灯《あんどん》、米櫃《こめびつ》、重ねた柳行李《やなぎごうり》、男物と女物の着物や合羽《かっぱ》が衣紋掛《えもんかけ》に下げられているばかりで、所帯を営む道具らしい道具は殆《ほとん》どなかった。

壁にはひびが入り、店が傾いているため、四畳半の裏手を閉じた引違いの破れ障子の戸は、隙間ができていた。

「良一郎さん、お茶の支度《したく》をして。わたしは急いで洗濯物を済ませるから」

「いいよ。こっちはおれがやる」

それからね、と二人が板間で言い交すまめまめしい遣《や》りとりが初々《ういうい》しい。

良一郎が台所で茶の支度をし、急須《きゅうす》と新しい碗《わん》を小さな盆に重ねて運んできた。慣れた手ぎわで茶を淹《い》れ、市兵衛らと自分の前に湯気ののぼる碗をおいた。

「自分たちの口にする碗や箸《はし》や、それから布団は無理して買った。どれぐらいここにいるか、わからねえし、茶ぐらいいいかと思って、茶も買ったんだ。長屋の人は茶なんか飲まねえ。みんな白湯《さゆ》で我慢してる。けど、ほかの行灯やら米櫃やら水瓶《みずがめ》やらは、古いけどまだ使えるからって、大家さんの好之助から借りたり、向かいのお恒《つね》ばあちゃんからもいろいろ世話になってる。みんな親切にしてくれるから、おれも小春も助かってるよ」

良一郎は、屈託を見せない笑顔を絶やさなかった。

富平は隅の真新しい布団を気にして、にやにや顔になって言った。

「良一郎、布団はあれだけかい」

「そうさ。金はまだ当分大丈夫だけど、贅沢《ぜいたく》はできねえんだ」

「てえことは、寝るときはあの布団で小春と一緒にかい」

「あたりめえじゃねえか。そうするしかねえだろう」

「そうするしかねえって、おめえ、それじゃあ小春と……」

富平は言って、部屋の外の様子をうかがうようにした。

小春は井戸端で洗濯をしている。

「いいじゃねえか。おれと小春は兄と妹なんだし」

「兄と妹と、大家とかご近所にはそう言ってもさ」

「兄きの心配することじゃねえよ。小春は幼馴染みだから、ひとりで大坂にこさせるわけにはいかなかった。おれが守ってやらなきゃならねえんだ」

「でもよ、さっき路地に出てきた小春を見たら、吃驚するくらい綺麗《きれい》でさ。江戸で会ったことがあるのに、こんなに綺麗だったっけと、小春に見つめられてこっちがどきどきしちまってよ」

「そうかい。前と変わらねえけどな」

良一郎が素っ気ない素ぶりを見せ、富平は手をあげて小突く仕種《しぐさ》をした。

「この野郎、亭主みてえな口を聞きやがって。あれじゃあ、掃《は》き溜《だ》めに鶴《つる》だ。ねえ市兵衛さん、掃き溜めに鶴ですよね」

「ふむ。綺麗な娘だ」

市兵衛は富平に頰笑《ほほえ》み、頰笑みを良一郎へ向けた。

「良一郎、こちらは上町の農人町の朴念さんだ。一昨日から世話になっている。良一郎と小春さんを見つける手助けをお願いしたのだ」

「へえ。朴念さん、改めまして、良一郎です。市兵衛さんはあっしの前の父親と昵懇《じっこん》の間柄なもんですから、親しくおつき合いさせていただいております。て言うか、前の父親とは反《そ》りが合わねえんですが、市兵衛さんは、あっしの師匠と思っております」

良一郎は、肉の薄い尖《とが》った両肩の間に長い首をすくめ、そろえた膝《ひざ》に手をついて畏《かしこ》まっていた。

「前の父親と言うのは、面白い言い方や。つまり、良一郎はんは市兵衛はんに、私淑《ししゅく》しているのやな。それは無理もない。市兵衛はんに私淑するだけ、良一郎はんには見こみがあるということや」

朴念が親しみを見せて言い、

「ししゅく?」

と、良一郎は首をかしげた。

「ところで、難波新地の勝村のお茂は、市兵衛はんと富平はんが訪ねたとき、用心してこの長屋のことは教えんかった。聞いたところでは、良一郎はんと小春はんが大坂にきたのは、亡くなったお菊はんの弔《とむら》いのはずやったのに、ほんまはそれだけやのうて、用心せなあかんわけがほかにもあったからやな。弔いのためだけやったら、欠け落ちみたいな真似《まね》はせんでもよかった。そのわけは、お菊はんが小春はんに宛てた書置きに認《したた》めてあって、小春はんはそれを誰にも見せんと大坂へきた。せやから、どういうわけかは、市兵衛はんも富平はんも、わてにもわからん。良一郎はん、それは双方の両親に黙って、欠け落ちみたいにしてでも江戸を出なあかんほどのわけやったんか。この長屋に住まいを定めて、お菊はんの弔いのほかに右も左もわからん大坂の町で、何をするつもりなんや。それは、若い二人だけで、誰の助けも借りずにできることなんか。今日初めて会うたわてがこういうことを言うのは出すぎた真似やが、あんたらの事情を市兵衛はんと富平はんに聞いて、気になるのや。よかったら、わてらの知らんそのわけを聞かせてくれへんか。力になれることが、あるかもしれまへんで」

「あっしは別に、隠すつもりはねえし、この店を宿にしたのは狙いがあるのでもねえんですが、小春がこうしなきゃあ気が済まねえんなら、つき合うしかねえかなと思って。小春はあっしの幼馴染みなんだし、可哀想《かわいそう》な娘だし」

「一緒の布団に寝てるしな」

富平が横から、余計な口を挟んだ。

「やめろよ、兄き。違うって言ってるだろう」

良一郎は唇を尖らせ、後ろめたそうに目を伏せている。

「勝村のお茂さんも、お菊さんの手紙に書かれていたことを知っているのか」

市兵衛が訊くと、こくり、と良一郎は観念するかのように頷いた。

「お茂さんは、自分もあっしと小春を手伝うって、言ってくれました。それから、お茂さんは、お菊姉さんに読み書きを習って、読み書きができるようになったんです。たった三年だけど、自分をまともな人間にしてくれたって、とても恩義を感じて、あてにも手伝わせて、と言うんです」

と、困惑した口調で言った。

「お茂さんは、何を手伝うのだ」

良一郎は沈黙をおいた。すぐにはこたえず、眉をひそめて首をかしげ、言うのをためらっていた。だが、沈黙に耐えきれぬかのようにこたえた。

「仇討《あだう》ちです」

えっ、と声を出したのは朴念だった。

富平は、市兵衛の隣であんぐりと口を開けた。

路地で子供らのはしゃぎ声が聞こえた。

二

幼い子供たちが路地のどぶ板を鳴らして駆け廻り、甲高《かんだか》いはしゃぎ声が、近くなったり遠くなったりしていた。

「危ない。そっちへいったらどぶにはまるで」

おかみさんの叱《しか》る声が、はしゃぎ声にまじった。

良一郎と小春が並び、市兵衛ら三人と対座していた。日あたりの悪い部屋のじめじめした冷たさを、竈の残り火の温《ぬく》もりが追い払っていた。

小春と良一郎は、途方《とほう》に暮れたように顔を俯《うつぶ》せていた。

小春は、良一郎の膝の指の長い骨張った手を、白くほっそりとした手でにぎり締めた。良一郎は決まり悪そうに小春の手をほどき、押し戻した。しかし、小春はひとりでは自分の決意の重さが耐えきれぬかのように、また良一郎の膝の手をにぎり締めた。

　良一郎は仕方がないという素ぶりで、それをふりほどかなかった。

　富平が、聞こえよがしに咳《せき》払いをした。だが、二人はにぎり合った手をもう放さなかった。

「良一郎と小春さんを江戸に連れて帰るために、あなた方のご両親とわが友の渋井さんに頼まれて、富平とともにきたのだ。大坂で良一郎と小春さんを見つけ出し、どのようにして江戸へ連れ戻すかは、わたしの裁量に任《まか》せられている。二人が大坂に残って、どうしてもなさねばならぬ何事かがあって、仮令《たとえ》それが仇討ちであったとしても、もっともだと思える子細があるなら、無理やり連れ戻すことはしない。十八歳の大人に、そんなことができるわけがない。良一郎、小春さん、わけを聞かせてくれるね」

　すると、小春は桃色に染まった容顔《かんばせ》をあげ、

「小春です。小春と呼んでください」

　と、はにかんだ小声を市兵衛へ寄こした。

「そうか。わかった。では、小春と呼ぶよ。小春、亡くなったお菊姉さんの書置きを読ませてくれるかい」

小春は頷き、前襟《まええり》の間に差し入れていた二つに畳《たた》んだ折り封の手紙を、指先でそっと抜き出し、それを畳にはおかず、まるで童女がするような恥ずかしそうな仕種で、市兵衛に手わたしした。

市兵衛は折り封をとって、達筆の《小春様参る》の表書きを読んだ。封には血と思われる赤黒い汚れが、うっすらとついていた。無理心中を図った柳助の血に違いなかった。お菊はこの書置きを、柳助の亡骸《なきがら》の傍らで自らの命を絶つまでのわずかなときに書き綴《つづ》ったのだ。

折り封を解き、市兵衛は手紙を読み始めた。

一筆啓上　小春様

覚えていますか。かれこれ十五年前、大坂新町の瓢簞町の通りから西横堀川の新町橋まで三歳のあなたを追いかけ、橋の手摺《てす》りにすがって、小春、姉さんを忘れないでね、達者でね、と声をかけた姉の菊です。赤ん坊からやっと童女になったばかりの小春は、江戸の長谷川町という町の左十郎さんに手を引かれ、西横堀川を漕《こ》ぎのぼる船に乗っていて、船縁《ふなべり》からわたしへ振り返り、小さな花弁のような手を懸命に振ってくれましたね。

最後に見た小春の姿は、今でもありありと目に浮かんで、あの日の小春との別れを思い出すたびに、胸がいっぱいになり、涙がとまりません。

その三月前、佐野町の店に、あれが本当にあった出来事なのかどうか、いくら思い出そうとしても夢を見るようにしか思い出せない、あの恐ろしい災難がふりかかり、優しかったお父様とお母様を亡くし、わたしと小春は何もかもを失って、故郷の佐野町を後にしなければなりませんでした。

わたしは三歳の小春の小さな手を二度と放すまいとしっかりとにぎり、夜になるとお父様とお母様を思い出して泣く小春を力いっぱい抱き締めて、大坂の新町にきたのでしたね。わたしはわたしたち姉妹がどのような町に売られてきたのか、薄々だけれどもわかっていました。けれども、どのような境遇に落ちたのだとしても、どんなに悲しくつらく恐ろしくても、十二歳だったわたしには途方にくれるばかりでどうすることもできず、ただ、三歳の小春をわたしが守らなければ、お父様とお母様に代って慈《いつく》しみ、育てなければと、わたしにはまだ妹の小春がいるのだと、それだけを言い聞かせて耐えたのです。小春がいる限りわたしは耐えられると、そう思っていたのです。

なのに、その小春が左十郎さんに手を引かれ新町を去っていき、わたしたちは二度と会うことのできない離れ離れになってしまったのです。わたしは大事な妹を奪われて、お父様とお母様が亡《な》くなったときよりも、新町の遊女屋のご主人に聞き分けのないと叱られ打《ぶ》たれても、死んでしまいたいぐらい悲しくて寂《さび》しくて泣きました。でもね、わたしはそれから新町の遊女になって、早くお父様とお母様のところへと望んでいたとおり死の病にとりつかれ、新町を追われ、南の新地の色茶屋の茶汲《く》み女になり、それからまた流れて、今は難波新地の色茶屋《勝村》に務める身となった今日のこの日のこのときまで、江戸の小春に便りひとつ送らなかったのは、小春が左十郎さんに連れていかれるとき、左十郎さんに言われたからなのです。

小春は自分と女房の子として江戸で育て、江戸の子になる。まだ物心もつかない幼い小春なら、姉さんと離れ離れになった寂しさをすぐに忘れて、きっと自分ら夫婦に懐《なつ》いて、自分らの子になってくれるだろう。安心おし。小春に不自由はさせない。おまえも引きとってやりたいのは山々だけれど、それはこちらのご主人が承知しないいし、姉妹一緒に引きとるほどのお金は用意できないのだ。

それから、小春が姉さんのことを思い出して悲しまないように、寂しがらないように、姉さんのところへ帰りたい気持ちにならないように、江戸の暮らしに馴染んで、世間の道理が身につく年ごろになるまで、便りは遠慮してほしい。おまえはもう十二歳の、そろそろ娘と呼ばれる年ごろの姉さんなのだから、姉さんらしく了見しておくれ。可哀想だが、我慢しておくれ。

左十郎さんは声を放って泣いていたわたしに、そう言ったのです。

あれから年月がすぎました。年が明ければ、小春は十八歳ですね。あなたがどんな十八の娘になったのか、姉さんは見ることができません。けれど、思い描くことは自分勝手にできます。あなたのことを思うと、つらさや苦しみが薄れます。十八歳のあなたを思い描きながら、姉さんがこうしなければならなかったわけを、これが初めての、そして最後の便りに認めます。なぜなら、あなたがこの便りを読むとき、姉さんはもうお父様とお母様のそばへいっているからです。

あれは……

と、お菊の手紙は続いた。

あれは、去年の極月《ごくげつ》のある夕刻だった。

「お入りやす。中は温《ぬく》いでっせ」

　と、色茶屋・勝村の表戸の外に女たちが立って、小路に通りかかる嫖客《ひょうかく》に、寒さに震える声をかけていた。日が傾いて急に冷えこみが増し、深まる冬の気配が難波新地の夕空を覆っていた。

　女たちは、何枚も重ね着した肩を丸めて両腕で抱き、素足につけた草履を足踏みさせながら、寒さに耐えていた。勝村の亭主は、稼ぎどきの十二月に女たちに寝こまれては元も子もないので、日の陰った灰色の小路に立って客引きをしている女たちに、

「ほんまに、飯はよう食うのに稼ぎの悪いやっちゃ」

　と、わざとらしく顔をしかめて、しぶしぶ店に入ることを許した。

　客がついた女たちは、二階の部屋に客をあげて接待に励むが、どんな嫌な客でも厳しい寒空の下で客引きをするより、ずっとましだった。滅多《めった》にいないが、一切り二朱ではなく昼夜直しの二分二朱の客なら、温かな部屋にいられたし、酒になって客に出した膳の残り物が食べられたから、幸運とすら言えた。

　十二月の稼ぎどきに、その日はなかなか客のつかない三人の女が、小路で客引きをしていた。お菊はその中のひとりだった。お菊はしきりに咳をしたから、器

量が気に入って声をかけてきた客も、すぐに退《ひ》いていった。

ほかの二人は、お菊と一緒だと客がこないと、ひそひそと不平を言った。

勝村の亭主の許しがやっと出て、店の中に入りかけたときだった。

よく肥えた大柄に太縞《ふとじま》の半纏《はんてん》を着け、着流しを尻端《しり》折りにして丸太のような毛深い臑《すね》から下を剝《む》き出した順慶町の柳助が、大柄を左右にゆすりつつ、三人の女のほうへくるのが見えた。

金廻《まわ》りがいいのと、順慶町の夜店の店割を差配し、南船場の顔役と言われている伝吉郎の倅《せがれ》というので、難波新地では知られた男だった。

新地では顔が通っていて当人はいい気になっているが、気性が粗雑で案外に金に細かいところがあって、新地の女たちの評判はよくなかった。はちきれそうな赤い頰《ほお》の上の、瞼《まぶた》の腫《は》れぼったい垂《た》れ目が恨《うら》めしそうにお菊を見つめていた。

「柳助がくるで。お菊ちゃん、あんたとちゃうか」

店に入りかけた女のひとりが、柳助を見やって投げやりに言った。

三日前、柳助は勝村にきて、お菊の客になった。茶屋の膳を出したが、柳助は膳にも酒にも手をつけず、お菊を慌ただしく乱暴に貪《むさぼ》っただけで、引きあげていった。帰りぎわに、

「今日は、お父ちゃんの用を言いつけられてるから、早《は》よ帰らなあかんのや。しゃあないわ。またくるで」

と、童子《どうじ》のように言い残したから、それでまたきたのかとお菊は思った。

「おこしやす」

そう言って柳助に笑いかけようとしたが、身体《からだ》がだるくて笑えなかった。

柳助は、軒庇《のきびさし》につかえそうな頭を少し下げて庇下に立ち、空《うつ》ろに見あげるお菊の細い肩を、太い腕で乱暴に抱き寄せた。

「お菊、今日はゆっくりできるで。酒と飯や」

お菊がしきりにする咳など、気にかけなかった。もしかしたら、どういう女を相手にしているのか、考えが廻らないのかもしれなかった。

「お菊の細い身体がええねん。もっと化粧を濃いせい、言うたったんや」

心中事件のあとになって、柳助がそう言っていたと、新地で柳助の阿呆《あほ》さ加減を嘲《あざけ》る噂になった。心中事件の前でも、勝村の亭主は、

「柳助の頭は、あれは屋根瓦みたいなもんや。雨風にさらされとるだけや」

と、考えのない柳助の陰口をたたいた。

その日、柳助は酒よりも、野良犬のように料理を食い散らかして腹を満たして

から、お菊の衰《おとろ》えた身体を、ほしいままに、貪欲に、飽きるまで玩《もてあそ》んだ。

お菊は、身を起こすのもつらいほどに疲弊していた。

「しんどいから、休ませて」

布団に身を横たえそう言うと、ひとしきり欲望を満たした柳助は、大きな身体を炬燵《こたつ》へ覆《おお》いかぶせるようにして酒を呑《の》みながら、

「おう、今のうちに休んどけ。夜は長いで。今晩は寝かしたらへんからな」

と、どら声を自慢そうに投げつけた。

お菊は何も言わず、柳助に背を向けて横たわり、いつまでこんなことが続くのかと、ぼんやりと考えていた。いくら考えても、考えのいき着く先はなく、気だるげなときが、ただすぎていくばかりだった。少し咳《せ》きこむと、

「お菊、おまえ咳ばっかりしとるな。身体の具合が悪いんちゃうか」

と、柳助が無邪気に言うので、この男は胸の病気に気づいていないのだと思うと、咳をしながら悲しくて笑えた。

新地が眠る刻限にはまだ間があって、人の話し声が表の小路を通りすぎていった。階下で、勝村の亭主が女房に小言めいたことを言っていた。それから店はひっそりと静まりかえって、柳助が膳の残り物を、粘つくように鳴らして咀嚼《そしやく》する

音が続いた。

柳助は杯をあおって、満足そうにうなり、大きなおくびをもらすと、お菊の背中に声をかけた。

「お菊、おまえ、生まれはどこや」

面倒だったが、

「佐野……」

と、背中を向けたまま呟《つぶや》いた。

柳助は、手にした杯《さかずき》に徳利《とつくり》を傾けながら訊きかえした。

「さの？」

お菊はこたえなかった。

すると、杯をすすり、食い物を咀嚼する音が続いたあと、柳助は独り言を呟くように言った。

「ああ、泉州の佐野か。知ってるがな。あの宿場はよう覚えとる。案外、賑《にぎ》やかな町やったな。人も仰山おったた」

お菊の脳裡《のうり》に、束の間、郷愁が彷彿《ほうふつ》とよぎった。柳助はなおも呟いていたが、お菊はどうでもよく、すぐに空虚の中に閉じこもった。

「どれぐらい前になるかな。わしが十八やったから、十九、二十、二十一……三十二やから、もう十四年前になるんか。早いもんや。あの店はなんちゅうたかな。あのときは、お父ちゃんと兄ちゃんらと、堀井の千左衛門の五人やった。店の屋号は、お父ちゃんと千左衛門が話しとったな。ええっと、ここまで出かかっとんのに、出てけえへん。か、か、かつらぎ。そや、《葛城》や。ああ、思い出したら急にどきどきしてきた。今でも膝が震えるがな」

柳助は、喉をくつめくように鳴らした。

「亭主と女房は、わしら親子で打《ぶ》った斬《ぎ》ったった。殺さんでもええのとちゃうかと、千左衛門が甘いこと言うとった。けど、そんな手ぬるいことしとったらどこで足つくかわかりまへんで、やると決めたらとことんやらな、後悔することになりまっせと、お父ちゃんに言われて、千左衛門がびくついとったな」

柳助は、杯を少しずつ、間をおいてすすった。

短い沈黙の間が、お菊を苛《いら》だたせた。

「蠟燭《ろうそく》一本の明かりやったけど、あの女房はええ女やった。殺《や》るのは惜しかったけど、お父ちゃんに言われたら、殺るしかないがな。女房は慶太が殺りよった。悲鳴が外に聞こえんように、後ろから掌《て》で口をふさいでひと突きやったな。亭主のほうは、わしと楠吉と二人でばらしたった。わしが亭主の口をふさいで押さえつけ、楠吉が止《とど》めを刺しよったんや。どうせやったら、わしが女房を殺りたかったわ」

おっと……

柳助が、炬燵の上においた盆に酒をこぼした。こぼれた酒を指先でぬぐい、しみったれた仕種で舐《な》めた。

と、そのときお菊が横たえていた身体を、ゆっくりと持ちあげた。上布団をのけ、痩《や》せた肩に薄紅色の長襦袢《ながじゅばん》の襟をかけなおした。そして、柳助へ顔を向けて嫣然《えんぜん》として見せた。

「なんや。休んで楽になったんか。おまえも呑むか」

血の廻りの悪そうなにやにや笑いを、柳助が寄こした。

「お酒はいらん。あてがお酌しまひょか」

お菊は布団から出て、炬燵に覆いかぶさって呑んでいる柳助にしなだれ、徳利を手にした。柳助は機嫌よさそうに、杯を向けた。

とと、とつぎながら、お菊は甘え声で言った。

「なんや、面白そうな話をしたはりますな。あてにも聞かせておくれ」

「聞いてたんか。おもろいか。古い話や。もう誰も覚えとらん。わしがまだ十八のころの話や」

「十八のころに、何がありましたんや」

「教えたるけどな、誰にも言うたらあかんで。ここだけの話にしとくんやで。ほんまやで。ええな」

「誰にも言いまへん。面白そうな話を、聞かせてほしいだけや。もっと呑みや」

「おう、ついでんか。お菊の郷里が佐野町やったら、両替屋の葛城の話を聞いたことはあるか」

「両替屋の葛城はんやったら、知ってます。せやけど、葛城はんは、もうお店を閉じてるのと違いますか」

「それやがな。十四年前、葛城に押しこみが入ってな。主人と女房が殺されたうえに、あり金を盗まれて、商売がたちゆかんようになったんや。それで葛城は消えてなくなってしもた」

「まあ。そら気の毒な話だすな」

「ええねん、ええねん。金持ちが押しこみに狙われるのは前世からの定めや。貧乏人は金持ちに敵《かな》わへん。金持ちは押しこみに敵わへん。押しこみは役人に敵わへん。役人は神や仏に敵わへん。ということや。上手いことできとるやろ。金持ちのくせに、用心してへんかった葛城の主人が阿呆なんや」

柳助は、気《き》の利いた台詞《セリフ》を言っているつもりの口ぶりだった。

お菊は黙って、柳助の杯に徳利を傾けた。

三

「話は《堀井》の千左衛門が持ちかけてきたんや」

と、柳助は言った。

「堀井は船場の両替屋や。当代は堀井も大店になったけど、あのころは、そこそこの中店にすぎんかった。千左衛門はその堀井の主人や。表の顔はお店のご主人やが、性根は相当の悪人や。千左衛門は、自分さえよかったら他人はどうなってもええと思うとる。千左衛門が言うには、大坂の両替屋やら大店の問屋はむずかしいけど、佐野町やったら景気がええし、泉州は天領で大坂町奉行所の支配地ながら、町奉行所の目が届きにくい。両替屋の《葛城》やったら以前、奉公してたから内々の事情はわかるというわけや。お父ちゃんも初めは吃驚《びっくり》したがな。危ない橋は渡ってきたが、葛城みたいなお店になると、なんぼ宿場町とは言え、初めての大仕事や。兄きらに聞いたところによると、ちょうどそのころ、堀井は大きな貸付が焦《こ》げついて、お店が傾いとった。お父ちゃんも順慶町の夜店の差配を任《まか》されるかどうかの、瀬戸際やった。町《ちょう》役人さんらの気持ちをちょっと動かす銭が要《い》ったんやな。それほどの大仕事が上手いことといったら、あとはもう遊んで暮らせるがな。千左衛門が、わしの指図どおりにやったら絶対上手いこといく、儲けは千左衛門とお父ちゃんの山分け、どっちも銀で二百貫《かん》以上は間違いないと言うとった。それやったら、ここは一丁、腹決めてやるしかないやろと、わしら親子は千左衛門の話に乗ったんや。それが始まりやった」

それから、柳助は十四年前のある夜、千左衛門の指図どおり、佐野町の葛城に押し入った子細をつぶさに、しかも得意げにお菊に話して聞かせた。

葛城の金蔵には、銀が一番多い数百貫に、小判が五百両以上あって、銭には手をつけなかった。

金貨銀貨の運搬は、順慶町の夜店の仏具商という稼業が、役にたった。

いくつかの仏壇に分けて隠し、荷車で大坂へ持ち帰った。

親子四人は仕入れと称して荷車を牽《ひ》いて泉州へ先に旅だち、古道具屋や仏具屋から安く仏壇を買い集め、金を隠せるように仕かけを拵《こしら》え、あとから千左衛門が大坂をたって、佐野町で合流する手はずを整えた。重たい荷車は、怪力の親子四人が軽々と牽いたから、道中を怪《あや》しまれることはなかった。

柳助はひとしきり話したあと、押しこみを上手《うま》くやってのけたときの昂《たか》ぶりを思い出したかのように、満面の笑みになった。

「どや、吃驚したか。ええな。絶対、余所《よそ》で言うたらあかんで。お菊にだけ教えたんや。わしはな、お菊を落籍《ひか》して女房にしたろと思てんねんで。お父ちゃんに言うたら、金はなんぼでも出してくれる。お父ちゃんは、兄きらよりおれには甘いんや。《勝村》みたいなぼろとちゃうで。もっと広いええ店で、お菊と所帯を持つのや。嬉しいやろ」

お菊は、薄い笑みをかえしたばかりで、何も言わなかった。

「ほんまやで。わしは嘘《うそ》は言わへん。ほんまやで……」

柳助はしなだれたお菊の細い肩を痛いほど抱いて、乱暴にゆさぶった。そしてまた、荒々しくお菊に覆いかぶさってきた。

柳助がやっと眠ったのは、新地の夜廻りの拍子木が聞こえた真夜中をすぎ、八ツ（午前二時頃）の少し前だった。夜が更けて、深々と冷えこんだ安普請《やすぶしん》の部屋を、柳助の高鼾《たかいびき》が震わせていた。

お菊は止まらない咳を口を押さえて懸命に隠し、布団を出て、長襦袢ひとつで廊下に出た。身震いするほど、素足に廊下が冷たかった。寝静まった店の一階へおり、台所へいって柳葉包丁《やなぎばぼうちょう》の柄をにぎった。

死ぬときはこうしようと、いつも考えていたから、明かりはなくても、手探りで台所へいけたし、包丁が並べてある場所もすぐにわかった。

柳葉包丁を提《さ》げ、二階の部屋へ戻った。

柳助の鼾は、暗がりの発する雄叫《おたけ》びを思わせた。夜目にも、布団から分厚い胸と丸太のような太い片足を投げ出している寝姿が、見分けられた。

お菊は、柳助の傍らに跪《ひざまず》いた。鼾に合わせて、柳助の腹にかかる布団が波打った。柳助の顎から喉のあたりを、お菊は優しくなでた。指先に無精髭《ひげ》の手触りを感じ、喉へ這《は》わせ、喉仏に触れた。湿り気のある肌は冷たく、餅《もち》のようにぐにゃぐにゃと手ごたえがなかった。

こんなものか。お菊は思った。

と、柳助の鼾が止まり、寝息が静かになった。

お菊は、柳助の喉仏のすぐ上のあたりに柳葉包丁をあてた。

お菊の後ろから、誰かが柄をにぎった手に手を添えたのが感じられた。添えた手の力が、お菊の手に伝わった。こうするのや、と言われたかのように、お菊は包丁をすべらせた。

一瞬をおいて、柳助の黒い寝姿が、喉を押さえ跳ね起きた。

指の間から噴きこぼれる血が音をたて、お菊の顔にも散ったのがわかった。

良一郎と小春は、にぎり合った手を放さなかった。

小春と市兵衛の間に、薄く血の汚れがついた折り封の手紙がおいてある。小春は、自分を導く道しるべのように、手紙を凝《じ》っと見つめていた。

子供たちが路地を駆け廻り、どぶ板を鳴らしていた。冷めた茶を、朴念が口に含んだ。

「小春は、親の敵討《かたきう》ちをすると、決めているのか。長谷川町のご両親に何も告げず、欠け落ち同然に江戸を発《た》ったのは、お菊姉さんの弔いのためだけではなかった。だからだな」

市兵衛が言うと、小春は黙って頷いた。

市兵衛は良一郎へ向いた。

「良一郎は、小春に助太刀をして、二人で順慶町の伝吉郎親子と、両替屋の堀井千左衛門を討つつもりなのだな」

良一郎は唇を嚙《か》み締め、ひそめた眉に決意をみなぎらせて見かえした。

「江戸を発つ前、あっしは小春が欠け落ちみたいに大坂へいくわけを、訊かなかったんです。きっと、幼馴染みのあっしにさえ、言いたくねえ事情が小春にはあるんだろうなって、思ったんです。だったら、できるだけ小春の手助けをして、一緒に大坂までいって小春の用を済ませ、江戸へ帰ってから、迷惑やら心配やらをかけた周りに詫《わ》びを入れたらいいんじゃねえかって。だけど、旅の途中、小春の決心がわかって、そりゃあもっともだと思ったから、乗りかかった船なら、あっしもやるしかねえなって、腹を決めたんです。市兵衛さんだって、そうなったらやるじゃねえですか。放っとかねえじゃねえですか」

「何を言ってんだい。おめえら二人で、そんなことができるわけねえだろう」

富平が厳しい口調で口を挟んだ。

「相手は順慶町の伝吉郎親子なんだぜ。おれと市兵衛さんは、もう伝吉郎親子と会ってるんだ。図体がでかくて、おっかねえ顔してよ。おめえらが立ち合ったところで、ひねり潰《つぶ》されるだけだ。それだけじゃねえ。いいか、両替屋の堀井千左衛門も見かけたけどな。あいつは、腕のたちそうな二本差しを用心棒に雇っていやがった。おめえら、あっという間に膾《なます》にされちまうぜ」

「だ、だけど、相手がいくら強くても、死ぬ気でかかりゃあ……」

「死ぬ気かよっ」

途端《とたん》に富平が喚《わめ》いたので、良一郎と小春が吃驚して顔をあげた。

「富平、落ち着け」

市兵衛は富平をなだめた。

「それに、お菊はんの手紙だけを証拠に、十五年前の佐野町の押しこみ強盗が、伝吉郎親子と堀井千左衛門の仕業と決めつけるのは、むずかしいな。仮令《たとえ》、二人が敵討ちをやったつもりでも、敵討ちではのうて、ただの喧嘩の末の人斬りになってしまうで」

朴念が残念そうに言った。

良一郎と小春は顔を見合わせ、それからまたうな垂れた。

「どのような手だてを、講じているのだ」

市兵衛が訊くと、

「今は、伝吉郎の店と堀井の店を探っているところで……」

と、良一郎は戸惑いを見せ、小声をかえした。決意はしたものの、その先へどのように進んでよいのか、途方に暮れているのは明らかだった。

市兵衛が言いかけようとしたそのとき、小春が不意に顔をあげた。

「本途《ほんと》のことは何も、覚えていないのです。三歳でしたし、じつのお父《と》っつあんとおっ母《か》さんの顔は思い出せないし、どんなお父っつあんだったか、どんなおっ母さんだったか、郷里のお店も、どんなふうだったか、何もかもがぼんやりと霞《かす》んで、わたしには何も見えず、もどかしく、寂しく、悲しくてなりません。だけど、ほんの少し、知らないどこかのお店の、竈《かまど》の炎がゆらゆらとゆれていたり、誰かがどこかで、わたしの名を呼ぶ声が聞こえたりするのです。どこのお店か、誰の声なのか。もしかしたら、それが郷里のお店にあった竈の炎で、わたしを呼んでいたのは、お父っつあんかおっ母さんかもしれないのです」

小春は胸をはずませ、ためらいの間をおいた。白い肌が、痛々しいほど朱に染まっていた。良一郎がそれに気づいて、いたわるように小声をかけた。

小春は良一郎に小さく頷き、話を続けた。

「でも、三歳のわたしが、初めてほんの少しだけれど物心がついて、悲しくて涙が出ても、寂しくて恐《こわ》くて不安で堪《たま》らなくても、生きていくために我慢して、辛《しん》抱《ぼう》しないといけないのだと了見できたのは、あれからだったと思います。自分の幼いころをちゃんと覚えているのは、あの出来事が始まりでした。あの日、わたしは見知らぬ男の人に、おまえは今日からうちの子になるのだよと、言われるままに賑やかな町の往来を男の人に手を引かれて、心細くて、不安で、恐くてならなかったけれど、ついていったのでした。往来のずっと先に門があって、沢山の人が見えて、男の人や女の人はみんな楽しそうに笑っていて、わたしはあの門の外へ出ていくのかな、お菊姉さんはどうしたのかなと、心配で心配で、きた道を何度もふりかえって見たのでした。でも、何度ふりかえってもお菊姉さんの姿は見えず、お菊姉さんはあとからくるのと、知らない男の人に訊きたかったけれど、恐くて訊けませんでした。やがて、お菊姉さんの姿は見えないまま、わたしと知らない男の人は、門を出て橋の袂《たもと》の河岸へ下り、船に乗ったのです。わたしは泣いていたのでしょうね。泣くのはおよし、と男の人が涙をぬぐってくれたのを覚えています。船が川へ漕《こ》ぎ出し、わたしは橋がだんだん小さくなっていくのを、船縁にすがっていつまでも見ていました。男の人が話しかけてきましたが、聞いていなかった。ただ、お菊姉さんがいつまでたっても見えないので、泣いて、泣いて、泣いて……」

小春は言いよどみ、良一郎の手を放し、下着の袖を出して涙をぬぐった。しかし、ぬぐいながらなおも言った。

「そしたら、お菊姉さんがだんだん小さくなっていく橋に走り出てきたのです。お菊姉さんは、手摺りに身を乗り出して、手を懸命に千ぎれるほどふって、小春、小春、と聞き慣れた呼び声をかけてきたのです。小春、姉さんを忘れないでね。絶対忘れないでね。姉さんも小春を忘れないからね。達者で暮らしてね。さようなら、さようなら、と呼びかけながら、泣いていました。小春、小春、とお菊姉さんの繰りかえし呼ぶ声が、だんだん遠くなっていきました。わたしは、姉ちゃん、姉ちゃん、と呼びかえし、一生懸命に手をふりかえしました。そしたら、危ないよ、とわたしを連れていった男の人に、船縁から引き離されました。そこへ、法被《はっぴ》を着けた人が橋に出てきて、お菊姉さんを連れ戻そうとするのが見えました。それでもお菊姉さんは、男の人に引き摺られながら、小春、小春、と悲しそうな声でわたしを呼んで、手をふり続けていました。あのとき、あの川の向こうの青い空の下の橋で手をふっていたお菊姉さんが、今でも目に見えます。あのときのお菊姉さんの声が、今でも耳に残っています」

小春は、両掌《りょうて》で島田の下の赤く火照《ほて》った耳を覆った。

四畳半は沈黙に覆われた。路地で遊んでいた子供らの、声と足音も途絶えた。

小春は両耳を覆っていた手をおろし、笹竜胆文《ささりんどうもん》の中幅の丸帯に挟んだ、小さく折った紙包みを抜き出し、手紙のわきにおいた。

「千日火やの灰山でとった灰です。お菊姉さんは、あの灰山に眠っています。これを持って江戸に帰ることができたら、姉さんのお墓を建てて、お骨の代りにこれを納めて、弔うつもりでいます」

お茂に案内された千日火やの、灰山の光景が脳裡に甦《よみがえ》った。小春が灰山からひとつまみの灰をつまんで、紙に包んでいる姿が目に見えた。

その姿のいじらしさが、市兵衛の胸を打った。

四

東横堀川の本町橋《ほんまちばし》を渡り、川筋の往来を半町（約五四・五メートル）ほど北へいくと、大坂西町奉行所の表門に出る。

大坂の東西町奉行所は、大坂三郷《さんごう》と町続きの在領を支配し、摂津、河内、和泉、播磨の地方にかかり合いのある裁判権、並びに、西日本の金銀出入りの裁判権など、広範な権限を持つ奉行所だった。

町奉行は江戸の旗本が就職し派遣されるが、実務を行う与力同心は、大坂生まれ大坂育ちの地役人《じ》である。東町奉行所は、大坂城下の大川に架かる天満橋《てんまばし》の南詰、京橋《きょうばし》二丁目にある。

西町奉行所の地方《じかた》同心・飯田純一郎《いいだじゅんいちろう》が、表門から川筋の往来へ雪駄《せった》を鳴らして出てきた。

同心の黒羽織《くろばおり》に白衣を着流した定服《じょうふく》は、江戸も大坂も同じである。

飯田は、朴念と同じ四十代の半ばごろと思われた。

「やあ、朴念か。そっちから訪ねてくるのは珍しいな。普段はこっちからいっても、なかなか会うてくれへんのにな」

「飯田はん、やめとくなはれ。不肖朴念、飯田はんのお指図《さしず》がきたら、何を差しおいてもお勤めを果たす覚悟で、いつも待っとりますがな」

「よう言うわ。そっちこそやめてくれ。朴念にそんなことを言われたら、気色悪いわ。で、なんやねん、今日は。朴念のほうからわざわざ訪ねてきたんやから、よっぽどのことなんやろな」

飯田は、朴念の後ろで辞儀《じぎ》をした市兵衛と富平へ軽く会釈を投げ、用心深そうな目つきになって朴念に言った。

「へえ。よっぽどのことかどうかは何とも言えまへんが、よっぽどのことと思いつめとる年若い男と女がおりましてな。飯田はんに、ちょこっとご相談があるんだす。男気のある飯田はんやったら、必ず話を聞いてくれはるから安心して待っとりと、その子らに言い聞かせてきましたんや」

「勝手なことを言うて、わしに何をさせる気や。裏から手を廻して、なんかの調べに手心を加えてくれみたいな話は、なんぼ朴念でも困るで」

「そうやおまへん。逆だす。飯田はんのお力添えで、ちゃんとしたお調べをもう一遍《いっぺん》やってもらえまへんか、というご相談でんがな」

「ちゃんとした調べ？　役人にちゃんとした調べをせいと、本気で言うんかい。危ない危ない。迂闊《うかつ》に話に乗ったら、泥沼にはまりそうや」

飯田は、不敵な目つきをまた市兵衛へ向けた。

「そんな、ちゃかさんと、聞いとくなはれ。若い男と女の、一途《いちず》な純情がかかってまんねん。ちょっとだけ、そこで心太《ところてん》でもすすりながら、お願いしますわ」

朴念は往来の先を指差し、手をおろした瞬間、小さな紙包みを飯田に素早くにぎらせたのが市兵衛に見えた。

「しゃあないな。ほかならぬ朴念が言うのやから、まあ、心太をするぐらいの暇《ひま》やったら、かまへんやろ」

と、飯田は朴念に導かれて往来をいきながら、紙包みをさり気なく黒羽織の袖《そで》に仕舞《しま》う。

西町奉行所の表門から、東横堀川沿いをさらに北へとった。川筋の先に、思案《しあん》橋《ばし》、そのまた先に平野橋《ひらのばし》と、東横堀川に架《か》かる橋が折り重なって見えた。

西町奉行所の北隣りは、豊後《ぶんご》町である。豊後町の横町へ折れ、軒《のき》に葭簀《よしず》をたてかけた掛茶屋の軒をくぐった。

四半刻（約三〇分）後、飯田純一郎はその掛茶屋の葭簀を隔てて、通りを物憂《ものう》げに眺《なが》めていた。人通りのまばらな往来を、春の陽射《ひざ》しが白い光で包んでいる。

飯田は、お菊の手紙を読み終え、折り封にくるんで手にしていた。

朴念が飯田と並んで赤い毛氈《もうせん》を敷いた長腰掛に腰かけ、市兵衛と富平は隣の長腰掛にかけ、飯田と向かい合っていた。

飯田は沈黙のあと、喉を震わせて長い吐息をもらした。

「飯田はん、どうだすか」

並んだ朴念が、ひと押しするように声をかけた。

しばしの間をおいて、飯田は葭簀ごしに泳がせた目をそらさず言った。

「こんなもん、なんの証拠にもならへんがな」

にべもなかったが、手紙を放さず、その手を力なく膝においていた。食べ止《さ》しの心太の碗を傍らにおき、手もつけなかった。

やおら、飯田は市兵衛に向きなおり、話しかけた。

「唐木はんは、良一郎と小春の両親と、北町奉行所の渋井鬼三次と言う町方に頼まれて、二人を連れ戻しにきたわけやな」

「さようです」

「で、あんたは御用聞の文六親分の指図を受けて、唐木はんの供をして、大坂へきたんやな」

「へい。市兵衛さんのお供をしてまいりやした」

「つまり、唐木はんらには、江戸の町方と御用聞の後ろ盾があるというのやな」

飯田は唇を歪めて薄笑いを見せ、市兵衛をからかうように言った。

「親の気持ちはようわかる。若いもんのやることは、向こう見ずやからな。こんな手紙に書いてあることを真に受けて、あてもないのに大坂へ出てきて、どないするつもりやねん」

「けど、飯田はん。ここに書かれてることがほんまやったら、向こう見ずな若い者でのうても、放っとけまへんで。調べてみる値打ちはありまっせ」

「やめてくれ。もう十五年前の一件やぞ。確かに、あの一件は覚えとる。泉州佐野町の両替屋が押しこみ強盗に襲われ、主人夫婦が殺され大金を奪われた。賊《ぞく》は大金を手にして姿をくらましたうえに、あり金を奪われた両替屋は、商いがたちゆかんようになってどうなったこうなったと、わしら大坂の町方の間でも、しばらくは話の種になったがな。そんなだいそれた一味が、大坂の両替商やら問屋に押しこんだら、わしら大坂の町方は許すわけにはいかんで、とかな」

「飯田はん、だいそれた押しこみの一味が、もしかしたら大坂の町に住んどるのかもしれまへん。これがほんまのことやったら、とんでもない話や。これが世間に知られたら、大坂の町方が笑いもんになりまっせ」

「阿呆《あほ》ぬかせ。嚇《おど》す気か。ええか、朴念。去年の暮れ、難波新地の色茶屋の茶汲《く》み女がひとり、胸の病で死んだ。確か、名前はお菊やった。珍しいことやない。この手の商売女にはようある話や。同じころ、順慶町の伝吉郎の倅が、これは突然の病気で死んだ。倅の名前は柳助。なんの病気やったかは知らんが、お菊と柳助は別々に仏になった。つまり、お菊が客の柳助から押しこみ強盗の子細を聞いて、無理心中を図ったということは起こってない。せやから、お菊の手紙もほんまのことではない。そやろ」

「飯田はん、冗談きついでっせ。お菊と柳助が難波新地の《勝村》で、お菊の図った無理心中の末に亡くなった一件ぐらい、みんな知ってまっせ。心中を起こした当人の親や縁者らは、お上からお叱りを受ける恐れがあり、商いを続けるうえでの体裁も悪い。町方は、そういう情状も考慮して、表向きは双方病死ということに始末をつけただけでっしゃろ。お菊の手紙を江戸の小春に送ったんは、お菊と同じ勝村で務めてた茶汲み女のお茂でっせ。お茂はお菊と柳助が、血まみれになって倒れてるの見つけた女やし、町方のお役人も検視に出役してまんがな」

飯田は、苦々しげに顔を歪《ゆが》めた。

「そうでも、表向きのそういう始末を覆《くつがえ》して、実状は斯《か》く斯《か》く云々《しかじか》で、お菊の書置きが見つかりましたんやとこの手紙を差し出して、十五年も前の古い一件を掘りかえしたとしてや。再調べをした挙句が、書置きはでたらめやったとわかったら、わしの立場はどうなると思てんねん。笑い者になるだけでは、済まんのやぞ。ましてや、一件の再調べで、大坂では名の知られた両替屋《堀井》の主人の千左衛門と、順慶町の夜店の店割を差配してる顔役の伝吉郎に、濡《ぬ》れ衣《ぎぬ》を着せることになりかねんのやぞ」

「隠密《おんみつ》に調べたらよろしいがな」

「無理や。絶対、露顕《ろけん》する。堀井の千左衛門にも順慶町の伝吉郎にも、出入りをしてる役人がおるのや」

「お菊の書置きがでたらめではなかったら、飯田はんの手柄でっせ。若い男と女が一途に思いつめてまんねん。殺された父親や母親の仇《かたき》をとりたいと願う純情な気持ちを、汲んでやってくれまへんか」

「よう言うわ。裏と表を使い分けて、上手いこと世渡りをしてる朴念が、何が純情や。笑ろてしまうがな。それにや、泉州の佐野町は、大坂の町方の支配外や。泉州の陣屋の支配地や。わしら大坂の町方に調べる権限がないのや。良一郎と小春がどうしても承知できんのやったら、佐野町の陣屋へいって訴え出るしかないな。もっとも、無理心中を図った茶汲み女の書置きひとつを証拠に、再調べを訴え出ても、相手にされんやろけどな」

「飯田はん、これがでたらめやなかったら、悪事を働いた者が野放しになってるということでっせ。町方がそれでええのだすか。町方がそれでええのやったら、お上に従って正直に暮らしてる人間は、阿呆みたいなもんだすな。正直に暮らしたら損やから、悪事を働いてでも損をせんように暮らさなあきまへんな」

「そう言うな。わしかて、若い者の純情な気持ちはわからんではない。調べ直しをしてやりたいとは思う。けどな、捕物は盗賊役《とうぞくやく》と定町廻《じょうまちまわ》り役の仕置や。この手紙ひとつで、十五年も前の、しかも支配外の佐野町で起こった押しこみ強盗の調べ直しで、盗賊役と定町廻り役が動くとは思えん」

「せやから、飯田はんに頼んでまんねん」

「しつこいな。地方のわしにはできんのや」

飯田の語調が厳しくなり、掛茶屋の亭主やほかの客が、市兵衛たちへ不審そうな目つきを寄こした。

「まあ、そういうことや。これは戻すわ」

飯田は声を穏やかにして、市兵衛に折り封の手紙を差し出した。

「飯田さん、調べ直しはできると思うのですが」

市兵衛が言った。

朴念と富平が、おっ？　と顔をあげた。

「地方には、摂津、河内、和泉、播磨の地方の役目にかかり合いのある裁判権があります。のみならず、西国諸国の金銀出入りの裁判権もあるはずです」

「そうや。罪人の仕置は、大坂三郷と町続きの在領と、摂津、河内までやが、わしら地方の役目についてでは、摂津、河内、和泉、播磨も支配地や。金銀出入りについては、西国諸国の全部や」

大坂町奉行所の地方は、水帳《みずちょう》（検地帳）の改正、家、橋、道、そのほか芝居、相撲、そして株仲間に関しても取り締まりと裁判権を持つ。

「お菊の書置きには、佐野町の葛城に押しこんだ賊が、数百両、数百貫の金貨銀貨を、仕入れを装った仏壇に隠して荷車を使って大坂へ運びこまれた子細が書かれております。すなわち、仮令《たとえ》十五年前であっても、地方は金銀の流入の調べをする務めがあると思われるのですが」

飯田は、市兵衛を見つめて黙っていた。

「どのような経緯で金銀が大坂へ流入したかを調べるため、佐野町の陣屋に、お菊の書置きになぞらえて両替屋の《葛城》に賊が押し入った再調べを要請し、また、当時の検視の調書を見なおして、お菊の書置きと符合するところがあるのかないのか、確認できるはずです。十五年前なら、当時の現場の検視調書が残っているのではありませんか」

「そや。その手がある。飯田はん、できまっせ」

朴念が言い、富平がしきりに頷いた。

飯田は鼻先で笑い、市兵衛に差し出した手紙を、自分の膝へ戻した。

「金銀の流入か。その手があったか。唐木はん、よう知ってまんな。大坂の町奉行所のことを、江戸で調べてきやはったんかいな」

「飯田はん、唐木はんは若いころ、堂島の米問屋の大店《松井》で、算盤《そろばん》と商いの修業を積まはったんでっせ。松井のご隠居の卓之助さんが、類《たぐい》まれな能力の持ち主で、世が違えば、一介の侍で終る人やない。まことに惜しいとべた褒《ぼ》めで、わてに市兵衛さんを手伝うようにと、直々に文《ふみ》をもらいましたんや」

「ほう。すると大店・松井のご隠居も、唐木はんの後ろ盾になってはるんか。そら凄い。ただの人捜しとは、ちゃうぞというわけやな」

「どのように受けとめられても、異存はありません」

市兵衛は、さばさばとして言った。

飯田は膝の手紙を見おろし、葭簀ごしに往来へ目を移した。それから、

「もう、厄介な話を持ちこみよって。しゃあないな。上に話してみるわ。この手紙は預かるで」

と、懐へ差し入れた。

「それから、唐木はん、小春には奉行所にお調べ願いの訴えを出してもらうことになるかもしれまへん。訴えが出んことには、調べは始まらんからね」

「承知しました」

「おおきに。飯田はん、このとおりや。恩に着ます。さすが、西町一の男伊達《だて》。この人やと思たわての目に狂いはなかった」

「何を調子のええこと言うてんねん。なんも出えへんぞ。けどな、朴念。なるべく隠密には進めるが、この話はもれる。隠しきれん。自分のことは、自分で気いつけや。唐木はんも富平もな」

飯田は真顔になって言った。腰掛を立って刀を帯び、往来へ出た。三人は茶屋の店先まで出て辞儀をし、飯田の後ろ姿を見送った。

「市兵衛さん、気いつけやって、なんのことなんですかね」

富平が、飯田が往来の曲がり角に消えても店先に佇《たたず》む市兵衛に言った。朴念も同じように動かなかった。二人は浮かぬ顔だった。

ふと、そうか、とやっと気づき、富平も浮かぬ顔を往来へ投げた。

奉行所に戻った飯田純一郎は、上役の与力を、「ちょっとお話しが……」と溜《たま》りの間に引き入れ、早速、お菊の手紙を見せた。

「なんや、これ」

訝《いぶか》る与力に子細を語ると、

「こんな手紙ひとつが、調べなおしの証拠になるわけないやないか」

と、与力も初めは同じ反応だった。不届きな心中騒ぎを起こした茶汲み女ごときの残した書置きなど、埒《らち》もない作り話に決まってるではないかと、話にならない素ぶりを見せていた。

上役の与力は、篠塚《しのづか》某と言った。

溜りの間は二人だけだったが、飯田は声をひそめて言った。

「ですが、篠塚さま、もしも、これがほんまのことやったら、えらいことでっせ。ここには、両替屋に押しこんだ現場にいたもんやないと、わからんような子細が書かれてますし、盗んだ数百両や数百貫の重たい金貨銀貨を運ぶ手段も、茶汲み女の作り話で考えつくような話やおまへん。この筋に沿って調べなおしたら、案外にという事態も考えられないことはない。奉行所はこれをつかんでおきながら放っておいたんかと、あとでこの話がもれたとき、奉行所の立場は拙《まず》いことになりまへんか」

「もう十五年も前の、しかも支配外の佐野町で起こった押しこみやないか。盗賊役か定町廻り役が動くならまだしも、わしら地方の出る幕やないやろ」

「ところが、これによりますと、盗まれた何百両何百貫もの金貨銀貨が大坂にひそかに運びこまれてるわけだす。大坂に出入りする金貨銀貨の支配は、地方の役目の西国諸国が相手やから、支配外と言い逃れるわけにはいきまへん」

「なんで今になってやねん。厄介やな。ええか、飯田。これが作り話やったら、当然、お叱りを受けるだけでは済まんやろし、仮にほんまやったとしても……」

と、篠塚が声を落とした。

「両替屋の堀井千左衛門と、南船場の顔役でとおっとる伝吉郎と倅らを、調べることになる。千左衛門と伝吉郎の評判がよかろうが悪かろうが、二人と親密な町方はおる。こう言うわしかて、二人に面識がある。仮にほんまやったとしたら、二人は当然お縄になるが、われらの朋輩《ほうばい》の中からも、縄つきが出るかもしれんのやで。そうなったら、おまえ、恨みを買うで。仲間を売ったと」

飯田はうなった。

「放っとくんだすか」

と訊くと、篠塚がうなった。

「上に話してみる」

「そや。御奉行さまのお指図に従う。わしらでは判断できん。飯田、この話は御奉行さまのお指図があるまで、誰にも言うな。絶対、伏せとけ」

はい、と飯田はすくめた両肩に首を埋めた。

五

しかし、その日の夕方七ツ（午後四時頃）前、それはある筋より安土町二丁目に大店をかまえる両替屋《堀井》の主人の千左衛門へ、ひそかに伝えられていた。

野呂川伯丈は、堀井の表から折れ曲がりの土間を奥へ通っていく裏手の、千左衛門の一家の暮らす住まいの離れで寝起きしていた。

夕方、野呂川は筒袖《つつそで》の稽古着を着け、真剣の素《す》ぶりを繰りかえしていた。

正眼《せいがん》、袈裟懸《けさがけ》、袈裟がえし、また正眼、袈裟懸、袈裟がえし……

と、ひとふりごとに真剣がうなりを生じ、夕日に照《て》り映《は》え、空を両断した。庭に植えた金雀枝《えにしだ》の灌木《かんぼく》が、野呂川の息づまる素振りに怯《おび》えて、震えていた。

「の、野呂川はん、ちょっと」

そのとき、千左衛門が庭に現れ、素振りを中断させた。

野呂川は真剣をおろし、深い呼吸を数回して刀を鞘《さや》に納めた。裸足《はだし》に草履《ぞうり》をつけ、汗でぬれた稽古着の身体を千左衛門へ向けた。月代《さかやき》を綺麗に剃《そ》った頭から、薄い湯気がのぼっていた。

「ご主人、ご用を承《うけたまわ》ります」

「急いでるのや。着替えはあとでええ。話がある」

千左衛門は、離れの野呂川の部屋で、というふうに指差した。

千左衛門の口ぶりに、狼狽《ろうばい》が感じられた。先ほど客がきてほどなく帰ったが、何があった、と不審を覚えたものの、この世のことなど高が知れている、なすべきことをなすまでだ、と野呂川は思っただけだった。

千左衛門の話は、長いものではなかった。

四半刻後、黒茶色の上着と同色の黒袴に二刀を帯び、菅笠を目深《まぶか》にかぶって、庭の板塀の潜戸《くぐりど》から、ひとりで堀井の店を出た。

安土町の通りを南へ横ぎり、堺筋を南船場の順慶町を目指した。

野呂川伯丈は、元は近江彦根藩《おうみひこね》の番方の侍だった。酷薄非情な性格と剣術自慢のあらくれたふる舞いが災いして、主君の不興を買い、主家を追われる身となった。近江を離れて大坂に出て、彦根藩士だったころの剣術仲間の伝《つて》を便り、ひところ、大坂町奉行所の首打役の手代《てしろ》（代役）として使われ、千日前処刑場の処刑人を務めたこともあった。

両替屋の堀井千左衛門は、騙《かた》りまがいの、法度《はっと》すれすれの金融商売で、中店の本両替だった堀井を十年足らずで大店に育てあげたが、町奉行所の取り締まりをまぬがれるために、株仲間の監視も役目である地方の与力や、定町廻り役の同心らと親密なつながりを持っていた。

なおかつ、騙りまがいの、法度すれすれの金融商売ゆえに、人の恨みをずい分と買い、命を狙われる恐れがあった。そのため、つながりのある与力や同心らの勧めによって、野呂川を相談役の名目で用心棒に雇った。

商人風情《ふぜい》の用心棒稼業ながら、給金は処刑人の手代の研代《とぎだい》とは比べ物にならなかったし、彦根藩士だった番方下役の禄よりも多かった。

野呂川は、浪人の身となっても、気位が高く、武士の本分という建前に執着した。商人風情であっても、奉公すると決めたからには、命を賭《と》して主《あるじ》に仕えるのが武士の本分と心得、どのような命にも従う腹が決まっていた。

順慶町の通りは、西の空がまぶしいほど赤く燃える夕方、堺筋から新町橋までつらなる夜店の賑わいが、すでに始まっていた。野呂川は夜店の賑わいに背を向け、伝吉郎の仏具店を目指した。

順慶町の通りから、左手前方の上町台地の空にそびえる大坂城が見えた。大坂城は、赤い夕焼けに燃えていた。

野呂川は仏具店の四畳半の内証《ないしょう》に端座《たんざ》し、伝吉郎と長男の慶太、次男の楠吉の三人と向き合った。千左衛門より聞いた事情と指図を伝える間、左に菅笠と大刀を寝かせ、背筋を伸ばし、野呂川は冷めた言葉つきも顔色も変えなかった。

一方、伝吉郎は腕組みをして不機嫌そうに押し黙り、慶太と楠吉は、顔をしかめたり舌打ちをしたり、落ち着きがなかった。

伝吉郎の老いた女房の淹れた茶が、干からびた沢のような臭いを、内証にもらせていた。

「お父ちゃん、どないすんねん」

野呂川の話が終ると、慶太が苦々しげに言った。楠吉は、不安そうなしかめ面を伝吉郎に向けていた。

　伝吉郎は太い腕組みのまま、不機嫌な目つきで野呂川を見つめていた。

「殺《や》るしかないやないか。お菊の妹を、生かしとくわけにはいかんやろ。お菊の代りに、柳助の仇討ちにしたれ。それでよろしいんだすな」

　と、太く低い声で野呂川に言った。

「よい。十五年前、おぬしらは他人に知られてはならぬ何かを働いたのだな。おぬしらが何を働いたのか知らんし、知る気もない。だが、おぬしの倅の柳助が、お菊とか言う茶汲み女に、迂闊にもばらしたのは間違いない。じつに馬鹿げた、愚かな話だ。わたしに言わせれば、愚かさの報いだが、それを他人に知られてはわが主にも累《るい》が及ぶらしい。ゆえに、わたしは主の命を受けて伝えにきた。伝吉郎、愚かな倅の犯した馬鹿げたふる舞いのつけは、親が始末するのは当然だ」

「わかってまんがな。わてと倅らで、始末をつけたらよろしいんやろ。任しときなはれ。野呂川はんはどないすんねん」

「主に命じられている。始末を見届けなければならない。一緒にいくしかあるまいな」

「見届け？　ふん、侍は呑気でよろしいな。自分ではなんにもせんと、人の働きぶりを見てるだけかいな。野呂川はん、ほんまの斬り合いやら、人を殺るということがどういうもんか、道場の稽古ではわかりまへんで。斬り合いも人の始末も、生きるか死ぬかの場数をどんだけ踏んでるかや。わしは強い強いと、自分では思うたはるようやけどな」

「伝吉郎、不審なら試してみたらどうだ」

野呂川が平然とかえし、伝吉郎は唇を歪めて目をそらした。

「なんやねん、その言いぐさは。それが仲間に対して言うことか。言うとくけどな、十五年前のあのときはな、千左衛門はんもわいらと一緒やったんやで。千左衛門はんが、わいらに持ちかけてきた話なんやで。わかってんのかい」

慶太が、いまいましげに吐き捨てた。

野呂川は冷然とした素ぶりで、慶太に言った。

「わが主がいかに愚かで、おぬしらに何を持ちかけ何を働こうと、わたしにはかかり合いがない。どれほど愚かな主だとしても、わたしは仕えると決めた。決めたからには、命を賭して仕える。それが侍の本分だからだ。おぬしらの泣き言など、聞く気はない」

「なんやねん、それ。阿呆か。気色の悪い」

「おぬしに侍の本分を説いても、わからぬだろう。こちらのことは、気にかけるな。なすべきことをなせ。それから言っておく。わたしはおぬしらの仲間ではない。主の命で行動をともにしておる。それのみだ。勘違いするな」

「何言うとんねん。武家奉公がよう務まらんかっただけやろ。食いつめた野良犬同然の浪人が、腹が減って堪らんから、金持ちの商人に尻尾ふってるだけやないか。十五年前、その主が何をやったか、教えたろか」

「愚かな弟が茶汲み女にばらしたように、おぬしもばらしたいのか。ばらしたければ勝手にばらせ。聞いてやるぞ。どうでもよいが」

野呂川が声もなく冷笑を投げた。

「やめとけ。もうええ」

伝吉郎が怒鳴った。

「ところで、野呂川はん、妹の宿はわかってまんのか」

「旅籠《はたご》ではない。堀江の、どこかの裏店らしい。だが、詳しいことはわからぬ。伝吉郎なら見つけ出せるはずだと、主は言っていた」

「お父ちゃん、わかるんか。どうすんねん」

楠吉が苛ついていた。

「見当はつく。勝村のお茂が知っとる。あの女や。柳助の亡骸を引きとりにいったとき、いろいろ聞いたが、隠しとった。あの折り、お茂はお菊の書置きを、隠し持っとったんや」

「そうか。勝村のお茂か。あの女、痛い目に遭わせて何もかも吐かしたる」

「伝吉郎、妹はひとりではないかもしれん。今日の昼間、西町奉行所の飯田という地方に、三人の男が訪ねてきたのはわかっている。おそらく、お菊の手紙を持ってきたのは、その三人と思われる。主に事情を知らせにきた奉行所の者の話では、ひとりは侍だったらしい。その三人が妹の仲間ならば、ともに宿にいると考えられる」

「お父ちゃん、一昨日、怪しい侍が下男連れて、うちへきたな。うちへきたあと、堀井の店でも見かけた。あいつとちゃうか。うちへ探りにきて、それから堀井にいったんや」

「あの貧乏侍か。あり得るな」

「堀井にきた侍とは、一昨日、堀井の店でそのほうらに会釈をした侍か」

「そうや。馴染みみたいに馴《な》れ馴れしい辞儀を寄こしよったあの侍や」

「あの侍なら相当使える。見ただけでわかる」

「心配しなはんな。何年、この稼業をやってきたと思うてまんねん。三人の仲間がついとるんなら、まとめて始末するだけや。そのほうが都合がええ。妹やら仲間やら、どいつもこいつもみな消えたら、訴えるもくそもない。お菊がどんな書置きを残そうが、ただの紙屑《かみくず》や。そうでっしゃろ、野呂川はん」

「おぬしらがなすべきことをなし、わたしは主の命でそれを見届けにきた。書置きが紙屑になろうがなるまいが、わたしにはどうでもよいことだ」

「どうでもいいだと」

と、慶太が息巻いた。

「また繰りかえすんかい。辛気臭《しんきくさ》いのう。やめとけ言うてるやろ。おまえら、出かける前に飯食うとけ。明日の夜明けまでには、方をつける。妹の宿を探すのに手間どったら、飯なんか食うてる暇はないからな。ほんでな、慶太は彦蔵《ひこぞう》と三ノ吉《みのきち》と和助《わすけ》、それと竹安《たけやす》を呼んでこい。あいつらは腕もたつし、命知らずや。あいつらも連れていく。あいつら四人と、わしら三人でやる。野呂川はんには、怪我《けが》せんように見張り役を頼みまっさ。それから、仲間の貧乏侍が刀ふり廻しよるかもしれんから、得物は匕首《あいくち》やのうて長どすを用意しとけ。楠吉は船の支度や。船でいって、ちゃちゃっと片づけるで」

慶太と楠吉は、内証を飛び出していった。

六

伝吉郎親子三人と手下の四人、そして野呂川が、東横堀川の順慶町の浜から船に乗ったのは、川筋が宵の闇に包まれてからだった。

手下のひとりが、櫓床《ろどこ》を鳴らして櫓を操《あやつ》った。

道頓堀川の賑わいをさけるため、東横堀川から長堀川へ入り、四ツ橋を西横堀川へ曲がった。すっかり暮れた宵の空に、吹屋浜の煙は見えなかった。金屋橋をくぐって道頓堀川の大黒橋の浜に船をつけ、筵にくるんだ長どすと見張りの手下をひとり残し、九郎右衛門町の往来へあがった。

難波新地の色茶屋《勝村》の亭主は、伝吉郎と倅らや手下らが、険しい顔つきで前土間に現れたのを、客と思って店の間で迎えて目を瞠《みは》った。

それからもうひとり、黒ずくめに拵えて菅笠を目深にかぶった二本差しの侍を見つけ、その不気味な気配に、亭主は身震いした。

「これはこれは、伝吉郎親分、おこしやす。みなさんもおそろいで、こんな仰山きてくれはって、どないしまひょ。女が間に合いまへんわ」

伝吉郎らが客でないことは様子で察したが、亭主はおろおろしつつも、顔をほころばせて小芝居を打った。二階の部屋では、賑やかに酒宴が開かれていた。女たちの嬌声《きょうせい》や男たちの笑い声が飛び交い、三味線が弾かれ、太鼓が調子よく打ち鳴らされていた。

「お茂を呼べ」

伝吉郎が濁った声で言った。

「へ、へい。今務めてる客がいんだら、すぐに呼びますよって。みなさん、あがってお酒でも」

「今すぐじゃ。客はいんでもらえ。おまえがいかへんのやったら、こっちが引き摺りおろしてきても、ええねんぞ」

「いえ、わ、わてが呼んできます」

「それから、奥を使う。わしらの用が済むまで、誰も奥へこさすな。お茂を連れてきたら、われがここで、誰もこんよう見張っとれ」

伝吉郎らは亭主を押し退《の》け、店の間にあがり、奥へ入っていった。

ほどなく、亭主に引き摺られ、お茂が連れてこられた。お茂は、緋《ひ》の長襦袢一枚の恰好《かっこう》で、泣くこともできないほど怯え、血の気の失《う》せた真っ白な顔を、呆然《ぼうぜん》とさせていた。

「お茂、わいらをおぼえとるな。お菊に殺された柳助の身内の者や」

伝吉郎が言い、お茂は歯を鳴らして震えていた。

それからお茂は、伝吉郎らに容赦なく痛めつけられた。

その間、二階で鳴らす三味線《しゃみせん》や太鼓、女の嬌声や笑い声の賑わいが、何も気づかず続いていた。お茂の悲鳴や泣き声は、酒宴の狂乱にまぎれた。

それに、新地で務める女が亭主に折檻《せっかん》されて泣き叫ぶのは、珍しいことではなかった。新地の女が泣こうが喚こうが、町内の誰も気に留めなかった。

お茂は目鼻口に耳からも血を垂らし、顔は変形し、襤褸布《ぼろきれ》のような瀕死《ひんし》のあり様になって、かんにんかんにん、とかすれ声で哀願した。それでも、良一郎と小春のいる堀江のこおろぎ長屋を教え、一昨日、唐木市兵衛と富平と言う二人連れが、良一郎と小春を捜して江戸から訪ねてきたことを白状させられるまでに、一刻（約二時間）近くがすぎていた。

「お茂、今、わしに話したことは全部忘れや。いつまでも覚えとったら、次はこんなもんでは済まへんで」

伝吉郎にささやかれ、朦朧《もうろう》としたお茂は、ただ、血のまじった涙を流して頷くことができただけだった。

四半刻後、伝吉郎らを乗せた船は、道頓堀川を木津川へ漕ぎ出た。

夜空に月はなく、星もきらめいてはいなかった。湿った川風が、舳《へさき》の手下が掲げる小提灯《こぢょうちん》の薄明かりを弄《いじ》っていた。木津川の対岸には明かりひとつ見えず、ねっとりとした黒い闇が覆っていた。

船は南堀江の伏見屋四郎兵衛町の土手道に沿って、下博労町へと、櫓を軋《きし》らせて木津川をさかのぼった。

下博労町の浜へ着くまでに、伝吉郎親子と倅らは着流しを裏がえしに着なおし、黒の手甲脚絆股引《てっこうきゃはんももひき》、黒足袋草鞋《くろたびわらじ》がけ、黒の頬《ほお》かむりに支度《したく》を調《ととの》えていた。

着流しは裏地のついた袷《あわせ》になっていて、表は手代風体の細縞ながら、裏地は無地の闇にまぎれる黒綿だった。それを尻端折りにして、角帯《かくおび》を強く締めこみ、黒鞘の長どすを勇ましく手挟《たばさ》んだ。

「なるほど。場数を踏んでいるのは、確からしいな」

野呂川は艫船梁《ともふなはり》に腰かけ、伝吉郎らが心得たように手早く支度を済ませる様を見守って言った。

伝吉郎は頬かむりをした顔を、野呂川へひねり、薄笑いをかえした。

「十五年前も、その扮装《ふんそう》で何事かを働いたのだな。おそらく、月もないこのような夜に」

野呂川は戯言《ざれごと》のように言った。

「野呂川はん、あんた、千左衛門はんの用心棒に雇われて、満足でっか」

「満足したいと、思ったことなどない。おのれのなさねばならぬことをなす。それ以外は不用だ。満足も、不足もどうでもよい。だが、なさねばならぬことをなせなかったときは、侍としてのおのれが許せぬ。怒りを覚える」

「わけのわからん。希代《けったい》な人やな」

伝吉郎は言い捨て、向きなおった。

小提灯の明かりを消し、船が下博労町の浜へ着いた。

伝吉郎は、手下のひとりにこおろぎ長屋を探りにいかせた。手下は浜から土手の往来へあがり、たちまち暗闇にまぎれていった。誰もささやき声すら交わさず、船縁を叩く水のひそやかな音だけが、黒い塊《かたまり》のような静寂を破っていた。

探りにいった手下が、しばらくして戻ってきた。

「こおろぎ長屋は、どの店も板戸を閉めて寝静まっとった。いけまっせ」

手下が言うと、伝吉郎は満足そうにうなった。

「路地の具合は、どんなんや」

「長屋の入り口に一間（約一・八メートル）幅ほどのどぶがあって、人ひとりが通れるぐらいの板橋が架かっとるだけだす。路地の先は土蔵の壁に突きあたっていき止まりや」

「裏手は」

「そっちも高い塀があって、裏へ逃げても、塀と店の狭い隙間をどぶのほうへ廻って、板橋を渡らな逃げられまへんな」

「よっしゃ。楠吉と彦蔵と三ノ吉は表から、和助と竹安は裏から同時に押し入れ。お茂が言うとったお菊の妹の小春と良一郎という若造の二人は間違いないが、例の仲間が三人おったら、全部で五人や。暗ろうて、どれがどいつかわからんやろが、店におるやつは確かめんでもええからぶった斬れ。逃げたやつは放っとけ。倒したやつの止《とど》めを刺せ。慶太は路地で待ちかまえて、逃げ出したやつを始末すんのや。ほかの店の住人が出てきよったら、威《おど》して引っこませ。もし騒ぎよったら、しゃあないから始末して黙らせ。わいはどぶの板橋を押さえて、慶太が逃がしたやつを片づける。それでいくで」

六人は、おお、と低い声をそろえた。

「野呂川はん、いきまっせ。遅れんようについてきなはれや」

「承知。筋書きどおりいけば、完璧だな」

野呂川は艫船梁より起きあがり、大刀を帯びた。

「啄木鳥《きつつき》戦法だす」

伝吉郎は、余裕たっぷりに浜へあがった。

八つの人影は、下博労町の浜沿いの往来から、湿り気のある草鞋の足音を残して路地の暗がりへと消えていった。

七

市兵衛が、路地の人の気配に気づいたのは、忍び足が近づいてきて、店の前で止まったときだった。しかし、忍び足はやや間をおいて店の前をゆきすぎ、土塀の突きあたりのほうへいって、ややあって引きかえしてきた。

そして、どぶに架けた板橋のほうへ戻っていった。

ただ、すぐには板橋を渡らず、橋の周辺の様子を確かめているようだった。夜更けの刻限にどこかの店を訪ねて、店がわからず、探しあぐねているかのようにも思われた。

市兵衛は念のための用心に、二刀を布団の中で抱きかかえた。店を包む闇の先へ、見開いた目をそそいだ。

やがて、忍び足は板橋を隠微《いんび》に鳴らし、橋の向こうへ消えていった。

その日、市兵衛と朴念、富平の三人は、西町奉行所から南堀江のこおろぎ店に戻り、地方の飯田純一郎に会って、再調べの訴えを出すことになりそうな見通しを、良一郎と小春に伝えた。

五人は、町奉行所に訴えを出す手はずを話し合った。訴えを出しても、裁断がくだされるまで、数ヵ月のときがかかるだろう。それまで、良一郎と小春は大坂に暮らす決心を語り、二人の江戸の両親らは、大坂での暮らしは、などと話が長くなった。

夕暮れになり、小春がささやかな膳と酒を調え、話がなおも続き、夜が深まって上町の農人町まで戻るには遅くなった。

「大丈夫です。小春は向かいのお恒ばあちゃんの店で寝かせてもらいますから。上に布団をかけて、四人並んで横になりゃあ、充分寝られますよ。ちょっと狭いけど、いいよな、兄き……」

と、良一郎が富平に言いかけ、富平は、かまわねえ、と頷いた。

「ほんなら、そうさせてもらおか。わてもこういうのは慣れとる」

朴念も言ったので、三人は泊っていくことにしたのだった。

夜は深まり、富平と良一郎の寝息が聞こえ、朴念は小さな鼾をかいていた。

市兵衛は、忍び足がどぶの板橋を渡り立ち去っていったので、気にすることではあるまい、眠ろう、と闇を見つめていた目を閉じた。抱いていた刀を枕元に戻し、再び、穏やかなまどろみがくるのを待った。

と、ほどもなく、いく人かの足音が、路地の彼方にせつせつとした響きを寄こした。足音は闇を微弱に震わせ、どぶに架かる板橋を、忍び足で渡ってくるのがわかった。ひそかに交わされる声も聞こえた。

板橋を渡った忍び足が二手に分かれ、一手は路地を速やかに近づき、もう一手は店の裏手へ廻り、店と板塀の隙間に生えた草を踏み締めていた。忍び足は夜更けの静寂にまぎれるように、路地をやってくる。

やがて、忍び足が獣のような疾駆を始めた。

昂《たか》ぶった吐息がたちまち迫ってくる。

しまった。

市兵衛は気づき、遅れたことを悔いた。

素早く起きあがり、枕元の二刀をつかみながら、みなを起こした。

「朴念さん、良一郎、富平、人がくる。起きろ」

「な、なんや」

すぐに跳ね起きた朴念に、

「人が、裏からくる……」

と、言い終らぬ間に、いきなり、裏の板戸が激しく引き倒された。

途端、「わあ」と喚声があがった。

黒い人影が身体を丸めて、獣のように障子戸を破って突っこんできた。

ほぼ同時に、表戸を蹴り破った黒い人影が、こちらからも数体なだれこんだ。

人影は暗がりでもそれとわかる白刃を手にし、地を這うなり声をたてた。

朴念と良一郎と富平は、慌《あわ》てて部屋の隅《すみ》へ転がった。

市兵衛は、咄嗟《とっさ》に鞘を小脇にかい挟んで二刀を瞬時に抜き放ち、真っ先に裏手から飛びこんだ和助の白刃を小刀で払い、咄嗟に身体ごと組みついてきた頬かむりの大きく見開いた目へ、大刀の柄頭《つかがしら》を叩きつけた。

和助が悲鳴をあげ顔をそむけたところ、組みついた身体を突きあげ、畳を鳴らして押しかえした。

店の裏手は片側一枚の引戸が狭く、和助と竹安は前後に重なっていた。市兵衛に押しかえされた和助は、すぐ後ろにいた竹安とからんで、ともに店の裏手の板塀との隙間に転がり落ちたのだった。

和助は目を押さえ、手足をじたばたさせて身悶《みもだ》えた。そのため、竹安は和助にのしかかられて、すぐに起きあがれなかった。

市兵衛は即座に身をひるがえし、路地側から押し入った彦蔵の長どすを受け止め、大刀を彦蔵の腹へ突きたてていた。

彦蔵の腹が折れ曲がり、突進が止まったところを、さらに大刀を突きこんだ。

彦蔵は後ろにいた三ノ吉と楠吉を押し退け、土間までたちまち後退りし、腹に突き入った刃をつかんで潰れるようにしゃがんだ。

そして、息も絶え絶えに喘《あえ》いだ。

「やってまえ」

「おりゃあ」

楠吉と三ノ吉が長どすを荒々しくふり廻し、左右から打ちかかった。

だが、暗がりの狭い店の中でふり廻した三ノ吉の長どすは、店の壁と柱を擦った。また、押し入ったときに蹴《け》り破った板戸が、三ノ吉の動きを邪魔した。

市兵衛は彦蔵の腹に大刀を残し、三ノ吉の攻撃を板間へ身を転じてそらすと、片膝立ちから三ノ吉へ小刀の袈裟懸を浴びせた。

悲鳴を発した三ノ吉は、土間の片隅へ背中から衝突して、血を噴きあげてへたりこんだ。

一方の楠吉は、市兵衛が彦蔵の腹に残した大刀をつかんで、彦蔵の胸を蹴って腹から引き抜いたところだった。

彦蔵は腹を抱えて虫のように身体を丸め、路地へ蹴り出された。

だが、市兵衛はその束の間の隙を逃さなかった。

三ノ吉を袈裟懸にした小刀をすかさずかえし、刀を引き抜いた楠吉の手首を刎《は》ねた。刀をつかんだまま、楠吉の手首から先が土間に落ちた。

楠吉は叫びながら、路地に転がる彦蔵に折り重なって横転した。

「痛い痛い……」

と、手を抱えて泣き喚いた。

路地で待ちかまえていた慶太は、逃げ出してくる者を始末するはずが、彦蔵に続いて楠吉が横転して悶《もだ》える様に、肝をつぶした。

楠吉っ、と駆け寄ろうとした。

すると不意に、あの侍が暗がりの路地へ姿を現した。暗がりで目鼻だちは定かでなくとも、隙なく立ちはだかった人影は、あの男だとわかった。

侍は大小の二刀を両わきへ提げていた。

こいつが唐木市兵衛か。おどれっ、喰《く》らえ。

慶太は長どすをふり廻し、斬りつけた。

竹安は、目を潰されてのたうつ和助を押し退け、再び裏手から店へ突進した。

しかし、店に飛びこんだところへ、突進する竹安の両足に、わきからいきなり人がしがみついた。

両足にしがみつかれ、竹安は前へどさりと倒れた。

安普請《やすぶしん》の店をゆらした上から、またひとり、背骨が軋むほど勢いよく伸《の》しかかってきた。頭に拳《こぶし》を続け様に見舞《みま》われ、竹安の頰かむりが飛んだ。

竹安の足にからみついたのは良一郎で、背中に伸しかかって拳を見舞ったのは富平だった。

朴念が悲鳴を発する竹安の腕をねじりあげ、長どすを奪った。

竹安が身を起こした瞬間、「どうじゃっ」と斬りつけたが、朴念の一撃は浅手だった。

良一郎と富平が、同時に竹安から転がり離れた。

朴念が言った。

「よっしゃ。二人ともどきや」

「しもた。浅かったか」

朴念が悔しがった。

竹安は身をよじらせて店裏へ飛び出した。和助が目を押さえ、よろけて板塀と

店の隙間を先に逃げていたのを押し退け、逃げ出した。

「竹えっ、待ってくれや」

和助が板塀にすがって、助けを求めた。

慶太が市兵衛に長どすを斬りつけたのは、そのときだった。

市兵衛は容易《たやす》くそれを小刀で受け、瞬時もおかず、大刀を慶太の首筋へ打ちこ

んでいた。刃は慶太の肉と骨を裂き、深々と食いこんだ。

市兵衛はなで斬るように、大刀をひいた。

慶太は血が噴き出してから、一撃を喰らったことに気づいた。

悲痛な声を、裏店の軒の間の狭い夜空に投げた。

それから、路地の奥へとよろめいた。身体の底から噴きあがってくる血の音を聞きながら、倒れまいと必死だった。うちへ戻るんじゃ、と思った瞬間、土塀にぶつかって行く手を阻《はば》まれた。

そこで力つき、土塀にへばりついた恰好でくずれ落ちた。


伝吉郎は、板橋の袂に仁王立《におうだ》ちになって路地を見守り、待ちかまえていた。路地の先で起こっていることは、暗くてよく見えなかった。だが、叫び声や悲鳴が聞こえ、長屋がゆれ、刃《やいば》が打ち鳴り、男らのうめき声や喘ぎ声も聞こえた。

「どないなってんねん」

伝吉郎は不審でならず、路地の暗がりへ目を凝らしていた。

不意に、裏へ廻っていた竹安に続いて、和助が走り出てきた。竹安は長どすも持たず、頬かむりもとれ、疵《きず》を負ったらしく苦痛に顔を歪めてよろけていた。後ろの和助は、片目を押さえ、これも足下がおぼつかなかった。

「われら、方つけたんかい」

伝吉郎は怒鳴った。

「あかん、無理や。みなやられた」

竹安が力なく手をひらひらさせた。

「仲間捨てて、逃げる気か」

伝吉郎が長どすを抜き放つと、竹安は慄《おのの》き、板橋の手前で足を止めた。

竹安は束の間ためらった。だが、板橋を渡って逃げられないとわかり、臭気ののぼるどぶへ飛び降りた。泥をかき散らしながら、どぶを伝って逃げ始め、和助が、「竹え……」と呼びながら、竹安を追いかけて飛び降りた。

二人は暗闇へかき消え、かき散らすどぶの音だけがしつこく聞こえた。

「ふふん、筋書きどおりには、いかなかったようだな」

伝吉郎の背後で、野呂川が嘲《あざけ》るように言った。

「うるさいんじゃ」

投げかえしたとき、

「お父ちゃん、お父ちゃん……」

と、楠吉が伝吉郎を呼んで、大きな身体を折り曲げ、腕を腹に抱えて童子のように泣きながら逃げてきた。楠吉の抱えた腕と腹が、夥《おびただ》しい血に汚れていた。

血は暗がりの中で真っ黒に見えた。

「楠吉、どうした」

叫んだ伝吉郎に、楠吉は板橋を渡って両膝からくずれ、すがりついた。

「お父ちゃん、わいの手が、手が。あいつや。か、唐木市兵衛にやられた。恐ろしいやっちゃ。慶太も斬られたで」

「なんやと」

伝吉郎が顔をあげた。

すると、両刀を垂らしたあの侍が、路地の暗がりの中から静かにためらいもなく歩んでくるのが見えた。

侍は跣《はだし》で、板橋の手前まできて、平然と佇んだ。さらに、暗い路地の先から三人の男たちが駆けつけ、侍の後ろについた。

「おのれらか。おまえが唐木市兵衛やな」

伝吉郎はすがりつく楠吉を抱えた恰好から、長どすを抜いた。そして、「死ねや」と、板橋へ踏み出し長どすを頭上よりふりおろした。

市兵衛は垂らした大刀を、下から巻きあげるようにふりおろしにからめ、すかさず巻き落として、どぶのほうへふり払った。

伝吉郎の長どすは手を離れ、くるくると回転して飛び、どぶに突きたった。そして、ゆっくりと倒れ、沈んでいった。

伝吉郎は、空の手を震わせ呆然《ぼうぜん》とした。

「伝吉郎、自分で押しこみの正体をばらしたな」

市兵衛が刀を突きつけて進み、伝吉郎は楠吉を抱えて後退《あとずさ》った。

次の瞬間、菅笠をつけた黒ずくめの野呂川が伝吉郎の背後よりいきなり進み出て、市兵衛の刀を、かちん、と高らかに払いあげた。

瞬時もおかず、払いあげた刀をかえして、上段より市兵衛へ一閃《いっせん》した。

市兵衛は身体を退《ひ》き、一寸（約三センチ）足らずの間で空を打たせると、間髪《かんはつ》を容《い》れず、反撃の一刀を放った。

即座に野呂川は反応し、一刀を下段より掬《すく》いあげた。市兵衛の身体が開いたところへ、大きく踏み出し再び打ちかかる。

そこへ、市兵衛の小刀が横から薙《な》いで野呂川の動きを止めた。

野呂川は意表を衝《つ》かれ、すんでに身を反らせ小刀をよけたが、続いて市兵衛の一刀が上段より打ちかえされたのだった。

かろうじて、野呂川は一歩を引いたものの、菅笠が裂かれていた。

そこで両者の動きが止まった。

「強いな。思ったとおりだ」

野呂川は菅笠の裂け目から、市兵衛を睨《にら》んだ。

二人は、束の間、板橋を挟んで対峙《たいじ》した。板橋を挟んで睨み合う獣のように、暗がりが二人の影を包んでいた。

「千左衛門の用心棒か」

市兵衛は言った。野呂川はそれにはこたえず、

「今日はこれまでだ。たぶん、またくることになるだろう。だが、次はひとりでくる」

野呂川は刀をおろし、後退った。そして、

「戻るぞ」

と、楠吉を抱えた伝吉郎に言った。

三人は、たちまち闇の彼方へ姿を没した。

「唐木はん、追いかけへんのか」

朴念が市兵衛に並びかけ、板橋の向こうを睨んで言った。

「今はやめておきましょう。みなの身が心配です」

市兵衛は路地へふりかえった。

良一郎と富平が市兵衛を見つめていた。

路地の店に明かりが、ひとつ、二つ、三つ、と灯《とも》され、住人が恐る恐る路地に出てきた。その中に小春が佇み、市兵衛らのほうを凝《じ》っと見守っていた。

八

大坂三郷のひとつである天満の、東照権現宮《とうしょうごんげんぐう》の境内《けいだい》から東に武家屋敷地が広がって、その一画の天満与力・福野武右衛門《ふくのたけえもん》の屋敷に、野呂川伯丈が入ったのは、夜明けにはまだだいぶ間のあるころだった。

大坂町奉行所の与力は、職禄二百石《こく》に、屋敷地は四百八十坪《つぼ》の広さである。

福野武右衛門は、西町奉行所地方の与力の筆頭である。

野呂川は福野の居室に通り、一灯の行灯の小さな明かりの中で、福野と対座していた。

屋敷の者はみな寝静まって、野呂川を居室に通した若党ですら、「もう用はない」と、福野は退《さが》らせ人払いをしていた。

春とは言え、夜更けの寒気が居室に凍《し》みこんでいた。しかし、居室には行灯のほかに火の気はなく、温かな茶もなかった。

「拙《まず》いどころやない。とんでもないことに、なった。あんな男とかかり合いを持って、とりかえしのつかんことになってしもた。それにしても、十五年前の泉州の押しこみが、あいつらの仕業やったなどと、誰も知らんかったんやからしょうがないやないか。ほんまに、性質《たち》の悪い男らやと思うてたけど、そこまでやっとったとは、思いもよらんかった。大店の商人だす、みたいな体裁の裏で、そんなやつやったと、誰がわかる。そやろ」

福野は、まだ四十歳になっていなかった。だが、小柄な背丈と比べて異様に大きな色黒の顔と目鼻だちが、福野の相貌に奇異な老成を感じさせていた。

その福野が、老成した相貌に明らかなうろたえをにじませていた。

「せやけど、今さらほじくりかえされたら、わしの立場はどうなる。事と次第によっては、千左衛門の打ち首獄門に巻きこまれて、わしかて切腹を仰せつけられかねんがな。そんな阿呆な。わしになんの科《とが》があるんや。なんでわしが切腹させられなあかんのや。せやから、千左衛門には、聞かんかったことにする、ちゃんと自分で始末せいと言うただけや。夜盗まがいのふる舞いをせいと、言うた覚えはない。必ず始末はつけます、決して迷惑はかけまへんと、あの阿呆は言うたんや。それがこの始末か。あかん。絶対あかん。こ、こんなことが表沙汰になったら、何もかもが終りや。福野家も潰れる。あの阿呆と一緒に潰される」

福野はぎゅっと目をつむり、醜く顔を歪めた。

それから、何かに気づいたかのように真顔に戻り、血走った目を見開いて野呂川に言った。

「野呂川、千左衛門はこの始末をまだ知らんのやろ」

「はい。安土町の店で、わが報告を待っておると思われます」

「なんでこれを、千左衛門やのうてわしに言いにきた」

千左衛門に伝えても……

と、野呂川は千左衛門を呼びつけにした。

「ただ狼狽《うろた》えるのみにて、なんの手だてもないのは明らかでござる。元々、この始末が福野さまのお指図と思っておりましたので、ならば、直《じか》に福野さまのこののちのお指図を受けるべきであろうと考えた次第にて」

「わしの指図に、従うんか。おぬしの主人は、千左衛門やろ」

「さようです。しかしながら、千左衛門の相談役に就《つ》く折り、福野さまにお口添えいただいたゆえ、やはりこういう折りは、福野さまにまずお伝えしたうえで、お指図を仰ぐべきかと」

「ふうむ、まずはわしにか。つまり、おぬしも、千左衛門のそばにこれ以上いたら危ないと、思うんやな」

「御意」

福野の血走った大きな目が野呂川を睨み、離れなかった。野呂川は福野の不穏な眼差《まなざ》しを、悠然と受け流した。

「わしは野呂川を、千日前で処刑人の手代を務めとるときから、使える男やと思うとった。牢《ろう》屋敷の同心らが、野呂川を恐ろしい腕利きやと言うとった。せやから、千左衛門の相談役に口添えしたんや。ええやろ。わしの指図に従うのやったら、悪うはせえへん」

福野は身体を前に傾け、いっそう声を低くした。

「おぬしやったら、この始末はどないしたらええと思う」

「十五年前の、泉州佐野町で押しこみがあったのですな」

「そうや。大坂の町方やったら、ああ、あの一件かと、みな思い出すやろ。町方の仕置の支配外やったけどな。押しこみ一味は、正体がわからんまま、もう十五年がすぎた。みな、忘れかけとったのに、阿呆が……」

「その押しこみにかかり合いのある者は、お菊と小春の、押しこまれた商家の生き残った姉妹と、押しこみを働いた者、ということですな」

福野は黙って野呂川を見つめている。

「お菊は、押しこみの子細を記したなんの証拠もない書置きを残して命を絶ち、残るは小春のみでござる。小春が再調べの訴えを出せぬようにできればよかったのですが、それができないのであれば、押しこみを働いたほうがいなくなったなら、そもそも、訴える相手が消え、十五年前の一件は、落着したも同然になるのではございませんか。その者らがいなくなれば、お菊の書置きが、正しい子細なのか、根も葉もないでたらめなのか、確かめようがなくなるのでは、ございませんか。押しこみを働いた者は、いずれ、町奉行所のお縄になって打ち首獄門は明らか。ならば、お縄になる前に、自ら命を絶ったとて同じ始末。自業自得《じごうじとく》ではございませんかな」

「自ら命を……」

言いかけて、福野は口をつぐんだ。しばしの沈黙をおき、

「野呂川、できるのか」

と、息苦しげな声を絞り出した。

「夜明け前までには」

野呂川は短くかえし、福野がたじろぐほど冷やかに見つめた。


堀井千左衛門は、お店の蔵の梁《はり》に吊《つ》るした縄で首をくっていた。お店の商いが始まる朝の五ツ（午前八時頃）前、奉公人の手代が蔵に仕舞った帳簿をとりにきて、千左衛門が首を吊っているのを見つけ、悲鳴をあげたのだった。

町役人と町奉行所に知らされ、町方の調べが入った。

書置きなどはなかった。店の者と家人に聞きとりが行われたものの、千左衛門に何があったのか、誰も事情は知らなかった。唯一、千左衛門の女房の、昨日の夕刻、ひどくふさぎこんで夕餉《ゆうげ》は殆《ほとん》ど食べなかった、という証言があった。

だが、千左衛門が自ら首をくったことはまぎれもなかった。

町方の聞きとりは、簡単に済んだ。

その夜、通夜《つや》の法要を済ませ、翌日、北船場の西本願寺で葬儀が、大坂の両替商や船場の問屋の多くの会葬者の参列する中、厳《おごそ》かに執《と》り行われた。ただ、その会葬者には、生前の千左衛門とかなり深い交わりのあった町奉行所の与力や同心の姿はなかった。

会葬者の間で、あのやり手の千左衛門はんがなんで首を、とひそかに交わされた。誰も思いあたる節がなかった。しいて言えば、

「あの大坂七墓の貸付で、あちこちからだいぶ恨みを買《こ》うたはりましたな。千左衛門はんについて、ええ評判は聞いたことがおまへんでしたから」

「そうでんな。大儲けはしゃはりましたけど、わてもあの貸付はきついと、思うとりました。あんだけ他人の恨みを買うたら、本人も気づかん間にそれが応えてたんと違いまっか。それでつい気鬱《きうつ》になって……」

と、そんなひそひそ話がささやかれたのみだった。

千左衛門の亡骸《なきがら》は千日前の火やで荼毘《だび》に付され、遺骨は千日墓所に埋葬された。

この葬儀をとり仕きったのは、数年前から千左衛門の相談役に就いていた野呂川伯丈であった。

堀井千左衛門の首くくりがあった同じ日の早朝、順慶町の仏具屋の伝吉郎が、女房と次男とともに出刃包丁で喉《のど》を切り、心中を図っていた。これは、仏具屋の通いの婢《はしため》が見つけた。

この伝吉郎と女房、そして次男・楠吉の心中は、不審なことが多々あった。町

方の現場の検視により、主人の伝吉郎が女房と倅を道連れにした無理心中ではないか、という見方が出た。

その前夜、南堀江のこおろぎ長屋に押し込みが入り、住人らと乱戦になり、押し込みの一味は三体の亡骸を残して逃げ去っていた。町奉行所より出役した役人の検視が入り、その亡骸のひとつが伝吉郎の長男・慶太に間違いなしと判明したのは、その日の昼近くになってからだった。

どうやら、その無頼な仲間らを伝吉郎が率いていたらしいとか、伝吉郎一家に何があったのか、また、去年の冬、三男の柳助が急な病で亡くなったが、じつは難波新地の茶汲み女の無理心中に巻き添えにされたという噂《うわさ》も流れていて、それらの不審な事情がからんで、南船場の顔役とまで言われ、一目おかれていた伝吉郎は、一体いかなる素性《すじょう》の者なのかが、様々にとり沙汰された。

しかしながら、順慶町の町役人にも界隈の住人らにも、子細は不明だった。町方はそれをつかんでいると思われたが、噂にも聞こえてこなかった。

心中者は、江戸では葬儀が禁じられた。大坂では、必ずしもそうではなく、葬儀を行うか行わぬかは、当人らの縁者の勝手であった。

伝吉郎一家とつき合いの皆無だった遠い縁者が、今宮村にいた。

縁者は、顔も知らない伝吉郎一家の葬儀いっさいを拒《こば》んだので、やむを得ず、順慶町の町役人らの手により、三人の亡骸は千日前の火やで火葬になり、火やのそばの灰山に捨てられた。

そののち、伝吉郎の仏具屋はとり壊された。しばらく更地だったのが、新しい店が建って、金物屋になった。伝吉郎一家のことは、忘れ去られた。

安土町の堀井千左衛門の首くくりと順慶町の伝吉郎一家の無理心中があった数日後、上町の農人町にある朴念の、庭には松が枝をのばす小ざっぱりとした店に、西町奉行所の地方役人・飯田純一郎が訪ねてきた。

飯田は、先日、朴念が唐木市兵衛と富平とともに訪ねてきて、十五年前の泉州佐野町で起こった押しこみの再調べを求められ、その折りに預かった難波新地のお菊の書置きを、戻しにきたのだった。

お菊の書置きに記されていて、押しこみを働いた賊の疑いのある堀井千左衛門と伝吉郎親子がすでにこの世にはなく、もはや再調べはできなくなり、再調べの訴えが出されてもとりあげられないからだった。

「ここに書いてある子細が、ほんまのことか、根も葉もないでたらめか、調べる相手がもうおらんのやから、しゃあないな。お菊の妹の小春も、江戸からわざわざ大坂まで出てきて、無駄足にはなった。けどな、親の仇と恨んだ者らは消え去った、きっと神仏の罰があたったんやと思うて、無念を収めるしかない。こういう廻《めぐ》り合わせ、こういう終り方もあるのかな、ということや」

と、飯田はわけ知りふうな薄笑いを見せて、引きあげていった。

朴念は飯田を見送ると、こういう終り方かと、ちょっと気が抜けた。

「《堀江》に用ができた。いってくるわ」

女房にそう言って、南堀江の下博労町のこおろぎ長屋へ、お菊の手紙をかえすために向かった。

あの夜の一件があって以来、市兵衛と富平は、大家の好之助の計らいで、こおろぎ長屋の良一郎と小春の店に寝起きしていた。寝るときだけ、小春は路地向かいのお恒ばあちゃんの店で寝かせてもらい、昼間は、市兵衛と若い三人の存外賑やかな日を送っていた。

良一郎と小春をともなって江戸へ早く帰らなければならないが、小春と良一郎は、《勝村》のお茂が自分たちのために伝吉郎らに瀕死の目に遭わされたのだから、お茂の疵《きず》が癒《い》えるまでは江戸へ戻るわけにはいかないと言い、それもまたもっともであり、市兵衛と富平もこおろぎ長屋に留《とど》まっていた。

お茂の馴染みの好之助は、お茂を無残に痛めつけた伝吉郎親子と手下らが、良一郎と小春の店を襲い、たまたまそこに市兵衛らがいて、伝吉郎親子らを手ひどく追いかえした先夜の一件で、店がだいぶ傷んだにもかかわらず、却《かえ》って良一郎と小春に同情し、二人の事情を知らぬまま、こおろぎ長屋に住み続けることを許してくれていた。

朴念は上町から南船場へ農人橋を渡りつつ、のどかな春の空の下の東横堀川の流れを見やって、

「終りがあって、始まりがある。これも人の世の廻り合わせ、縁《えにし》やな」

と呟き、東横堀川を渡っていった。

終章　千日前

春はだんだんと長《た》けていた。

しかし、その日は小雨が静かに降って、暖かくなりかけた季節が、またあと戻りしていた。

小春と良一郎と富平の三人は、小雨の降る中を昼すぎから、難波新地の《勝村》へお茂の見舞《みま》いに出かけていた。お茂の容体は、ようやく起きられるようにはなったけれど、まだ、少し動くのも人の手を借りなければならなかった。

勝村の亭主は、町奉行所の定町廻《じょうまちまわ》り役にお茂が受けたひどい暴行を咎《とが》められ、厳しく叱責《しっせき》された。

「おまえ、言うとくぞ。お茂をちゃんと医者に診《み》せて看病せんかったら、勝村は潰すからな」

亭主はひたすら平伏し、お茂が癒《い》えるまで養生《ようじょう》させると誓った。

市兵衛は手紙が濡れぬよう手にとり、「すぐに」と胸のうちで繰りかえした。

男は蛇の目を差し、路地にぽつねんと佇《たたず》んだ。

市兵衛は手紙を開き、素早く目を通した。市兵衛は、しばし考えた。手紙を畳み、懐に入れた。考えるまでもなく、こたえはすでに出ていた。考える間をとったのは、それをこたえる物憂《ものう》さに堪《た》えるためだった。

男を見つめ、市兵衛は言った。

「承知した。そのようにお伝え願いたい」

「へえ、唐木市兵衛はんのご返事は承知やったと、お伝えいたします」

路地を戻っていく男とともに、小雨のささやきが遠ざかっていった。

市兵衛は四畳半へ戻り、巻紙と筆をとり、手紙の続きを認《したた》めた。

四半刻（約三〇分）ほどで、手紙を書き終えた。手紙は三通である。それぞれ、折り封にし行李《こうり》に仕舞《しま》った。

台所に立ち、竈《かまど》に火を入れて薬缶《やかん》に湯を沸《わ》かした。湯が沸くと、茶を淹《い》れた。軒にしたたる雨垂れの音を聞きながら、ゆっくり茶を呑《の》んだ。茶の香りが、物憂さをやわらげた。

それから、支度《したく》にかかった。

今夕六ツ千日火ヤ六坊六地蔵前ニテ御待チ申シ候
不承知ナラバ先夜ノ如《ごと》ク当方ヨリ参上仕《つかまつ》リ候
唐木市兵衛殿

野呂川伯丈

野呂川の手紙はそうあった。

市兵衛は、引廻し合羽《かつぱ》をまとい、上着と細袴《ほそばかま》の下は、手甲脚絆黒足袋《てつこうきやはんくろたび》に拵《こしら》えた。草鞋《わらじ》をつけ、土間に立って黒鞘の二刀を帯びた。

菅笠《すげがさ》をかぶり、こおろぎ店を出て千日火やを目指した。

四半刻後、小雨に煙《けぶ》る道頓堀川に夕暮れが訪れていた。

川沿いの往来に人通りはあったが、道頓堀の町並は雨に濡れてひっそりとした佇まいを見せていた。

吉左衛門町の往来から千日前へ入る道の左側に閻魔《えんま》堂があって、角の芝居の高い瓦屋根が、灰色の夕空にそびえている。

右手の法善寺、竹林寺の表門をすぎ、火やの黒門が正面に見えていた。

雨の夕暮れの下、千日前の人通りは途絶え、先日、お茂に導かれてきたときとはまるで異なる、寥々《りようりよう》とした景色が続いていた。彼方の火やに煙はあがらず、ただ、数羽の黒い烏《からす》の影が、火やの上空を舞っていた。

ぬかるみを歩む市兵衛の菅笠の縁から、雨の雫《しずく》が落ちていた。

黒門を入ってすぐ右手の休息所は、すでに板戸がたて廻され、幟《のぼり》なども片づけられていた。左手のやや前方に自安寺の土塀が廻《めぐ》っていて、その前に仕置場と獄門台が、まるで宮地芝居《みやちしばい》の舞台のように、打ち捨てられて見えた。

仕置場のまえをすぎ、迎え仏の間を通り、無常橋を渡った。

無常橋を渡った左手に聖六坊《ひじりろくぼう》の土塀と一体の石仏が備えてあり、六地蔵が土塀に沿って並んでいた。

聖六坊前の広場の突きあたりに、焼香場が建っている。焼香場の《難波村領道頓堀墓所》の額《がく》が読めた。

焼き場は焼香場の後ろにあって、焼き場の左奥が板塀に囲まれた灰山だった。

市兵衛は広場の中央に、ぽつねんとひとり佇み、法善寺の宵《よい》六ツ（午後六時頃）を報《しら》せる梵鐘《ぼんしょう》の音を聞いた。

広場には、市兵衛ひとりの姿しかなかった。しかし、市兵衛の肌に感じる微弱な人の気配が、小雨の向こうから流れてきていた。その気配は、息苦しいほど頑《かたく》なな沈黙の殻に閉じこもり、市兵衛の様子をうかがっていた。

　市兵衛は待った。やがて、

「約束どおり、きたのだな」

と、焼香場の建物の陰から一体の影が現れ、濡れた地面を踏み鳴らしつつ、市兵衛に真っすぐ向かってきた。やはり菅笠を目深《まぶか》にかぶり、顔は菅笠の下に隠れていた。身に着けた紙合羽の周りに、小雨が震えるように跳ねていた。

　市兵衛はこたえず、身体《からだ》をいく分、斜《しゃ》にして相対し、野呂川を見守った。

　五間（約九メートル）余をあけ、野呂川は歩みを止めた。そうして、目深な菅笠に手を添え、市兵衛と初めて出会ったかのようにねめ廻した。暮れなずむ夕刻の微明が、野呂川の目に鋭利な光を差していた。

「千左衛門に雇われる前、あの仕置場はわが仕事場だった」

　野呂川は菅笠に手を添えたまま、市兵衛の後方の仕置場を見やって言った。

「処刑人の手代《てしろ》を務めていた。その前は近江彦根の番方だった。ゆえあって人を斬り、主《あるじ》の不興を買って浪々の身となった。処刑人は、自ら罪を償《つぐな》えぬ者に代って、罪を償のうてやるのだそうだ。もっともらしいな。だが、手代の仕事を不快に思ったことはない。むしろ、わが性根に合っていた」

それから、五間余の間をたもちつつ、市兵衛の後方へ移っていった。

「千左衛門は、愚かな主だった。滑稽《こっけい》なほど愚かで、哀れな主だった。だが主は主。君君たらずとも臣臣たらざる可からずだ。どのような主であれ、わたしは侍として仕えた」

市兵衛は野呂川の動きに合わせ、身体の向きを変えて言った。

「野呂川伯丈の名は、千左衛門の死を知らされたときに聞いた。先夜、こおろぎ長屋にきた無頼な伝吉郎親子らの仲間だったな。野呂川、あれが侍として千左衛門に仕える務めだったのか。千左衛門が表の商人の顔の裏で、伝吉郎親子ととともに、十五年前、泉州佐野町の両替屋《葛城》に押しこみを働いたと知って、千左衛門に雇われたのか」

野呂川は動きを止め、市兵衛に薄笑いを寄こした。

「知らなかった。知る気もなかったし、確かめもしなかった。どうでもよかったのだ。だが、確かめずとも、そういうことかと、自《おの》ずとあのときはわかっていたとも。千左衛門と伝吉郎親子が、どのような罪を犯していたのか、大旨、察せられたとも。よって、千左衛門も、伝吉郎らも、町奉行所の処刑人の手代として、わたしが罪を償わせてやった。千左衛門がいかに愚かな主であったにせよ、侍として仕えた、あれが最後の務めだった」

野呂川の薄笑いは続いた。

「だが、し残した務めがまだあるのだ。それは果たさねばならぬ。先夜、千左衛門の命で伝吉郎親子がひと働きする始末を見届けるため、こおろぎ長屋まで同道した。不様な始末だったが、おぬしと剣を交えた。あのとき、おぬしを斬らねばならぬ、斬るしかない、それがわが主の命に侍として従うわが務めだとわかった。その務めをし残したままにはできない。ゆえに、今は亡きわが主の命を果たす」

野呂川は市兵衛との間を縮め始め、

「支度はよいか、唐木市兵衛」

と言った。

小雨がなおも、野呂川の紙合羽の周りで震えていた。野呂川は市兵衛との間をつめながら、菅笠をとって捨て、降りかかる小雨を散らして紙合羽を肩から落とした。

黒茶色の着物に、黒袴の股《もも》だちを高くとり、袖を襷《たすき》で絞っていた。

綺麗に剃った月代の下に黒革の鉢巻を締め、胸元には下に着こんだ鎖帷子が見えた。微明の射す冷やかな眼差《まなざ》しを、市兵衛へゆるぎなくそそいでいる。

だが、市兵衛はなおも動かなかった。六地蔵の広場にきたときと同じ菅笠と引廻し合羽の姿で、小雨に打たれて佇んでいた。

「野呂川、進むべき道が見えぬか。千日火やの先に、道はないぞ」

市兵衛は言った。

「笑止、唐木市兵衛。侍ならば道は自らきり開くのだ。抜け」

両者の間は縮まっていき、野呂川が腰の大刀をすべらせた。夕暮れの微明を断つようにひるがえった。

「木偶《でく》のように斬られたいか。容赦《ようしゃ》はせん」

野呂川の接近が、見る見る早くなった。両者の間が消え、野呂川は身を躍《おど》らせて上段へかざした。

「やあ」

喚声が広場を走った。

対する市兵衛はそのとき、合羽を羽のように左右へ開いて、躍りあがるのではなく、両膝を折り、身体を深く沈めた。そして、野呂川の上段からの撃刃《げきじん》を、抜刀と同時に払いあげつつ、膝をはずませ、野呂川の左へ廻りこんでいった。

紺の合羽が雨煙を巻いた。

最初の一撃を払われたが、野呂川は左へ廻りこむ市兵衛の動きを咄嗟《とっさ》に読んでいた。左へと一歩を転じ、廻りこみを阻んで迎え打った。

両者の刀が、出合頭のように激しく打ち鳴った。

瞬間、両者の力は拮抗《きっこう》し微動だにしなくなった。

市兵衛を睨《にら》む野呂川の目が、青白く燃えていた。

やがて両者は、二刀を咬《か》みあわせたまま、横へ横へと位置を変え始めた。たちまち動きが速度を増し、雨を散らして六地蔵の並ぶ一角へ迫っていった。

横へ横へと走りながら、互いの喚声が衝突し、互いの熱気が交錯した。

そして、六地蔵の並びのすぐ前まできて踏みとどまった瞬間、野呂川は刀を引き、市兵衛を誘った。

踏みこんだ市兵衛が見せたわずかな隙を逃さず、野呂川は鋭く打ちこんだ。

「たあ」

すると市兵衛は、踏みこんだ体勢をひと回転させて野呂川の鋭い一刀を高らかに鳴らして跳ねあげたのだった。そして、ひと回転した一瞬、野呂川へ袈裟懸《けさがけ》を見舞《みま》ったのだった。

思いもよらず、市兵衛が眼前で身をひるがえしたとき、市兵衛の合羽が大きく羽ばたいて、野呂川の視界から市兵衛の姿を、一瞬、消したのだった。

それは、刹那《せつな》の暗い空白だった。底のない深い空洞のような間だった。

それがとり払われたとき、野呂川は市兵衛の袈裟懸をよけきれず、額《ひたい》を疵《きず》つけられたことに気づいた。

顔をそむけ、一歩を大きく引いたが、市兵衛から目は離さなかった。黒革の鉢巻が、肩に落ちた。

痛みはなかったが、言いようもなく不快だった。

それが、屈辱だった。

誰と戦ったときも、これまで遅れをとったことはなかった。

市兵衛は、袈裟懸の一刀を下段に落とした体勢を、動かさなかった。

「これしき」

野呂川はひと言、市兵衛に投げた。

斬る、と言いかけ、正眼《せいがん》へとろうとしたところへ、雨が目に入った。

一旦目を閉じ、再び開けたが、それがとどまることなく目に入り、野呂川の視界をふさいだ。それが、額よりしたたる血と気づいたのは、膝からくずれ落ち、雨にぬかるんだ地面に横たわったときだった。

血で霞《かす》んだ目に、菅笠と合羽に身をくるんだ市兵衛が、何も言わず、何事もなかったかのように、千日火やを去っていく姿が見えた。

野呂川は、市兵衛のふる舞いが承服できなかった。

待て、唐木、まだある。

野呂川は最後にそう思った。


桜が咲くにはまだ間があるころ、八丁堀の渋井鬼三次の組屋敷に、大坂からの飛脚《ひきゃく》便が届いた。北町奉行所定町廻り方の渋井は勤めに出ていて、手紙を受けとったのは、住まいの家事を任《まか》せている雇いの婆《ばあ》さんだった。

定町廻り方の見廻りを終えて、暗くなってから奉行所に戻り、それから岡っ引の助弥と一杯呑んで組屋敷に戻ったときは、夜の五ツ半（午後九時頃）をすぎていた。

雇いの婆さんはもう休んでいて、自分の部屋に入って行灯《あんどん》に火を入れると、文《ふ》机《づくえ》においてある市兵衛の手紙を見つけた。

「おう、やっときたかい」

思わず言って、着替えもせずに手紙を開いた。

だが、手紙を読んで、渋井は少々不満を覚えた。

手紙には、こちらの用が済み次第、良一郎と小春を連れて大坂を発つので、心配しないようにと、始めに書いてあり、確かにほっとはしたけれども、二人の身に起こったことや、小春の姉のお菊のことなどは、江戸に戻ったのちに改めてと書かれているのみで、それ以上の詳しい事情はわからなかった。

ほかには、大坂の繁盛ぶりなどがつづられているのみで、渋井は、ちょっとがっかりもした。

こちらの用が済み次第って、なんだい。良一郎と小春を連れて戻る以外に、なんの用が大坂にあるってんだい、と首をひねった。それから、この手紙を出したあとに大坂を出たとして、飛脚便にかかる日数、市兵衛らが江戸までかかる日数を勝手に勘定して、あと五日ってとこか、などと考えた。

やれやれ、まあいいか。

渋井はため息をもらし、婆さんが敷いてくれている布団《ふとん》の上へ、ほろ酔いの身体を仰《あお》のけにした。行灯の光の届かない薄暗い天井を見あげ、ふと、考えてみりや、やもめの身になって長《なげ》えな、と思った。

これまでは平気だったのに、ちょっと寂しさがこたえた。

なぜかな、と渋井は天井を見あげて考えた。

そうだ、市兵衛のことだから、本石町の文八郎とお藤にも手紙を送っているだろうが、念のため、明日、本石町に寄って、市兵衛から手紙がきたことを伝えてやろうと考えた。

なんだかな、早えな、と渋井は呟いた。そして、

「市兵衛、早く戻ってこいよ。大坂あたりでぐずぐずしてたら、江戸の春が終っちまうぜ。月日は百代《はくたい》の過客《かかく》だぜ」

と、独り言を天井へ投げた。

夜が更けていき、今年の春もまた坦々《たんたん》とすぎていった。

一〇〇字書評

切り取り線

購買動機（新聞、雑誌名を記入するか、あるいは○をつけてください）

- □（　　　　　　　　　　　　　　）の広告を見て
- □（　　　　　　　　　　　　　　）の書評を見て
- □ 知人のすすめで
- □ タイトルに惹かれて
- □ カバーが良かったから
- □ 内容が面白そうだから
- □ 好きな作家だから
- □ 好きな分野の本だから

・最近、最も感銘を受けた作品名をお書き下さい

・あなたのお好きな作家名をお書き下さい

・その他、ご要望がありましたらお書き下さい

住所	〒				
氏名		職業		年齢	
Eメール	※携帯には配信できません	新刊情報等のメール配信を 希望する・しない			

この本の感想を、編集部までお寄せいただけたらありがたく存じます。今後の企画の参考にさせていただきます。Eメールでも結構です。

いただいた「一〇〇字書評」は、新聞・雑誌等に紹介させていただくことがあります。その場合はお礼として特製図書カードを差し上げます。

前ページの原稿用紙に書評をお書きの上、切り取り、左記までお送り下さい。宛先の住所は不要です。

なお、ご記入いただいたお名前、ご住所等は、書評紹介の事前了解、謝礼のお届けのためだけに利用し、そのほかの目的のために利用することはありません。

〒一〇一－八七〇一
祥伝社文庫編集長　坂口芳和
電話　〇三（三二六五）二〇八〇

祥伝社ホームページの「ブックレビュー」からも、書き込めます。
http://www.shodensha.co.jp/bookreview/

祥伝社文庫

縁《えにし》の川《かわ》　風《かぜ》の市兵衛《いちべえ》 弐《に》

平成31年2月20日　初版第1刷発行

著　者　辻堂《つじどう》 魁《かい》

発行者　辻　浩明

発行所　祥伝社《しょうでんしゃ》

東京都千代田区神田神保町3-3
〒101-8701
電話　03（3265）2081（販売部）
電話　03（3265）2080（編集部）
電話　03（3265）3622（業務部）
http://www.shodensha.co.jp/

印刷所　堀内印刷
製本所　積信堂
カバーフォーマットデザイン　中原達治

Printed in Japan ©2019, Kai Tsujidou ISBN978-4-396-34492-4 C0193

祥伝社文庫の好評既刊

辻堂　魁

風の市兵衛

さすらいの渡り用人、唐木市兵衛《からきいちべえ》。心中事件に隠されていた奸計《かんけい》とは？　〝風の剣〟を振るう市兵衛に瞠目！

辻堂　魁

雷神　風の市兵衛②

豪商と名門大名の陰謀で、窮地に陥った内藤新宿の老舗。そこに〝算盤《そろばん》侍〟の唐木市兵衛が現われた。

辻堂　魁

帰り船　風の市兵衛③

舞台は日本橋小網《こあみ》町の醤油問屋「広国《ひろくに》屋」。市兵衛は、店の番頭の背後にいる、古河《こが》藩の存在を摑むが――。

辻堂　魁

月夜行《つきよこう》　風の市兵衛④

狙われた姫君を護《まも》れ！　潜伏先の等々《とど》力《ろき》・満願寺《まんがんじ》に殺到する刺客たち。市兵衛は、風の剣を振るい敵を蹴散らす！

辻堂　魁

天空の鷹《たか》　風の市兵衛⑤

息子の死に疑念を抱く老侍。彼の遺品からある悪行が明らかになる。老父とともに、市兵衛が戦いを挑んだのは⁉

辻堂　魁

風立ちぬ㊤　風の市兵衛⑥

〝家庭教師〟になった市兵衛に迫る二つの影とは？〈風の剣〉を目指した過去も明かされる、興奮の上下巻！

祥伝社文庫の好評既刊

辻堂 魁
風立ちぬ ㊦ 風の市兵衛⑦
市兵衛 誅殺《ちゅうさつ》を狙う托鉢僧《たくはつそう》の影が迫る中、市兵衛は、江戸を阿鼻叫喚の地獄に変えた一味を追う！

辻堂 魁
五分《ごぶ》の魂 風の市兵衛⑧
人を討たず、罪を断つ。その剣の名は――〝風〟。金が人を狂わせる時代を、〈算盤侍〉市兵衛が奔《はし》る！

辻堂 魁
風塵《ふうじん》 上 風の市兵衛⑨
唐木市兵衛が、大名家の用心棒に⁉事件の背後に、八王子千人同心の悲劇が浮上する。

辻堂 魁
風塵 下 風の市兵衛⑩
わが一分《いちぶん》を果たすのみ。市兵衛、火中に立つ！ えぞ地で絡《から》み合った運命の糸は解けるのか？

辻堂 魁
春雷抄《しゅんらいしょう》 風の市兵衛⑪
失踪した代官所手代を捜す市兵衛。夫を、父を想う母娘のため、密造酒の闇に包まれた代官地を奔る！

辻堂 魁
乱雲《らんうん》の城 風の市兵衛⑫
あの男さえいなければ――義の男に迫る城中の敵。目付筆頭の兄・信正《のぶまさ》を救うため、市兵衛、江戸を奔る！

祥伝社文庫の好評既刊

宮本昌孝
陣借り平助《へいすけ》
将軍義輝《よしてる》をして「百万石に値する」と言わしめた――魔羅賀《まらが》平助の戦《いくさ》ぶりを清冽に描く、一大戦国ロマン。

宮本昌孝
天空の陣風《はやて》 陣借り平助
陣を借り、戦に加勢する巨軀の若武者平助。上杉謙信の軍師の陣を借りることになって……。痛快武人伝。

宮本昌孝
陣星《いくさぼし》、翔《か》ける 陣借り平助
織田信長に最も頼りにされ、かつ最も恐れられた漢《おとこ》――だが女に優しい平助は、女忍びに捕らえられ……。

宮本昌孝
風魔〈上〉
箱根山塊に「風神の子」ありと恐れられた英傑がいた――。稀代《きたい》の忍びの生涯を描く歴史巨編！

宮本昌孝
風魔〈中〉
秀吉麾下《きか》の忍び、曾呂利新左衛門《そろりしんざえもん》が助力を請うたのは、古河公方氏姫《こがくぼううじひめ》と静かに暮らす小太郎だった。

宮本昌孝
風魔〈下〉
天下を取った家康から下された風魔狩りの命――。乱世を締め括《くく》る影の英雄たちが、箱根山塊で激突する！

〈祥伝社文庫　今月の新刊〉

辻堂　魁
縁《えにし》の川　風の市兵衛　弐
《鬼しぶ》の息子が幼馴染みの娘と大坂に欠け落ち？　市兵衛、算盤を学んだ大坂へ――。

西村京太郎
出雲《いずも》　殺意の一畑《いちばた》電車
白昼、駅長がホームで射殺される理由とは？小さな私鉄で起きた事件に十津川警部が挑む。

南　英男
甘い毒　遊撃警視
殺された美人弁護士が調べていた「事故死」。富裕老人に群がる蠱惑の美女とは？

風野真知雄
喧嘩旗本勝小吉事件帖　**やっとおさらば座敷牢**
勝海舟の父にして「座敷牢探偵」小吉。抜群の推理力と駄目さ加減で事件解決に乗り出す。

有馬美季子
はないちもんめ　冬の人魚
美と健康は料理から。血も凍る悪事を、あったか料理で吹き飛ばす！

工藤堅太郎
修羅《しゅら》の如《ごと》く　斬り捨て御免
神隠し事件を探り始めた矢先、家を襲撃された龍三郎。幕府を牛耳る巨悪と対峙する！

喜安幸夫
闇奉行　火焔《かえん》の舟
祝言を目前に男が炎に呑み込まれた。船火事の裏にはおぞましい陰謀が……！

梶よう子
番付屋新次郎世直し綴《つづ》り
市中の娘を狂喜させた小町番付の罠。人気の女形と瓜二つの粋な髪結いが江戸の悪を糾す。

岩室　忍
信長の軍師　巻の一　立志編
誰が信長をつくったのか。信長とは何者なのか。大胆な視点と着想で描く大歴史小説。

笹沢左保
白い悲鳴
不動産屋の金庫から七百万円が忽然と消えた。犯人に向けて巧妙な罠が仕掛けられるが――。